땅끝의 아이들

땅끝의 아이들

이민아 지음

시련으로 가득한 땅끝에서
이민아 목사가 체험한
— 기적과 치유의 이야기 —

열림원

너희가 진리를 순종함으로

너희 영혼을 깨끗하게 하여

거짓이 없이 형제를 사랑하기에 이르렀으니

마음으로 뜨겁게 서로 사랑하라.

— 베드로전서 1:22

우리 모두는 땅끝의 아이들입니다

이 책은 하나님 아버지에 대한 저의 사랑, 그리고 저에 대한 하나님 아버지의 사랑이 들어 있는 책입니다. 이 말 말고는 이 책을 더 정확하게 설명할 말을 찾지 못하겠습니다. 『땅끝의 아이들』이라는 책의 제목이 의미하는 것은 두 가지입니다. 제가 미국에서 검사의 직분을 받아 일할 때 세상에서 말하는 '비행 청소년'을 선도하는 일을 했었는데요. 그때 만났던 수많은 청소년들, 가족의 따뜻한 품과 하나님의 깊고 무한한 사랑을 알지 못하는 아이들의 절망스러운 처지를 보면서 저는 그들이 땅끝에 서 있다는 생각을 했었습니다. 폭력과 마약과 범죄의 늪에 빠져 꿈도 희망도 없이 살던 아이들에게 이 세계는 사랑이 없는 가혹한 정글이었지요. 저는 그 아이들에게 하나님의 말씀을 전해주었습니다. 인내심을 가지고 하나님의 사랑을 알려주었습니다. 그랬더니 놀라운 변화가 일어나더군요. 꿈을 꾸기 시작했고 마음을 열어 사랑하기 시작했습니다. 그들은 더 이상 땅끝에 서 있는 아이들이 아니었지요. 저는 그때 이런 생각을 했습니다. 누구든 하나님을 믿지 않고 영접하지 않으면 땅끝에 선 아이들일 수밖에 없다고요. 세속적인 부귀와 영화를 누리는 사람도, 나이가 든 가장도, 삶의 황혼에 접어든 노인도 하나님을 영접하지 않는 이상에는 땅끝에 서서 벼랑으로 내몰린 아이들과 같은 것입니다. 저는 이 책 속에서 그런 이야기를 하고 싶었습니다. 그래서 책의 제목을『땅끝의 아이들』로 정했지요.

　미국으로 이민 가 생활을 하는 동안 저는 네 아이를 낳고 기르는 과정에서 일반 가정이 그런 것처럼 많은 갈등을 겪었습니다. 내 맘대로 따라주지 않는 아이들에게 화가 나기도 했고 아이들을 원망하기도 했습니다. 더구나 둘째 아이가 주의력결핍 과잉행동장애(ADHD) 증상으로 학교를 다니기가 힘들어지면서 여러 가지로 신경을 많이 써야 했습니다. 결국 정답은 우리 주님이었습니다. 아이들과의 갈등은 주님의 사랑 안에서만 서로 접속되고 품어질 수 있다는 걸 깨달은 것이지요. 그래서 이 사실을 많은 이들에게 전해야겠다는 생각을 했습니다. 자녀 교육, 청소년 교육이 어느 순간부터 저에겐 미션 같은 것이 된 것이지요.

제가 볼 때 지금 우리의 교회는 젊은 친구들을 세상에 내어주고 탄식하고 있습니다. 이럴 때 우리는 무엇을 해야 할까요? 간절히 간구하고 기도해야만 합니다. 유월절 어린양의 피가 없이는 절대로 우리의 아이들을 세상이 놓아주지 않습니다. 이 아이들을 땅끝까지 찾아가 주님의 보혈이 있는 문지방 안으로 끌어안아 데리고 오라고 주님이 저를 부르셨습니다. 그 부르심을 받은 9년 동안 저는 미국 캘리포니아주의 검사로서 청소년 사역을 담당하며 많은 아이들을 하나님의 품 안으로 인도했습니다. 그러면서 내가 낳은 자식과 그 아이들이 똑같이 소중해지는 기적을 체험했지요. 그 기적은 저를 담대하게 변화시켰습니다. 저도, 그리고 우리 주 예수 그리스도를 아직 영접하지 않은 이웃도 그 땅끝에 서 있던 잃어버린 한 아이였다는 것을 깨닫게 된 것이지요. 빛이 싫어서 도망간 깜깜한 땅끝에서 외로움과 사랑에 대한 굶주림으로 만신창이가 되어 있는 저를 주님이 찾아오셔서 구해주셨다는 것을 깨달았습니다. 그분의 사랑이 멀었던 저의 눈을 뜨게 하시고 나병 환자같이 병들어 있던 저의 영혼과 육신을 사랑이라는 기적으로 치유하셨습니다.

그 사랑을 가지고 지난 6년간 저는 호주, 중국, 아프리카, 미국 각 주, 푸에르토리코, 한국 등 제 발길이 닿는 곳이면 어디든 흩어져 있는 땅끝의 아이들을 찾으러 다녔습니다. 4년 전 저는 세상에서 가장 사랑하던 첫째 아들을 잃었습니다. 그때 사실은 저도 함께 죽었습니다. 이제는 내가 산 것이 아니고 오직 내 안에 주님이 사셔서 그분의 나라, 그분의 천국이 저를 보내시는 땅끝까지 확장되기를 소원합니다. 주님의 나라에는 죽음도 없고 슬픔도 없고 우는 것도 아픈 것도 더 이상 없다고 했습니다. 주님이 가르쳐주신 기도로 오늘도 기도합니다. 주님의 나라가 이 땅에 하늘나라처럼 임하시옵소서. 이 땅끝까지, 땅끝에서 주님의 사랑을 몰라 절망하고 있는 마지막 한 명 잃어버린 영혼에게까지 주님의 나라가 임하기를 원합니다. 그래서 힘든 상황들을 끝끝내 물리치고 이 책을 쓸 수 있었습니다. 격려해주시고 도와주신 열림원 형제님들과 저희 부모님, 남편과 아이들, 그리고 주님께서 저에게 축복으로 만나게 하신 정말 귀한 나의 영적 부모님들, 형제자매님들, 소중한 영적 자녀들에게 감사드립니다. 모든 것을 새롭게 하시는 나의 주님, 그분이 다스리시는 빛과 사랑의 나라가 이 땅 위에 임하기를 오늘도 기도합니다.

"내가 들으니 보좌에서 큰 음성이 나서 이르되 보라 하나님의 장막이 사람들과 함께 있으매 하나님이 그들과 함께 계시리니 그들은 하나님의 백성이 되고 하나님은 친히 그들과 함께 계셔서 모든 눈물을 그 눈에서 닦아주시니 다시는 사망이 없고 애통하는 것이나 곡하는 것이나 아픈 것이 다시 있지 아니하리니 처음 것들이 다 지나갔음이러라(요한계시록 21:3-4)."

2011년 여름

이민아

차례

하나님 아버지 감사합니다. 저의 모든 죄를 지시고 십자가에서 예수님이 죽으신 것을 믿겠습니다. 오늘부터는 예수님이 저를 모든 죄와 사망에서 구원해주십니다. 당신은 나의 구세주이십니다. 그러므로 오늘부터는 나는 더 이상 나의 주인이 아닙니다. 나의 생각과 나의 미래와 나의 소망과 나의 사랑과 나의 모든 것을 주님이 오셔서 다스려주십시오. 예수님은 나의 주님이십니다. 예수님은 나의 주님이십니다. 예수님은 나의 영생, 나의 주님이십니다.

— 2011년 5월 13일 부산대학교 신앙 간증집회에서의 기도 중

1

첫 번째 간증

아버지의 딸들, 딸들의 아버지에게

> "그가 아버지의 마음을 자녀에게로 돌이키게 하고
> 자녀들의 마음을 그들의 아버지에게로 돌이키게 하리라.
> 돌이키지 아니하면 두렵건대 내가 와서 저주로
> 그 땅을 칠까 하노라 하시니라."

— 말라기 4장 6절

많은 분들이 아시겠지만 저는 유명한 아버지 밑에서 태어났습니다. 저희 아버지는 유명 대학 교수로 수많은 베스트셀러를 펴내고 초대 문화부장관을 역임한 분입니다. '아무개 씨 딸' '아무개 씨 아들'이라는 말을 어렸을 때부터 많이 들어서 동생들과 저는 그 사실이 부담스러웠어요. 그래서 아버지의 딸답게 살려고 애쓰다보니 스트레스를 많이 받았어요. 아버지가 스트레스를 주신 것이 아니라, 제가 스스로 스트레스를 받은 거지요. 다른 아이보다 공부도 잘해야 하고, 말썽도 부리면 안 되고, 몸무게도 많이 나가면 안 되고 항상 성과지향적 삶을 살았던 것 같아요. 제가 좋은 성과를 내면 아버지가 저를 딸로서 인정하고 사랑해주시고 그렇지 않으면 저를 사랑해주시지도 않을 것 같았어요. 저에겐 늘 아버지의 체면을 제가 손상시키게 될 것 같은 두려움도 있었고요.

신학기가 되면 선생님들이 제가 어떤 아이인지 알기도 전에 "아, 이어령 씨 딸이 우리 반에 들어왔다며?" 하시면서 저를 다른 애들과 다르게 취급하셨는데 저는 그것이 싫었어요. 그래서 되도록 아버지가 누구라는 말을 하지 않았습니다. 저와 성격이 비슷한 막냇동생도 똑같은 압박감을 받고 살았던 것 같아요.

공부하는 것을 사실은 저도 굉장히 싫어했거든요. 공부를 잘했기 때문에 사람들은 제가 공부를 좋아한다고 생각하는데 제가 공부를 한 이유는 딱 한 가지였어요. 아버지 망신되게 하지 않으려고. 공부를 잘해야만 아버지의 딸로서 자격이 있고 아버지의 사랑도 받을 거라는 강박관념으로 억지로 공부를 한 거였어요.

"너 아무개 딸이구나. 우리 반에 들어와서 잘됐다" 그러면서 반장도 시켜주고 그러니까 선생님들과 아버지 어머니의 기대를 저버리고 싶지 않은 마음이 공부하기 싫었던 마음을 누른 것 같아요. 괴로운 중고등학교 시절을 보냈습니다.

밤중에 모든 공부를 끝내고 자려고 들어가면 내일 아침에도 그 지겨운 공부를 또 시작해야 한다는 생각 때문에 그냥 오늘 눈을 감고 아침에 안 깼으면 좋겠다는 생각을 많이 했어요. 특히 열네 살, 열다섯 살, 열여섯 살 3년 동안은 사는 것 자체가 힘들고 무섭던 기간이었어요. 친구들도 많았고 공부도 잘했고 명랑했고 엄마 아빠하고도 사이가 좋았기 때문에 제 마음속 깊이 있었던 고민을 아무도 몰랐지요. 제가 정말 살고 싶은 삶, 제가 정말 가지고 싶은 삶은 어딘가 딴 곳에 있고, 완전히 다른 사람들의 기대와 다른 사람들의 희망에 맞춰가면서 어떤 가상의 인간으로 살고 있는 것 같은 회의감에 많이 빠졌어요.

내가 누구인지를 알지 못했어요. 엄마가 이런 딸을 원하는 것 같다 하면 거기에 맞추려고 노력을 했고 아버지가 이런 딸을 원하는 것 같다 하면 또 그런 딸이 되려고 노력을 했어요. '아, 이 아이처럼 똑똑한 친구가 우리 반에 있는 것이 기쁨입니다'라는 선생님의 칭찬을 들어야 어머니 아버지가 좋아하시니까 카멜레온처럼 남의 기호와 남의 성격, 남의 바람에는 민감한데 정작 내가 진정 추구하는 것이 무엇인지는 뒷전에다 두고 바쁘게 살다가 어느 날 문득 제가 행복하지 않은 걸 깨달은 거예요.

방에 앉아서 벽을 한참 쳐다보고 있다가 내 안에 또 하나의 음성이 있다는 걸 듣게 되었어요. '너는 누구냐?' '너는 누구냐고 물어보는 너는 누구냐?' 저 혼자서 제 안의 음성과 대화를 하기 시작했습니다. '너는 어떤 사람이냐?' '너는 왜 살고 있느냐?' '사는 목적이 무엇이냐?' 그런데 너무나 두렵게도 그 질문에 대한 대답이 제 안에 하나도 없다는 걸 깨달았어요. 텅 비어 껍질만 있는 달팽이 같은 제 모습을 봤습니다.

밤이 되면 어둠이 그렇게 무서웠어요. 어렸을 때부터 제가 사는 이 세계가 전부가 아니라 그 이상의 초자연적인 세계가 있다는 것을 항상 감지했었던 것 같아요. 그래서 내 방에 있어도 혼자 있는 것 같지 않고 무엇인가 저 말고 다른 어떤 존재가 그 방을 채우고 있는 것 같은 느낌을 받았는데 불을 끄고 자려고 하면 그렇게 무서운 거예요. 새벽 한시, 두시쯤 깨면, 제 가슴을 무엇인가 누르는 압박감에 엄마 아빠에게 도와달라고 소리를 지르고 싶은데 목이 꽉 막혀서 소리가 나오지 않고, 다시는 나올 수 없는 깊은 곳으로 빠져 들어가는 것 같았던 적이 참 많았어요. 그래서 불을 켜고 자니까 어머니가 "전기 값이 많이 드는데 너는 왜 자면서 불을 켜놓느냐?" 하시면서 제가 자고 나면 항상 불을 끄시는 거예요. 저는 분명히 불을 켜놓고 잤는데, 그때는 하나님도 모르고 기도할 줄도 모르니까 정말 오늘은 밤에 안 깼으면 좋겠다, 하는 간절한 소원을 가지고 잤는데, 새벽 두세시쯤 눈이 떠져서 보면 깜깜한 거예요. 그러면 방 안에 있는 모든 영이 저를 공격하는 것 같은 악몽과 같은 새벽의 혈투가 시작이 되는 거예요. 제가 다음날 아침에 "어머니, 정말 나는 깜깜한 방이 무서워요. 스탠드 불이라노

커놓게 해주세요" 그랬는데, 우리 어머님이 저를 이해하지 못했어요. "너는 전쟁도 안 겪고 너무 편안하게 자라서 이 세상을 너무 모른다. 돈은 나무에서 자라는 줄 알고 그렇게 살면 안 된다" 하고 허락하시질 않았어요. 음악을 틀어놓고, 노래를 틀어놓고 자는 것도 허락을 안 하셨기 때문에 새벽마다 저에게는 죽을 것 같은 두려움, 고통스러운 시간들이 계속됐어요.

음악을 좋아했는데 밥 딜런, 레드 제플린 또 블랙 사바스 같은 로큰롤 음악을 굉장히 좋아하게 됐어요. 커다랗게 음악을 틀어놓고 공부를 하면 엄마가 "이 노랫소리에 네가 어떻게 공부하냐" 하고 싫어하셨는데 그 음악을 듣는 동안은 나 자신으로부터 떠나서 잠시나마 그들이 만들어놓은 세계에 들어갈 수 있었던 것 같아요. 그래서 공부도 열심히 하고 음악도 열심히 듣고 악몽도 열심히 꾸고 하면서 힘든 청소년기를 보냈는데, 어른이 된 이후에 청소년 아이들을 보면 그 아이들의 입장이 이해가 가는 것이 저도 그 시기를 힘들게 보냈기 때문인 듯해요.

그 기간 동안에 있었던 많은 회의, 고통, 이런 것들이 해결이 되지 않았기 때문에 제 안에 아직도 자라지 못한 어린아이, 사춘기 여자아이가 있어요. 사랑받고 싶은데 어디 가서 사랑을 찾아야 하는지 모르고, 두려움에서 벗어나고 싶은데 그 두려움에서 저를 구해주거나 지켜줄 수 있는 존재가 없으니까요. 뽀빠이를 부르는 올리브처럼 엄마 아빠를 부르기만 하면 바로 그분들이 오셔서 모든 문제를 해결해줄 수 있다고 믿었던 때에서 벗어나면서 몹시 힘들었어요. 학교에서 안 좋은 일을 당했을 때 집에 와서 "아빠, 오늘 학교에서 어떤 애가 나를 너무 힘들게 했어" 하고 대화를 시작하면 "아, 그런 것 무시해" 하고 글 쓰러 들어가신다거나 엄마가 "네가 뭘 잘못했겠지" 하고 나를 이해해주지 않으셨어요. 그럴 때면 엄마 아빠와 내가 하나라고 생각하고 언제든지 나를 구해줄 수 있다고 믿었던 어릴 때의 순진함이 없어지면서 두려움이 몰려오기 시작했어요. 엄마 아빠가 나를 구해줄 수 없구나. 이 문제는 내가 해결해야 되는 거구나. 아무도 나처럼 슬프지 않구나. 나는 지금 죽을 것같이 힘든데. 엄마 아빠는 그냥 자기 일, 자기 세계, 자기 행복 속에 있을 수 있는 존재구나. 나와 엄마 아빠가 하나가 아니라 타인이구나 하는 것을 깨닫는 순간, 새벽 한시, 두시에 모든 사람이 잠든 집에서 저 하나밖에 없는 그런 단절감과 고독감을 체험했어요.

그래서 어느 날 밤에 제가 잠이 오지 않고 밤은 너무 길고 끝나지 않는데 시계를 보니 아직도 한시 반, 조금 있다 보니까 한시 사십분, 새벽이 올 때까지 잠은 안 올 것 같고 그래서 온 집을 돌아다니면서 이것저것 할 것을 찾아보고 있을 때였어요. 저희 아버지는 술을 안 드시거든요. 사람들이 저희 아버지에게 양주 선물을 많이 하시니까 서재 한구석에 위스키를 잔뜩 쌓아놓으셨어요. 그런데 이 방 저 방 들락날락하면서 잠이 오기를 기다리고 있던 저에게 갑자기 그 양주병이 유혹으로 다가왔던 거예요. 저걸 한 모금 마시면 기분이 어떨까. 그래서 살짝 뚜껑을 따고 한 모금을 먹어봤는데 불과 같은 열기가 제 몸을 지나가면서 갑자기 기분이 좋아지는 거예요. 항상 어두운 방에 들어가면 갑자기 오싹오싹 한기 같은 것이 느껴지고 그래서 고통을 당했는데 갑자기 온몸이 뜨거워지면서 이 세상에 무서운 게 없어지는 거예요. 그래서 한 모금 또 마셨더니 배 속으로 뜨거운 무엇인가가 들어가면서 아주 따뜻한 느낌이 들었어요.

아버지가 굉장히 저를 사랑하셨지만 스킨십이나 안아주거나 하는 것이 전혀 없는 유교 가정에서 자란 분이시고 점잖은 분이시니까 사랑 표현을 잘 하지 못하셨어요. 저는 만져주는 것을 좋아하는 애였는데요. 따뜻함이 그리웠어요. 아버지가 큰 팔로 저를 꼭 안아주시면 그 따뜻한 품 안에 안기고 싶은 욕구가 제 안에 항상 있었던 것 같은데 그 욕구가 채워지지 않아 어렸을 때 제가 시도를 몇 번 했던 것 같아요. 안아달라고 아버지한테 몇 번 엉겼었던 것 같아요. 그런데 아버지는 그것이 익숙하지 않은 데다가 글을 써야 하는데 아이가 귀찮게 하니까 자기도 모르게 몇 번 밀어내셨던 것 같아요. 저에게는 그것이 평생 동안 저를 공격하는 상처가 되었다는 것을 나중에 깨달았어요.

아버지에게 안기고 싶고, 아버지와 몸이 닿고 싶어서 무릎에도 앉으려고 아버지를 끌어 잡아당기기도 하다가 밀려나면서 저에게 '아버지의 사랑은 내가 원하는 것을 항상 주는 완전한 사랑이 아니구나' 하는 거부당하는 느낌을 몇 번 받았던 것 같아요. 그래서 아버지를 이렇게 사랑하면 안 되겠다 하는 당돌한 결심을 어렸을 때 했었나봐요. 아빠를 너무 사랑하니까 상처가 된 거지요. 하루 종일 아빠가 보고 싶은데 아빠가 오면 아빠랑 놀고 싶은데, 아빠가 자기가 놀고 싶을 때는 놀아주시는데요, 바쁠 땐 안 놀아주시잖아요. 그런데도 저는 너무 아빠랑 있고 싶은 거예요. 아빠와 이런 것도 하고, 저런 것도 해야지 기대하면서 기다리다가 벨 소리가 나면 "아빠!" 하고 팔을 들고 뛰어가서 매달리고 그랬던 것 같아요. 그런데 아버지에게는 돈 걱정이나 장래에 대한 불안 등 당신이 겪었던 두려움을 아이들에겐 물려주지 않겠다는 책임감이 사랑의 표현 방법이었던 것 같아요. 어떤 때는 직업을 세 가지나 가지고 계셨어요. 작가, 교수, 논설위원. 그래서 항상 바쁘셨어요.

제가 나중에 변호사가 되어서 아이들을 위해서 열심히 하루 종일 일하고 집에 돌아왔을 때 아이들 셋이 서로 관심을 끌려고 매달리면 너무 힘들어서 저도 아이들을 밀어내고 나서야

'그때 아버지가 이러셨겠구나' 하고 이해했습니다. 그런데 그때는 저에게 그런 생각을 할 수 있는 능력이 없었기 때문에 제가 "아빠!" 하는데 시장하고 피곤하신 아버지가 "저리 가, 저리가. 아빠 밥 좀 먹고!" 하시면 저한테는 그게 상처가 되었던 것 같아요. 저희 아버지가 음성이 좀 크시거든요. 내가 아버지를 사랑하는 만큼 우리 아빠가 나를 안 사랑하나봐, 하는 거짓말이 저에게 들어오기 시작했어요. 그래서 실망해서 내일부터는 절대로 아빠한테 매달리지 말아야지 하는 생각을 하고는 했어요. 이런 마음의 상처를 통해서 우리는 하나님을 아버지로 예배하기 위해 만들어진 존재인데도 불구하고 예배하지 못 하게 만들고 사랑을 의심하게 하는 일들이 시작되는 것 같아요.

청소년 사역할 때, 아버지와 어머니들에게 '얘들아, 그동안 네가 원하는 대로 사랑해주지 못해서 미안하다. 아버지 어머니를 용서해달라' 이렇게 말을 하라고 하면, 아버지들이 굉장히 기분 나빠하십니다. 내가 이 아이를 위해서 얼마나 희생했는데, 얼마나 사랑하는데, 왜 변호사님은 그런 쓸데없는 소리를 하십니까? 굉장히 기분 나빠하세요. 그러면 제가 저의 어렸을 때 경험을 같이 나누면서 두 사람이 사랑을 한다는 것은 예수님으로 인해서 완전히 하나가 되는 것이고, 거듭나서 영적으로 하나가 되는 기적이 일어나 벽들이 무너지기 전에는 나와 내가 사랑하는 사람이 완전히 타인이라는 것을 서로 이해하는 것이 중요하다는 이야기를 합니다. 그래서 아버지는 정말 아이를 엄청 사랑한다고 생각하는데 아이는 사랑받지 못하는 자기 자신의 상처와 자아의 벽에 갇혀서 사랑받고 싶다고 몸부림을 치는 거예요. 그래서 술이나 마약을 하기도 하지요. 제가 그날 아버지 서재에 들어가서 술을 먹었을 때처럼 뱃속에 따뜻하게 들어오는 그 느낌이 처음으로 제가 원했던 그 사랑의 느낌으로 느껴지는 거예요. '괜찮아, 다 안전해' 하며 누가 안아주는 것 같은 그 느낌, 착각 속에서 한 모금 한 모금 자꾸만 마시던 것처럼요. 그날 저녁에 제가 위스키를 많이 마셨어요. 모든 걱정 근심이 순간적으로 사라지면서 깊이 잠을 잤어요. 예민해서 깊은 잠을 못 잤기 때문에 그렇게 푹 잤던 게 제가 기억하는 한에서는 세상에 태어나서 처음이었던 것 같아요. 그때 제가 열네 살이었는데, 아침에 일어나니 골치가 욱씬욱씬 쑤시고, 얼른 가서 양치질을 하고도 들킬까봐 전전긍긍하면서도 악몽을 꾸지 않고 밤중에 잤다는 것이 새로운 세계를 발견한 것 같았어요. 두렵고 잠이 오지 않고, 시험 때문에도 불안하고 그럴 때 몰래몰래 아버지 서재에 가서 술을 훔쳐 마시는 버릇이 시작이 됐는데요. 아버지도 모르시고, 어머니도 모르시고, 친구도 모르고, 아무도 모르는데 저는 대학에 들어갈 때까지 그렇게 몇 년 동안을 몰래몰래 술을 먹었어요. 모범생이었고 선생님이나 아이들이 제가 그런다는 걸 상상조차 못했을 거예요. 그렇게 스트레스를 받았다는 것을 몰랐기 때문에 그런 문제가 있다는 것을 아무도 몰랐던 거예요.

　나중에 제가 성령 체험을 하면서 에베소서에서 '술에 취하지 말라. 이는 방탕한 것이니 성령에 취하라' 하신 말씀처럼 성령에 깊이 취했을 때 열네 살에 일어났던 것과 똑같은 일들이 저에게 일어났어요. 처음으로 제 마음에 있었던 두려움들이 없어졌어요. 그리고는 너무 행복한 거예요. 그런데 왜 행복하냐면, 사랑받는다는 느낌, 내가 그렇게 소중하지 않은 존재가 아니라는 것, 누군가에게 밀려나는 존재가 아니라, 그냥 있는 그대로 나 자신이 안전한 사랑 속에 빠져 들어가는 것 같은 그런 충일감이 느껴졌기 때문이죠. 두려워하지 않아도 되는 사랑, 실망하지 않아도 되는 사랑, 그런 사랑이 내 안에 내 밖에 그리고 이 세상 가득 나를 안아주시는 아버지의 손길, 사랑하는 아버지의 눈길, 이런 것들이 성령에 깊이 취했을 때 느껴지면서 저도 모르게 너무 기뻐서 막 웃음이 터져 나오기도 하고 어떤 때는 감격해서 훌쩍훌쩍 울기도 했어요. 그동안 가졌던 모든 두려움이 사라지면서 옆에 있는 사람을 안아주기도 하고 "형제님, 사랑해요. 자매님, 사랑해요"라는 말이 나도 모르게 나오기도 하고 그리고 내가 보지 못했던 다른 사람의 슬픔이나 외로움들도 보이면서 다가가서 그 사람과 하나가 되는 교제도 할 수 있고 저의 모든 외로움이 처음으로 완전히 사라지는 체험을 했습니다.

대학에서 저를 사로잡은 것은 자유로움이었어요. 일단 합법적으로 술을 마실 수 있으니까 술을 마시기 시작했어요. 연애를 시작했는데, 그 사람도 술을 좋아했기 때문에 처음에 연애할 때 멋쩍고 그래서 술을 한 잔 두 잔 하면 서로 간에 긴밀한 대화도 나눌 수 있어서 술 먹는 것을 좋아했어요. 우리 아버지 앞에서는 많이 안 마셨지만, 제가 술을 먹으면 친구들이 굉장히 좋아하는 거예요. 평상시에는 항상 남의 마음에 들려고 하는 타인지향적인 성격이었기 때문에 스트레스를 많이 받아서 좀 딱딱했는데, 술을 먹고 제가 풀어지면 농담도 많이 하고 재미있다고 아이들은 제게 일부러 술을 먹였어요. 또 제가 연애하던 그 남자분도 제가 술을 먹으면 좋아했어요. 그래서 제가 대학에 다니면서, 우리 어머니 아버지는 모르시는데요, 술을 좀 많이 마셨어요.

그런데 어머니 아버지들이, 제가 상담을 해드릴 때 아이들의 술과 마약 문제 때문에 너무 걱정을 많이 하는데 "술의 문제는 사랑의 문젭니다" 제가 그렇게 말을 해요. 아이가 뭔가 채워지지 않기 때문에, 사랑을 느끼지 못하기 때문에 술에 의존하는 것이거든요. 인간은 누구나 자기를 창조하고 가장 사랑하시는, 이 세상에서 바꿀 것이 없는 독생자를 자기 대신 십자가에서 죽기까지 사랑하신 그 하나님의 사랑을 받고 싶은 거예요. 우리는 영적인 존재이고 진리가 우리를 자유케 한다고 했어요. 진리를 알기 전까지 우리는 자유스러운 존재가 아니에요. 하나님만이 진리거든요. 하나님의 사랑이 진리거든요. 그런데 진리를 알지 못할 때는 모든 거짓의 영이 저희들에게 와서 거짓말을 합니다. 아이들에게 '너는 사랑받을 수 없는 존재야. 너는 사랑받을 수 없어. 너의 어머니 아버지가 네가 정말 어떤 존재인지 알면 너를 사랑하지 않을 거야. 그러니까 그냥 있는 대로 인정해주는 형들, 깡패들, 같이 마약 하는 친구들, 이런 사람들밖에는 너를 진짜로 사랑하지 않아' 하는 그 모든 거짓말에 이 아이들이 속는 과정을 저는 체험했기 때문에 그 부모님들에게 이야기할 수 있었어요.

술과 마약, 너무 걱정하지 마시고, 이 아이 안에 있는 공허함을 걱정하십시오. 이 아이는 지금 무엇인가 채워지지 않았고 이 아이가 원하는 건 바로 사랑이에요. 이 아이에게 아버지의 사랑을 알려주면 됩니다. 나는 있는 그대로의 널 사랑한다. 네가 지금 술하고 마약 하는 것, 아버지는 네 걱정이 되고, 나중에라도 너에게 나쁘게 될까봐 걱정하는 것이지, 네가 술을 마신다고 마약을 한다고 너를 사랑하지 않는 건 아니야. 아버지 사랑은 그런 게 아니야. 부모님이 아이들에게 알려주지 않으시면 아이들은 모릅니다. 그것이 진리인데 진리를 말해주지 않으면 공허감만이 있고 진리가 없는 그 자리에 많은 거짓들이, 원수 마귀들이 얼마나 이 아이들을 공격하는지 제가 그 전략을 아버지들에게 알려주는 것이지요.

그러면 한국 아버지의 자존심이나 남자의 고집을 꺾고 제 말을 들으시는 분들이 많았어요. 사랑하니까. 자기가 할 수 있는 모든 걸 다 해봤는데 벽에 부딪치고, 또 부딪치고 하니까, 물에 빠진 사람이 지푸라기라도 잡는 심정으로, 제 말을 들어주셨어요. 일생이 걸려도 진짜 끊지는 못한다는 강한 중독성이 있는 메탈타민이나 코카인 같은 마약까지도 그 자리에서 끊는 것을 제가 보았다고 이야기하면, 이분들의 관심이 지금 아이들이 마약 끊는 것밖에 없으니까 제 말에 귀를 기울였지요.

그리고 실제로 많은 경우에 저에게 상담받은 분들이 자기 자녀들을 진짜 하나님의 사랑으로 사랑하게 하는 은사의 능력을 저에게 부어주셨던 것 같아요. 이 여자가 언제 우리 아이를 봤다고 아이를 위해서 내가 기분 나쁠 수 있는 저런 소리까지 하면서 사정을 할까, 하는 생각이 마음의 문을 여는 힘이 되었어요. 정말 그 아이들을 사랑했기 때문에 아이들 입장에서 제가 아버지한테 빌 듯이 얘기했어요. "한 번만 한 번만 해보십시오. 저한테 속는 셈치고." 그러면 이 아버지들이 급한 상황에서 너무 마음이 낮아진 상태인데다가 하나님이 저를 통해서 또 성령님을 통해서 전해주시는 것도 있고 나도 한번 해보자 하는 소망도 생기고…… 그래서 정말 그렇게 하기 힘든 분들이 먼저 자녀들에게, 아들에게 손을 내밀면서 "아버지가 널 그동안 안아주지도 않고 사랑한다고 안 해서 미안하다. 그런데 사실은 정말 사랑한다. 아버지가 정말 원하는 것은 네가 잘되는 것밖에 없어. 아니 잘되지 않아도 난 너를 사랑해. 넌 언제까지나 내 아들이야. 네가 내 아들이기 때문에 사랑하는 거야……" 제가 아버지에게 너무 듣고 싶었던 말, 그런데 모르셔서 저희 아버님이 저에게 해주지 못했던 말들을 그분들이 자기 자녀들에게 하면 그 완강하던 아이들, 폭력과 어두움의 세계에 빠져 있었던 아이들이 어린아이처럼 울면서 아버지에게 안기는 모습을 보면서, 제 마음속에 있는 상처도 하나님이 함께 다 치유해주셨던 것 같아요. 아, 우리 아버지가 몰라서 그랬구나. 저 아버지들이 정말 저렇게 사랑하는데, 누가 가르쳐주지 않으면 못 하는구나, 하는 그런 체험을 통해서 성령님이 인도해주시지 않으면 진정한 화해나 진정한 하나 됨, 일치가 절대로 일어날 수 없으며 세대 간의 갈등을 회복할 수 없다는 사실을 체험하게 하셨어요.

말라기서 4장 6절에서 말하는 것처럼 엘리야의 영, 주의 영이 오셔야 아버지 세대가 아들에게로 마음이 돌아서고 아들 세대가 아버지에게로 돌아온다고 믿습니다.

세대 간의 벽이 얼마나 서로를 아프게 하는지 아버지 입장에서도 보게 하시고 아이들 입장에서도 보게 하시면서 또 제 자녀를 기르면서 저도 부모 입장에서 부모의 마음도 알게 하시고 제가 알지 못했기 때문에 받은 상처로 들어왔던 많은 마귀들의 거짓말로부터 해방이 되었습니다.

저는 아버지가 제가 공부를 못한다든지 나쁜 짓 하는 것을 알게 되면 사랑 안 해주신다는 거짓말을 믿었어요. 진리를 모르면 아이들은 거짓말을 믿습니다. 처음으로 아버지가 "나는 네가 내 아들이라 좋다, 나는 너 사랑해" 하면서 안아줄 때, 패륜아처럼 아버지를 살벌한 눈으로 째려보고, 아버지한테 쌍욕을 하고 덤비던 아이들이 그 자리에서 치유되고 관계가 완전히 회복되면서 몇 개월 안에 전부 해와 같이 밝은 얼굴로 변하는데, 이 가정들이 거의 크리스천 가정들이거든요. 저에게 오는 사람들은 거의 99퍼센트가 한국 크리스천 교회에서 보내주는 사람들이었기 때문에 장로님 아이들도 있고, 목사님 아이들도 있고, 정말 잘 알려진 종교 지도자의 아이들도 있는데, 우리의 문화나 어떤 생활습관 때문에 변하지 않겠다는 고집 때문에 생기는 많은 갈등을 이민 사회에서 일하면서 많이 보게 되었습니다. 1세와 2세의 나이 차이에서 오는 생각의 차이와 단절이 있는데다가, 문화의 단절, 언어 소통의 불완전함에서 오는 단절도 심했어요. 아이도 착하고, 엄마도 착한데, 아이와 엄마가 원수처럼 미워하는 거예요. 그래서 제 사무실에서 소리 지르고 싸우는데 아이는 엄마한테 영어로 욕을 하고, 엄마는 한국말로 아이에게 대꾸를 하는 아주 웃을 수도 없고 울 수도 없는 비참한 코미디 같은 상황이 일어나는 것을 보면서 정말 마음이 아팠습니다. 이런 삼중사중의 벽들 사이에서 단절이 일어난 것을 극복하는 것은 쉽지 않은 일이에요. 하나님 성령의 음성을 듣고 그분의 사랑 안에서 두 분이 만날 수 있게, 아버지와 아들이 만날 수 있게 어머니와 딸이 만날 수 있게 해드리는 방법밖에 다른 방법이 없더라고요.

그러려면 먼저 아버지들이 내가 아버지를 사랑하지도 않을 때 죄인이었을 때 나를 아들 삼고 싶으셔서 독생자와 바꾸신 하나님 아버지의 완벽한 사랑 안에서 모든 두려움과 모든 잘못된 생각, 거짓이 떠나갈 때에만, 아, 내가 완벽한 사랑을 받는 아들이구나 하는 것을 깨달을 때에만, 이분들이 진정한 아버지의 사랑으로 아들들을 품어줄 수 있게 되더라구요.

한번은 아버지가 장로님이신데 아이가 아버지를 원수처럼 미워하는 거예요. 한국과는 달리 미국에서는 아이들이 잘못 나가기 시작하면 아버지 앞에서 물건을 마구 집어던지며 쌍욕을 하는 거예요. 듣기 민망할 정도로. 마약 기운도 있었기 때문에 그랬겠지만, 이 점잖은 분이 어쩔 줄을 모르고 쩔쩔매는 것이 저는 저희 아버님 같기도 하고 또 제 자신 같기도 해서 아주 민망했어요. 저도 그 당시 사춘기 아이를 기르는 엄마였기 때문이죠. 그래서 그 아이를 데리고 시간을 좀 보내기로 결정을 했습니다.

미안한 말이지만 변호사들이 합법적인 도둑들이거든요. 시간을 돈으로 환산을 하기 때문에. 저는 그때 변호사 생활을 10년을 넘게 해서, 형사법 전문 변호사가 되었을 때는 제 주위에 저 정도 경력과 실적이 있는 변호사는 시간당 250불, 350불씩 청구를 하곤 했어요. 시간이 돈이에요. 이 사람들은 급한 사람들이고, 딴 데 갈 데가 없어요. 그냥 변호사님만 믿습니다, 하고 덤비는데, 그 사람들의 절망적인 상황을 이용하려고 하면 돈을 엄청나게 벌 수가 있는 거예요. 다섯 시간 상담을 하면 되는 것을, 여섯 시간 일곱 시간 늘릴 수 있는데, 이 사람들에게는 아무런 권한이 없고 저한테 모든 권한이 있거든요. 변호사니까. 그래서 제가 이 아이들을 데리고 어디 간다고 하면 어머니 아버지들이 너무 걱정을 하시는 거예요. 돈을 많이 청구할까봐. 그때 저에게 변호사 일이 사역으로 받아들여지기 시작하는 그러한 기회를 하나님이 주셨습니다. 그래서 "저는 지금 변호사로 일하는 것이 아니고 청소년 사역을 하려는 겁니다. 이건 그냥 목회자로 하나님을 섬기는 종으로 아이들을 만나는 거니까 걱정하지 마세요" 그러니까 엄마 아빠들이 너무 좋아하는 거예요. 공짜로 상담을 받는다고 생각하니까, 돈을 안 내도 된다고 생각하니까, 몇 시간을 하든지 데리고 가십시오 해요. 공부해야 됩니다, 이런 소리도 안 하고.

그래서 저녁 시간 같은 때 이 아이들을 데리고 경치가 좋은 어바인이라는 도시에 있는 호숫가 같은 데를 가는 거예요. 그럼 이 아이들이 엄마, 아빠가 아닌 성인들과 대화를 해본 적이 없는 아이들이 많거든요. 야단치려고 그러나, 잘하라고 잔소리하려나 긴장합니다.

그래서 저는 가기 전에 항상 그렇게 기도를 했어요. "아버지, 저의 육신의 아버지도 저를 목숨보다 더 사랑하셨는데, 제가 하나님을 알지 못했기 때문에 성령이 없었기 때문에, 또 인간의 한계 때문에 받았던 상처들을 이 아이가 똑같이 갖고 있습니다. 하나님이 치유해주십시오." 이 아이들은 크리스천 가정에서 자라고 우리 아들 좀 살려주시면 제가 무엇이든지 하겠습니다, 하고 저에게 모든 체면까지 다 내려놓고 무릎 꿇고 비는 아버지들도 계세요. 남 부러울 것 없이 잘살고 있는 분인데도 아이 하나 때문에 그렇게 무너지는 아버지들을 보면서, 세상에, 어떻게 이런 단절이 일어날 수 있을까 하고 놀라지 않을 수가 없었습니다. 아이가 자기는 사랑받은 기억이 없다는 거예요. 자기를 사랑해주지 않기 때문에, 자기 인격을 모욕하고, 자기 친구들을 싫어하기 때문에 자기는 아버지 아들이 되고 싶지 않다는 거예요. 그런데 제가 나도 똑같은 거짓말에 속앉았어, 하는 기억을 하나님이 하게 해주셨어요.

실수를 하면 아버지가 저를 미워한다고 하는 거짓말에 속아서 중고등학교와 대학교를 실수 안 하려고 엄청나게 노력을 했어요. 그러다보니 빼빼 마르고, 신경성에서 오는 모든 합병증이 저에게 오는 거예요. 두통, 허리도 아프고, 밤에 잠도 잘 안 오고, 그러다보니 몰래몰래 술도 먹게 되었고요. 아버지가 저를 그렇게 사랑하는데 저는 굶어 죽어가고 있었던 거예요. 그래서 그 기억 때문에 하나님에게 그렇게 기도를 했어요. "아버지, 오늘 제가 이 아이 만날 때, 아무리 인간의 아버지가 사랑한다고 해도 인간이기 때문에 바쁘다든지, 슬프다든지 하면 상대방을 보지 못하는 근시안적인 사랑을 합니다. 그렇지만 하나님의 사랑은 완벽하고, 모든 두려움을 쫓아내므로 바로 그 사랑을 오늘 제가 전할 수 있게 해주십시오." 그렇게 기도하고 아이들을 만납니다.

저는 웬만한 실수도 안 하고, 공부도 잘하고요, 거의 다 A를 받으면서 대학교까지 잘 졸업을 했거든요. 그런데 제가 아버지의 마음을 제일 먼저 슬프게 했던 것이 좋아하는 사람이 생기니까 '이게 여태까지 내가 찾던 사랑이구나' 하는 착각에 목숨을 걸고 사랑을 했어요. 그래서 아버지가 반대하는 결혼을 어렸을 때 했어요. 대학을 졸업하자마자. 그러면서 제 마음속에는 내가 아버지를 지금 실망시켜드렸기 때문에 이제 아버지와 나의 사랑은 끝난 거야. 그렇게 믿었어요. 아버지는 절대로 어렸을 때처럼 나를 사랑해주지 않으서. 나는 아버지를 실망시켰으니 아버지의 사랑을 받을 자격이 없는 딸이야. 이러면서 제 스스로 아버지의 사랑에서 저를 끊었습니다. 아버지로부터 제가 떠나왔어요.

그래서 결혼해서 미국에 이민 가서, 유학 가서 사는 동안 너무너무 힘든데 제가 아버지에게 한 번도 "아버지, 나 힘들어요, 도와주세요" 하는 전화를 안 했습니다. 왜냐하면, 제 안에는 제가 만들어낸 거부받은 기억만이 가득 차 있었기 때문에, 아버지가 결혼하지 말라는 남자랑 결혼했는데 "나 지금 힘들어" 그러면, "거 봐라. 네가 내 말 안 듣더니 꼴좋다" 아버지가 저에게 그렇게 할 거라는 생각을 했었거든요. 그러니까 저희들이 구원받기 전에는 완전히 마귀의 거짓말에 노예생활을 하는 거예요. 그래서 그 채찍에 맞는 거예요. 그러면서 노예처럼, 더욱더 잘해야지 하는 거죠. 그래서 가끔씩이라도 아버지에게 전화를 할 때는 학교에서 제가 공부를 잘한다든지 자랑할 것이 생길 때만 전화를 하는 거예요. "아버지, 나 오늘 학교에서 A 받았어요. 여기 와서 언어도 힘들고 그런데, 아버지, 나 잘했지?" 그럼 우리 아버지는 "그래, 그래, 잘했다. 괜찮니?" 그러면, "아, 아버지 나 괜찮아요." 괜찮긴 뭐가 괜찮아요. 그때 저는 이민 와서 문화도 너무 안 맞는데다가 아버지 어머니 너무 보고 싶은데, 제가 어려서 스물두 살밖에 안 되었을 때 시집을 가서 조금 있다 아이를 가지고 아무도 도와줄 사람이 없는 데서 이 아이를 혼자 쩔쩔매면서 기르는데, 남편은 남편대로 오고 싶지 않은 미국에 마누라 때문에 끌려와서 언어도 통하지 않는 데서 모멸당하고 돈도 잘 벌 수 없는 상황에서 고생하고 하는 과정에서 자기가 너무 지쳐 있었기 때문에 서로 간에 상처 주고 힘들어하는 때였는데요.

가장 힘들었던 것은 어렸을 때부터 받고 싶었는데 제 마음속에서 거부당한 느낌 때문에 제 스스로 멀리 도망갔던 아버지 사랑의 빈자리, 마음속의 큰 공허함, 이러한 것들을 잠시나마 채워줬던 첫사랑의 '이게 내가 원하던 거야' 하던 만족감, 만져주기도 하고 안아주기도 해서 목숨을 걸고 아버지까지 떠나면서 선택했던 그 사랑이 똑같이 거부당한 느낌으로, 똑같은 아픔으로 저를 실망시키기 시작했을 때의 그 좌절감이었어요. 목숨을 걸고 한 사랑인데, 이것만 있으면 딴 건 아무것도 없어도 된다고 모든 걸 다 버리고 미국까지 단둘이서 왔는데, 이 사람에게는 나의 세계와 완전히 단절된 자기만의 세계가 있구나, 했거든요. 내가 우리 아버지에게 단절과 거부감을 느꼈던 것처럼요.

나는 하루 종일 자기 생각만을 하면서 오늘은 저녁에 들어오면 맛있는 것을 해주고 좋은 시간을 가져야지 했는데, 그때 남편은 자기 나름대로 저를 너무 사랑해서 이 여자를 실망시키면 안 되지 하는 강박관념에 시달리다 보니 지쳐서 들어오면 쓰러져 자버리는 거예요. 유학생은 일을 할 수 없기 때문에 흑인들도 싫어하는 그런 일자리밖에는 얻을 수가 없거든요. 밤에는 주유소에서 낮에는 햄버거 가게에서 잠을 거의 못 자면서 일을 했어요. 또 반대하는 결혼을 했으니까 처갓집에도 '내가 여자 하나 먹여 살리지 못하는 남자가 아니'라는 것을 보여주고 싶은 자존심도 있었겠죠. 이 남자가 너무 지쳐서 제가 예쁜 옷을 입고 오늘 저녁에는 이 남자에게 사랑을 받고 싶다는 사랑의 시도를 했는데도 "아, 나 피곤해 자야겠어" "여보 내가 맛있는 거 했는데……" "야, 나 지금 밥 먹을 기운도 없다" 하고 지쳐서 쓰러져서 자면 어렸을 때 받았던 상처가 다시 찢어지면서 이때다 하고 덤벼든 마귀가 저에게 거짓말로 "너는 절대로 사랑받을 수 없는 존재야. 아무도 너를 사랑하지 않아. 너는 이렇게 외롭다가 혼자서 죽을 거야" 하는 어떤 공포감 같은 게 몰려왔죠. "여보, 나랑 얘기 좀 하자. 나 안 좋아? 당신, 나 사랑 안 해?" 하면서 그 피곤한 남자를 귀찮게 하면 "왜 이렇게 귀찮게 해!" 하면서 음성이 높아지는 거예요. 그러면 어렸을 때 아빠랑 놀고 싶었는데 "나, 지금 원고 마감 시간이야. 얘 좀 데려가!" 하고 아버지가 소리 질렀을 때처럼 그 가슴이 다시 찢어지고 마는 거였어요.

첫사랑에 빠졌을 때 이 사랑이 어렸을 때 내가 아버지에게 못 받았던 사랑이라고 생각하고 사랑의 빈자리가 이 사랑으로 채워질 거라는 희망에서 미친 듯이 목숨 걸고 연애를 했거든요. 그랬는데 똑같은 일이 일어나니까 다시 큰 상처를 받았죠. 학교생활은 학교생활대로 힘들고 물론 경제적으로도 힘들었어요. 자존심 때문에 저희 남편이 부모님들에게는 항상 괜찮다고 얘기를 하라고 해서 미국 사정을 모르시는 저희 부모님들은 유학생은 불법 취업이라 일을 하지 못하게 된 것도 모르시고 젊은 아이들이 둘이 가서 자기 힘으로 생활하는 것이 자립정신도 생기고 옳은 일이라 생각하셨어요. 결혼해서 갔으니까 남편이 아내를 먹여 살리는 게 당연하다고 생각하셨지만 미국의 상황이 바뀌어 저희가 갔을 때는 유학생들이 할 수 있는 직업이라고는 아주 위험한 흑인 동네에서 최소한의 일당만 받는 일자리밖에는 없었던 거예요. 게다가 저는 한국에서 너무 곱게 자랐거든요. 항상 아줌마들이 해주시는 밥을 먹고 운전사 아저씨들이 운전해주시고, 돈이 필요한데 없었던 적은 한 번도 없었어요. 뭐가 사고 싶으면 그냥 부모님한테 얘기하면 사주셨어요. 저는 세상이 그런 줄만 알고 살았다가 갑자기 극과 극인 상황에 처하면서 "아버지, 지금 상황이 이러이러합니다" 했으면 아버님이 도와주지 않으실 분이 아닌데 남편과 제가 둘 다 쓸데없는 자존심 세우며, 또 그 사랑으로부터 이미 제가 떠났기 때문에 그 사랑의 바깥에서 고통을 받았던 거예요. 아버지가 "너 괜찮니?" 하고 물어보시는 것도 상처가 되고 다시 모든 것이 상처가 되면서 점점 아버지에게서 떠난 거예요. 아버지가 잘못하신 건 하나도 없는데.

그때 저는 거짓말을 했어요, 아버지한테. "우린 잘 살아요. 걱정하지 마세요." "네가 내 말 안 듣고 고생하지?" 이 말 하실까봐 철저하게 숨겼습니다. 처음 이민 생활 1년은 너무 힘이 들면서 그때는 정말 살고 싶지 않은 생각까지 들었어요. 말이 통하지 않는 학교생활도 힘들었어요. 제가 하나님을 알지 못할 때에는 정말 좋은 어머니 아버지가 있는 좋은 환경에서 자라서 저를 사랑해주는 남자와 결혼했는데도 이렇게 사는 게 힘들었어요.

아이들에게 처음에 상담할 때 그래서 그냥 제 얘기를 해요. 나는 이랬다, 모든 것이 다 갖춰졌는데도 나는 항상 사랑이 부족해서 사랑에 목숨을 걸고 하지 말라는 결혼을 하고 여기까지 와서 또 아버지 마음에 들어보려고 그렇게 공부도 하고, 남편의 마음에도 들어보려고 했지만 내가 원하는 사랑을 한 번도 받지 못하는 상황이었다, 네가 지금 있는 이 자리가 내가 그때 있었던 그 자리와 비슷한 것 같다. 이렇게 얘기하면 아이들이 마음을 열면서 "저도 그래요. 저도 너무 외로워요. 막막해요. 어떻게 살아야 할지 모르겠어요" 하고 마음을 털어놓기 시작해요. 아이들 이야기를 들으면 너무 가슴이 아파요. 아버지 얘기를 들으면 아버지 편이 되고, 아이들 얘기를 들으면 아이들 편이 되지만 사실은 훨씬 더 많이 저는 아이들 편이에요. 왜냐하면, 아버지가 사랑을 해줘야 하는 입장이니까요. 이 아이들은 하나님이 우리에게 맡긴 아이들이거든요. 그러니까 우리들이, 부모님들이 먼저 하나님 앞에 깨어지면서 성령받아서 하나님 아버지의 마음을, 하나님의 사랑을 아이들에게 전해줘야 되는 첫 번째 의무가 부모들에게 있다고 저는 생각해요. 우리가 그렇게 하지 못했기 때문에 아이들이 너무나 많이 망가지고 깨지고, 그래서 아주 산산조각이 난 아이들을 많이 만났어요. 좋은 아버지 밑에서 자랐는데, 사랑하는 아버지 밑에서 자랐는데, 제가 그중의 하나였듯이.

제가 교회에 열심히 다니고 신앙생활을 했지만 하나님을 진짜 만나기 전에는 저도 똑같은 거예요. 저는 어렸을 때 상처를 많이 받았기 때문에 빨리 결혼해서 엄마가 되고 싶었어요. 빨리 엄마가 되어서 내 아이에게는 내가 이렇게 사랑해줘야지, 내 아이에게는 내가 이렇게 해야지 하는 소망이 저에게 강하게 있었기 때문에 스물세 살밖에 안 되었을 때 낳은 아이를 정말 제 나름대로는 제 몸을 불살라서 사랑을 했어요. 그런데 이 아이가 사춘기인 열여섯 살이 됐을 때, 제가 열여섯 살 때 했었던 것처럼 공허한 눈빛을 하고 "엄마는 나를 사랑하지 않아"

땅 끝 의 아 이 들

할 때 정말 충격을 받았습니다. 이게 어떻게 된 거야? 왜 이게 똑같이 다시 되풀이되는 거야? 나는 아이를 정말 내 목숨을 바쳐 사랑했는데! 내가 아이에게 사랑한다고 말도 많이 했는데, 많이 안아도 줬는데 이게 어떻게 된 거야?

그때서야 제가 하나님의 사랑이 저를 통해서 그 아이에게 전해질 때에만 그것이 진정한 사랑으로 그 아이를 채울 수 있다는 것을 깨달았지요. 사람의 사랑은 단절된 벽을 통해서 가기 때문에 내가 사랑하는 사람을 상처주고, 내가 사랑하는 사람을 춥게 하고 아프게 하는 그 한계를 영원히 뛰어넘지 못합니다. 물론 어떤 사람은 그걸 잘하는 사람이 있어요. 다른 사람들보다. 그래서 아이들이 아버지 어머니 사랑 잘 받고 유복하게 자라는 경우도 있고 그런 사람들은 그렇게까지 큰 외로움은 느끼지 않는 것도 같아요. 그렇지만 그 사람들도 다 똑같은 자리에 있어요.

잘 살다가 하나님이 필요하다는 것을 깨달아야 하는 계기가 왔을 때 어려운 일들이 생기기 시작하면 그 모든 유리성들이 우르르 무너지면서 아, 이 남자가 정말 나를 사랑하는 남편이 아니었구나, 이 여자가 정말 나를 사랑하는 아내가 아니었구나, 저 사람은 철저하게 이기적인 존재구나, 내가 이렇게 철저하게 이기적인 존재구나, 하는 것을 깨닫는 분들도 많이 봤습니다.

말라기서 4장 6절 말씀, 엘리야의 영이 우리에게 임하셔야만 이 단절의 벽이 무너집니다. 예언의 영, 하나님의 마음을 전해주는 영, 그 영이 가장 강하게 왔던 분이 엘리야이시죠. 엘리야는 하나님이 이런 분이라는 것을 알려주려고 하나님의 영을 가지고 예언했던 분입니다. 그 엘리야의 영이, 성령이 똑같이 우리에게도 임하면 그때 아비의 마음이 아들에게 돌려지고, 아들의 마음이 아버지에게 돌려진다는 그 말씀이 이루어지는 것을 보면서 그 말씀은 저의 사역의 중심이 되는 성경 구절이 되었어요. 제가 제 인생에서 깊게 체험을 한 하나님의 말씀의 능력이 있는 성경 구절인 것이지요. 예레미야서 29장 11절과 말라기서 4장 6절, 이것이 제가 성령으로 거듭나서 엄마로 부모로 거듭나는 기적을 체험하게 한 두 구절이었어요.

말을 듣지 않고 점점 저와 단절이 돼가는 제 아들로 해서 하나님을 찾기 시작했을 때 매일 새벽기도를 다니고 성경 공부를 하면서 말씀을 많이 묵상했어요. 그때 하나님이 저에게, 제가 하나님의 사랑으로 저 아이를 사랑하지 않으면 그것은 사랑이 아니라는 것을 보여주셨습니다. 제 안에 있는 모든 사랑은 저 위주로 하는 이기적인 사랑 이외에는 아무것도 아니며 제 안에 사랑이 없다는 것을 보여주셨어요. 제가 하나님의 사랑이 없이는 죽은 자와 같다는 것을 그때 깨닫게 하셨습니다. 제자반을 할 때였는데 갈라니아서 2상 20설이 운명적으로 다가왔어요. "내가 그리스도와 함께 십자가에 못 박혔나니 그런 즉 이제는 내가 사는 것이 아니요 오직 내 안에 그리스도께서 사시는 것이라. 이제 내가 육체 가운데 사는 것은 나를 사랑하사 나를 위하여 자기 자신을 버리신 하나님의 아들을 믿는 믿음 안에서 사는 것이라." "자기 자신을 버리신"이라는 말을 영어로 하면 He gave himself for me. 자기를 다 나를 위해 주셨다는 뜻입니다. 자기가 완전히 십자가에서 녹으셔서 형체 없이 되셔서, 내 안으로 스며들어오셔서 내가 되신 그 예수님, "그 하나님의 아들을 믿는 믿음 안에 사는 것이라. 이제 내가 육체 가운데 사는 것은 나를 사랑하사 나를 위하여 자기 자신을 버리신 하나님의 아들을 믿는 믿음 안에서 사는 것이라." 그 말씀으로 제가 하나님을 정말 아버지로, 또 예수님을 저의 구주로 영접하기 시작하는 신앙의 여정이 그때 시작되었던 것 같아요. 아이와 연결되려고 하는 몸부림 속에서 예수님은, "내가 그 벽을 부숴주려고 왔다. 두 사람, 너희 아버지와 너, 남편과 너, 그렇게 사랑하는데도 타인이라는 사실 때문에 하나 될 수 없고 서로가 지옥이 되는 상황에서 네가 벗어날 수 없기 때문에 하나님 아버지와 너의 단절, 또 너와 네가 사랑하는 사람과의 단절을 내가 해결해주려고 왔다." 마태복음 22장 37~40절에 "네 하나님 아버지 여호와를 네 마음과 모든 힘을 다해서 사랑하라. 그리고 네 이웃을 사랑하라." 이제는 그 두 계명 밖에 없다고 그러셨어요.

그러나 우리는 하나님을 마음 다해서 사랑할 수 없는 존재이기 때문에 그리고 내 이웃을 나처럼 사랑할 수 없는 존재이기 때문에, 죄인이기 때문에, 우리의 죄를 그분이 짊어지시고 돌아가심으로 사랑이신, 하나님이신, 성령이신 예수님이 우리 안으로 들어오실 수 있게 되어 그 사랑을 내 안에 담게 되는 것, 그것이 구원이라는 것, 그것을 나중에야 깨달았는데요. 처음에 성경 공부 하면서 아이의 사춘기를 잘 지나게 해보려고 하다가 저도 그렇게 아버지 하나님을 만나기 시작했던 것이었어요.

제가 성령으로 처음 아버지 음성을 듣기 시작하면서 "이 아이를 어떻게 할까요?" 하고 새벽에 가서 울고 기도하면, 무조건 사랑해주라는 거예요. 네가 무엇을 했기 때문에 사랑하는 것이 아니라, 단지 네가 내 아들이기 때문에 존재 자체로 사랑하시는 하나님 아버지의 사랑을 알려주라는 거예요. 그래서 아이의 반항을 받아주기 시작하고 그냥 당하기 시작했어요. 1년 동안. 그런데 이게 끝이 안 나고 점점 더 하는 거예요. "아버지 말이 맞아요? 이러다가 아이가 완전히 잘못되면 어떻게 해요?" 또 새벽에 가서 기도하면 "하나님은 사랑이시니라, 온전한 사랑은 두려움을 쫓아내느니라. 사랑은 허다한 허물을 덮느니라. 하나님은 사랑이시니 사랑을 알지 못하는 자는 하나님을 알지 못한다"는 말씀으로 하나님은 계속 저에게 하나님의 사랑을 알려주는 도구가 되라고 하셨어요. 그런데 그 과정에서 저도 모르는 사이에 하나님이 저를 치유하고 계셨던 거예요. 하나님의 사랑을 모르는데 어떻게 아이에게 주겠어요? 그래서 아이를 구해보려고 저는 계속 하나님의 말씀 안으로 들어가고 그 말씀 안에서 저를 그렇게 사랑하시는 아버지를 만나게 되었습니다.

돌아온 탕자의 이야기가 저에게는 구원의 시작이었는데요. 저는 친구가 하라고 해서 알지도 못하면서 전혀 계시적인 깨달음이 없는 상태에서 예수님을 영접했습니다. 그래도 그것이 성령이 없으면 할 수 없는 고백이라는 것을 나중에야 깨달았지만, 그때 저는 하나님이 누구신지도 모르고, 성경 말씀도 한 구절도 몰랐어요. 왜 했는지도 모르겠어요. 성령님이 도와주셔서 "예수님은 나의 구주이십니다" 제가 그렇게 고백하고 1992년에 세례를 받았거든요. 그리고 10년 동안은 정말 그냥 '종교생활'을 했어요. 그런데 그런 과정에서도 하나님이 저를 눈동자처럼 지키셨던 것 같아요. 구원의 씨가 제 안에 신앙의 고백으로 이미 들어왔기 때문에 저의 아버지가 되셔서 저를 아버지와의 관계 안으로 들어올 수 있게끔 계속 저에게 그때그때 사람을 보내서 인도해주셨습니다.

제가 세리토스로 이사를 가서 어떤 교회를 찾아가다가 원래

찾던 교회가 아닌 '사랑의교회'로 잘못 들어갔습니다. 성령님이 인도해주셨지요. 늦어서 바로 설교가 시작될 때 들어갔는데요. 아이가 3학년이었기 때문에 3학년 반에다 넣어놓고 제가 성전에 가니까 이미 늦었어요. 그런데 제가 자리에 앉는 그 순간에 목사님께서 "아버지는 지금도 탕자가 그냥 돌아오기만을 기다리고 계십니다. 그것이 아버지의 사랑입니다" 하는데 갑자기 '돌아가고 싶다' 하는 생각이 제 마음에 물밀듯이 몰려왔어요. 이민 와서 실패와 좌절을 계속 하면서, 가장 큰 실패인 결혼의 실패, 아무도 없는 데서 아버지 어머니에게 한 마디도 하지 못하고 혼자 이혼을 했습니다. 어머니 아버지한테 말을 하면 어머니 아버지가 너무 실망하실 것 같아서였는데 정말 힘들었어요. 아픔을 호소할 곳도 없고 제 마음은 만신창이가 되어서 스물여섯에 이혼하여 네 살짜리 아이를 데리고 혼자서 살려고 일하면서 아이를 돌보는 게 지쳤었어요. 그렇게 3년을 혼자 살다가 너무 힘들고 지쳐서 재혼을 했어요. 계속 실수와 실패의 연속이었어요. 제가 1981년에 이민 와서 1992년에 구원받을 때까지 그 긴 기간이 저에게는 계속 실패의 연속이었습니다. 정말 실패하고 싶지 않아서 열심히 살려고 했는데 마음대로 되지가 않았어요. 그래서 그 아이가 열 살이 되었을 때는 몸과 마음이 다 지쳐서 아버지가 알고 있는 딸하고는 이미 너무 거리가 멀어서 돌아갈 수가 없는 거예요.

땅 끝 의 아 이 들

제가 너무 지쳐서 한 번 고향에 간 적이 있습니다. 이혼하자마자 너무 아버지가 보고 싶었어요. 엄마가 보고 싶었어요. 그래서 아이를 데리고 갔는데 비행기 타고 가면서 너무 무서운 거예요. 아버지가 저를 보고, 너 가문에 망신을 시켰으니 정말 어떻게 나한테 이럴 수가 있느냐 이러면 어떻게 하나. 열세 시간을 내내 떨면서 갔습니다. 아버지가 제 모습을 보시더니 "왜 이렇게 말랐냐? 얼굴이 왜 이렇게 안 됐냐?" 하시는데 저는 거기서 막 울면서 "아빠, 나 너무 힘들었어" 하고 아빠 품에 안기고 싶었어요. 그런데 나에게는 안길 품이 없었어요. 아버지 때문이 아니라 내가 상처 안 받으려고 아버지를 너무 밀어냈었기 때문에, 안길 품이 저에게 없다는 걸 뼈저리게 깨달으면서 그 자리에서 다시 비행기 타고 돌아가고 싶었어요. 아버지는 멀리 떨어져서서 어떻게 할 줄을 모르시는 거예요. 위로는 해주고 싶으신데 하실 줄을 모르시니까. 그런 위로와 사랑을 받아보신 적이 없으시니까. 다 혼자 견디셨으니까. 그런데 그 안타까움을 저는 그때 몰랐어요. 아버지가 내가 말랐다고 지금 실망하셨구나. 내가 얼굴이 미워졌다고 지금 그러시나. 이렇게 완전히 비뚤어지게 되어서 거짓말하는 거짓의 영, 마귀의 영에게 속았어요. 저는 그때 적그리스도의 영으로 꽉 붙잡혀 있었기 때문에 모든 것이 굴절된 렌즈를 통해서 저에게 받아들여졌어요. 마치 백내장이 심하면, 세상이 뿌옇게 보이는 것처럼 저에게는 상처가 백내장 같은 것이었던 것 같아요. 어렸을 때 몇 번 받았던 상처를 통해 들어온 마귀의 거짓말 때문에 뿌옇게 세상을 봤어요. 그래서 아버지는 지금 나를 보고 너무 실망하셨다, 내가 아버지 망신시키고 이런 몰골이 돼서 돌아왔으니 내가 아버지에게 못할 짓을 했다, 그러면서 괜히 왔다, 내가 여길 왜 왔나, 더 비참해지게 하는 후회가 쏟아졌습니다. 오랜만에 왔는데 제가 말도 안 하니까 아버지는 아버지대로, 쟤가 나를 사랑 안 하나, 그러면서 서로 눈치만 보고 어떻게 해줄 줄 모르는 그 안타까움에 아버지는 아버지대로 자꾸 신경질이 나시고 저는 저대로 어색하기만 한 상황이 계속되었어요.

그런데 엄마가 저한테 이것저것 물어보시면서 "어떡하니? 어떻게 살려고 그러니? 왜 이혼을 했니?" 막 그러는데, 아버지가 갑자기 "여보, 여보. 쟤 너무 말랐는데 밥 좀 먹어. 밥 좀. 야, 밥 차려라" 이러시면서 부엌으로 들어가시는 거예요.

우리를 구원하는 것은 저는 사랑밖에 없다고 생각해요. 우리가 마귀에게 묶여서 완전히 거짓말 속에 들어 있을 때, 그 깜깜한 흑암 속에 빛이 와도 저희들은 빛이 싫거든요. 예수님이 요한복음에서 어둠 속에 빛이 왔는데 어둠이 빛을 싫어했다고 하셨어요. 우리가 구원받기 전에는 예수님의 진리, 하나님의 사랑이 다 듣기 싫어요. 그리고 받아들여지시 않습니다.

그런데 그 절망적인 깜깜한 흑암 속에서 우리를 그 빛 안으로, 구멍을 뚫듯이 한 구멍만 탁 뚫으면 빛을 볼 수 있게 하는 그 구멍이 바로 저는 사랑이라고 생각해요. 그래서 우리가 구원을 받으면, "주 예수를 믿으라. 그리하면 너와 네 가족이 구원을 받으리라"고 한 이유가 내 안에는 가족에 대한 하나님이 주신 사랑이 있기 때문에 피로 맺은 사랑이 있기 때문에 내 피가 있는 사람들은, 내가 그 사랑이 있는 한은 하나님이 내 피를 통해서 그 사람에게 흘러갈 수 있는 그 사랑이 나에게 있기 때문에 그런 것 같아요.

당시 저희 아버님이 구원받지 못한 분이셨고, 저도 구원받지 못했었지만, 하나님이 아버지에게 담아주신 사랑, 나에게 남아 있던 아버지를 향한 사랑, 그 사랑이 통로가 되었던 것 같아요. 그래서 그 거짓말의 무덤 속에 꽁꽁 묶여 있던 저에게 한 줄기처럼 그 사랑이 전해져 왔습니다. "아버지가 지금 마음이 아프시구나." 아버지의 눈빛을 봤을 때, 눈 속에 심한 고통, "금지옥엽으로 길렀던 내 딸이 왜 저렇게 돼가지고 돌아왔을까?" 하는 그 아버지의 사랑이 모든 거짓말을 뚫고 저에게 전해져 왔어요. 그러면서 처음으로 가슴이 좀 따뜻해지기 시작했어요. 술을 먹었을 때처럼. 제가 "아빠, 미안해요. 아빠, 창피하게 해서 너무 미안해요" 그랬더니, "네가 지금 내 걱정 하고 있게 생겼냐?" 그러시면서 "그냥 쉬어라" 아버지가 저를 그곳에서 쉬게 하셨어요. 그것이 제가 처음 만난 내 아버지의 집이었어요. 저에게는 그때까지 내 아버지의 집이 없었어요. 궁궐처럼 좋고, 내가 갖고 싶은 것 다 누리고 내가 원하는 것을 아버지는 다 주시는데도 아버지의 사랑을 몰랐기 때문에 저에게는 그것이 내가 더 착해야 하고, 더 잘해야 하고, 아버지의 마음에 들어야 하는 노예들이 사는 노예의 처소에 불과했어요. 그래서 도망갔어요. 그 집이 불편했기 때문에, 그 집이 저에게는 무겁기 때문에 저 사랑해준다는 사람에게로 도망갔어요. 아버지에게서 떠난 것이지요. 그래서 거기 가서 세상에 찢기고, 사람에 찢기고, 만신창이가 돼서 돌아왔을 때 저는 집안 망신시켰다고 소리 지르고 야단치실 줄 알았거든요. 저희 아버지가 좀 무서우시거든요. 그런데 그냥 저를 쉬게 하셨어요. 먹고 자라 그러셨어요. 그냥 먹고 쉬라고 하셨어요.

아, 내가 알았던 것이 틀렸을 수도 있었겠다, 내가 생각했던 것이 거짓말일 수도 있었겠다. 내가 생각한 아버지라면, 너 같은 건 내 자식도 아니야. 너 어떻게 가문 망신시키느냐? 우리 가문에는 이혼한 여자가 없다, 하고 나를 문 앞에서 쫓아낼 수도 있다고 생각하고 아주 가슴이 졸아들어서 집에 왔는데 내 아버지의 집에는 내가 쉴 방이 있었어요. 제가 처녀 때 쓰던 방을 비워 놓고 우리 아버지가 저를 기다리고 계셨어요. 거기서 그냥 이민 가서 공부하면서 일하면서 결혼에 실패하면서 아이 기르면서 지쳤던 모든 것을, 거기서 내려놓고 아침저녁으로 밥 먹고 자고, 밥 먹고 자고, 아이를 또 엄마가 봐 주니까 몇 년 만에 처음으로 그렇게 잤던 것 같아요.

그런데 그날 오정현 목사님께서 그렇게 말씀하셨어요. "돌아오기만 하면 됩니다. 아버지가 기다리고 계십니다. 여러분들이 돌아오기를. 내 아버지의 집에는 거할 곳이 많습니다. 이것이 복음입니다." 그 말씀이 저에게 소망으로 다가오면서 엉엉 울기 시작했어요. "하나님 아버지, 정말 저를 사랑하십니까? 제가 이렇게 죄인인데, 제가 이렇게 실수투성이인데, 아버지 싫다고 32년을 도망 다녔던 죄인인데, 그리고 나서 구원받고도 제대로 구원받은 자처럼 살지도 못하고 지금 그때보다 더 헤매면서 이러고 있는데도 제가 갈 곳이 있습니까? 아버지 집에? 제가 지금이라도 가면 쉴 방이 있습니까? 저 너무 쉬고 싶어요. 하나님, 저 너무 쉬고 싶어요. 너무 지쳤어요." 제 마음에 그런 간절한 기도가 솟아나기 시작했어요. 제가 1992년에 구원받은 지 2년 만이었던 그때가 처음 경험한 성령 체험이었던 것 같아요. 하나님의 말씀을 통해서 하나님의 사랑이 저에게 전해지는 것, 하나님의 사랑이 저에게 부어지는 것이 성령 체험이거든요.

로마서 5장 5절에서 "이제는 그 소망이 너희들을 실망시키지 아니하느니라. 왜냐하면 하나님의 사랑이 너희 마음에 부어졌다"라는 말씀이 있습니다. 하나님의 사랑이 부어지면서 처음으로 저에게 아버지의 사랑, 정말 받고 싶은 그 사랑의 소망이 생기기 시작했어요. "믿음은 바라는 것의 실상이요(히브리서 11장 1절)"라는 말씀도 있잖아요. 그 소망의 실상이 믿음이에요. 그러니까 믿음을 가지려면 소망이 먼저 있어야 하는데 저에게는 그때까지 그런 소망도 없었어요. 거짓말에 너무나 속아서 '그런 사랑은 이 세상에서 받지 못한다'는 절망으로 그냥 나는 나대로 나를 지키고, 상대방은 상대방대로 자기를 지키는 그 벽을 세운 상태에서 우리는 서로 사랑할 수 없다는 그 절망 속에서 사랑에 대한 소망을 완전히 버리고 살았던 것 같아요. 사랑에 대한 소망이 없어진 사람은 살고 싶은 소망이 없어져요. 아이들이 왜 자살하고 싶어 하는지 아세요? 사춘기 아이들이 자살 시도를 하는 이유가요. '내가 받고 싶은 사랑은 절대로 우리 어머니 아버지에게서 오지 않아' 하는 절망이 왔을 때 자살하고 싶어 해요. 그리고 그 사랑, 어머니 아버지에게서 받으려고 하다가 전혀 대화가 안 되면 그때는 또 미친 듯이 연애를 하거든요. 특히 여자애들 같은 경우에, 남자에게 모든 것을 바치고 매달립니다. 남자도 마찬가지예요. 그래서 이여자라면, 이 남자라면 채워줄 수 있어, 하고 사랑을 했는데 부서진 두 사람이 만나서 서로를 더 부서뜨리고 나면 그때, 아, 이 사랑에도 소망이 없구나 하고 소망이 끊기면서 사람들이 죽고 싶어 하는 것이거든요. 그래서 소망을 찾는 것이 가장 중요한데 바로 그 소망을 주기 위해서 예수님이 오신 거예요. 나를 믿기만 하면 나를 이렇게 완벽하게 사랑하신 하나님의 사랑이 너에게도 아버지로 임할 수 있다. 내가 하나님의 아들이듯이 내가 네 안으로 들어가면 너도 하나님 아버지의 아들이 되어서 딸이 되어서 너는 절대로 다시는 눈물도 없고 단절감도 없는 그 완벽한 사랑 속으로 들어갈 수 있다.

주님께서 약속해주십니다. 주님의 영, 엘리야의 영이 우리에게 하나님 아버지의 사랑을 깨닫게 해주실 때만 아버지의 딸들이 딸들의 아버지가 다시 사랑 안에서 서로 만나고 하나가 될 수 있게 됩니다. 세대 간의 화해가 일어나게 되고 관계가 치유되는 것이 제가 체험한 가장 큰 구원이고 기적입니다.

2

너는 빛이라

예수님께서는 '빛이 되어라'라고 명령하지 않으셨습니다. '너는 빛이라'고 선언하셨습니다. 우리가 그리스도와 함께 십자가에 못 박히면 우리의 옛사람은 완전히 십자가에서 소멸되는 것이고 그리스도께서 우리 안에 사는 것이라고 했습니다.

갈라디아서 2장 20절, "우리가 그리스도와 함께 십자가에 못 박혔나니", 이것은 과거형입니다. 이미 우리는 예수님과 함께 십자가에 못 박혀서 죽었고 예수님 부활하실 때 예수 그리스도를 죽은 자 가운데 살리신 그 영이 우리도 부활시키셨다는 것, 그 엄청난 복음의 비밀이 예수님과 우리가 하나가 되고 내 안에 그리스도가 산다는 그 사실 안에 있습니다.

골로새서 1장 27절에서는 Christ in us, the hope of glory. 우리 안에 예수 그리스도가 영광의 소망이라고 했습니다. 그런데 보통의 경우 우리가 이미 빛이라는 사실을 알지 못하고 빛이 되려고 애쓰는 거 같아요. 우리가 무슨 수로 빛이 되겠어요? 우리 안에는 빛이 없기 때문에 우리 힘으로 내 힘으로 내가 착해지려고 하고 어둠에서 빛으로 옮아가려고 하면 실패할 수밖에 없습니다. 저 역시도 내가 이미 빛이라는 주님의 계시적 말씀을 깨닫기 전에는, 내 안에 있는 어둠이 자꾸 보이니까 그 어둠을 몰아내려고 많은 노력을 했어요. 더 착해지려고 노력도 하고 교회도 열심히 나가고, 새벽기도도 더 열심히 나가고 했지만 내 안에 있는 어둠들이 사라지지 않는 거예요. 내 인생 안에 있는 어둠들이 사라지지 않는 거예요. 빛이신 예수님이 어느 날 저에게 '너는 빛이라' 이렇게 선언해주시기 전까지는 오히려 구원받기 전보다 더 스트레스도 많고 더 평강이 없는 삶을 살았다고 볼 수 있지요.

예수님이 빛으로 저에게 들어오시기 시작한 것이 아이러니컬하게도 가장 깜깜했던 시기인 2002년이었습니다. 그때는 작은아들이 열 살이었는데 나중에 자폐라는 판정이 났지만, 당시에는 자폐인 것을 몰랐기 때문에 과잉행동, 조울증, 여러 가지 잘못된 진단으로 저도 혼돈이 오고 아이도 굉장히 고생을 했어요. 열심히 기도하고 열심히 매달렸는데도 아이가 나아지질 않으니까 아이가 열 살이 되던 2002년에는 심신이 지칠 대로 지쳐서 더 이상 기도도 할 수 없고 하나님도 원망스럽고 굉장히 깜깜한 흑암의 시기였어요.

2002년 2월 22일, 그날도 저는 교회에 갔지요. 그때 미국 교회에 다니고 있었는데, 그날 목사님이 이렇게 말씀하셨어요. "예수 그리스도가 하나님의 아들임을 믿고 부활하셨음을 믿으면 여러분들은 지금 반밖에 구원받지 못한 것입니다." 저는, 예수 그리스도가 하나님의 아들임을 믿고 부활하신 것을 믿으면 그것으로 구원받는 게 아닌가 하고 깜짝 놀랐습니다. "예수 그리스도가 하나님의 아들인 것은 마귀도 압니다." 그러고 보니까 정말 그렇겠지요. 목사님께서는 다시 이렇게 말씀하셨어요. "우리가 예수님이 하나님의 아들이시며 우리의 죄로 인해 십자가에 못 박히고 죽으셔서 부활하심을 믿는다면 거기에 대한 반응으로 내가 그 예수님을 나의 구세주라고 입으로 시인하고 나의 주님이라고 시인할 때에 온전한 구원을 받는다"라고 하셨습니다. 그래서 로마서 10장 9~10절 말씀대로 He is Saviour, but also he is Lord. 주님이 내 인생의 구원자이시고 완전한 주님이십니다 하고 고백함이 반드시 있어야 한다고 하셨습니다. 저는 지난 10년 동안 구원받았다고 생각하고 교회를 열심히 다녔지만, 저에게 한 번도 예수님이 주님이 되신 적이 없었다는 것을 깨달았어요. 내 인생의 주인은 아직까지도 나 자신이었습니다. 모든 것의 마지막 결정은 내가 내리고, 내가 원하는 것을, 내가 원하는 식으로 신앙생활을 했고, 내가 원하는 것을 달라고 하나님께 졸랐습니다.

강한 회개가 임했어요. "하나님, 정말 잘못했습니다. 저를 구원하시기 위해서 십자가에서 죽으셨는데 예수님이 저의 주님이 되셔야 하는 것을 몰랐습니다. 오늘부터 제 인생의 주인은 제가 아니라 주님인 것으로 알고 전권이양을 하겠습니다."

그것이 구원에 이르게 하는 고백이라고 하시면서 목사님이 오늘 예수님을 영접할 사람 나오라고 하실 때 사실은 심히 주저가 됐습니다. 제가 이미 10년 동안이나 신앙생활을 해왔고 다니던 한국 교회에서는 새일꾼반, QT반을 가르치기도 했으니 스스로 베테랑 크리스천인 줄 알고 있었는데, 구원의 확신이 없었다는 것을 깨달으면서 너무 충격을 받았어요. 그래서 어떻게 할까? 꼭 나가야 되나? 그냥 여기서 하지. 그러고 있는데 목사님께서 계속해서 지금 한 명이 더 있다는 거예요. "앞으로 나오는 것이 영생을 좌우하는 것이라고 생각하면 사람들 때문에 창피해서 못 나오지 않습니다." 그리고 이렇게 말씀하셨어요. "네가 사람들 앞에서 나를 창피해하지 않으면 내가 너를 내 아버지 앞에서 부인하지 않겠다." 예수님이 하신 말씀을 들을 때, 그 자리에서 벌떡 일어나서 맨 앞으로 뛰어나갔습니다, 그렇게 하고 나니 정말 거듭났음을 느꼈어요.

그 2002년 2월 22일 이후로 지금 2011년 2월 23일이니까 9년이라는 세월이 지났는데요. 그날 이후로는 단 하루도 제 인생에서 아무 일 없이 지나간 날이 없는 것 같아요. 좋은 일이든 나쁜 일이든 그날부터 성령의 인도를 받는 하나님의 자녀로서의 삶이 시작되었습니다.

깜깜한 흑암 속에서 제가 빛을 만난 거지요. 그러면서 예수님께서 "너는 빛이라" 이렇게 말씀하셨습니다. 그런데 예수님이 저에게 하신 말씀과 저의 인생이 너무나 일치가 안 되는 거예요. 제가 빛이라는데, 깜깜한 어둠에 묶여 있는 삶이 계속되었습니다. 그래서 주님에게 매달려 기도하면서 주님에게 가까이 다가가기 시작했습니다. "너는 나에게 가까이 다가오라. 그러면 내가 너에게 가까이 다가가리라." 주님께서 그러셨죠. 그래서 주님을 목마른 사슴처럼 찾기 시작했습니다. 습관적으로 하던 QT를 성령님을 초청하면서, 예수님의 임재하심을 원하면서 새벽마다 일어나서 주님을 찾는 QT를 하기 시작했는데요. 그런데도 아이는 나아지지 않았어요.

4월 30일 QT 말씀을 묵상할 때였어요. 사도행전 3장 말씀을 QT 했는데 베드로가 "금과 은은 내게 없거니와 내게 있는 것으로 네게 주노니, 예수 그리스도의 이름으로 명하노니 일어나 걸으라" 했을 때, 38년 동안 한 번도 걷지 못했던 그 다리 저는 자, 미문에 앉아 있던 거지가 벌떡 일어나서 걸었다고 하는데 갑자기 그 말씀이 저에게 다가오면서 울부짖기 시작했어요.

"하나님, 금과 은도 제게 없으나 베드로에게 있는 예수님도 제게는 없습니다. 왜 저에게 빛이 없나 했더니, 빛이신 예수님이 내 안에 지금 없습니다. 예수님, 제 안으로 들어오셔서 저에게도 이 흑암을 이길 수 있는 빛의 권세를 주십시오. 저도 내 안에 '내가 믿는 예수 그리스도의 이름으로 명하노니' 하고 기도할 때 우리 아이가 낫기를 원합니다."

제가 그날 정말 절망적인 심정으로 주님에게 매달렸습니다. 주님을 만나지 못하면, 주님이 내 안에 있지 아니하면 나는 살 수 없다는 절박감이 몰려왔어요. 그게 저는 부흥의 시작이라고 생각합니다. 내가 죽어 있다는 것, 내가 흑암이라는 것을 깨닫는 것, 거기에서 빛에 대한 목마름이 생기는 것 같아요.

그런데 바로 다음 날인 5월 1일, 자폐를 앓던 후배 변호사의 아이가 기도받고 완전히 나았다고 하면서 소개시켜준 에릭 목사님과 통화 연결이 되었습니다. 그래서 할리우드에 있는 조그만 한국 교회에서 하는 집회에 그날 아이를 데리고 가게 되었고 그때부터 목사님과 제가 함께 치유 사역을 하게 되었어요. 그때만 해도 목사님을 도와드리면 혹시 우리 아이가 낫지 않을까 하는 생각으로 시작을 한 거였는데요, 통역을 해드리면서 진리이신 말씀이 계속 저에게 들어오기 시작했습니다. 제가 통역을 하려니까 듣고 제 입으로 고백을 해야 하잖아요, 그러면서 제 안에 없었던 믿음이 생기기 시작했어요. 우리 아이를 위한 기도라기보다는 정말 치유자이신 예수님을 나도 만나고 싶다는 없던 소망이 생기기 시작했습니다.

예수님이 우리에게 '너는 빛이라'고 말씀하셨습니다. 예수님을 믿는 그 순간에 주님이 내 안에 들어오시면서 내가 빛이 되는 것입니다. 그래서 주님이 저에게 이렇게 명령하셨어요. "네가 네 가정의 빛이 되라. 자꾸 다른 사람에게 기도해달라고 하지 말고 너도 그렇게 할 수 있다." 이런 자신감을 저에게 주셨어요. 내가 아니라 오직 내 안에 사신 그리스도, 영광의 소망인 예수 그리스도께서 빛이시기 때문에 나도 빛일 수 있다는, 내가 빛이라는, 그런 저의 새로운 자아정체감을 주님께서 주신 것 같아요. 그래서 아이와 손잡고 밤마다 기도를 하기 시작했습니다. "예수 그리스도의 이름으로 명하여 이르노니 나음을 입을지어다. 너는 나으라."

에릭 목사님을 만났을 때 아들의 자폐 증세가 몹시 심각한 상황이었어요. 열 살이었지만 행동하는 것도 그렇고 충동억제 같은 것도 두세 살밖에 안 되는 상태였어요. 집에서는 괜찮은데 학교에 가면 유치원생도 안 하는 행동들을 하는 거예요. 바닥에 드러누워버린다든지 친구들도 전혀 사귀지 못하고요. 그래서 제가 마음이 많이 상했을 때인데, 목사님 치유 집회에 아이를 데려갔을 때 목사님께서 "이 아이가 완전히 나아서 열일곱 살이 되었을 때에는 자기 나이 또래 아이들보다 훨씬 더 성숙한 아이가 되어서 사람들이 '얘가 열일곱 살이에요?' 이렇게 물어볼 거"고 하셨어요.

그런데 그 말씀을 듣고 처음에는 약이 오르고 기분도 나쁘고 화가 나더라구요. 예언 사역이라는 것을 알지 못했기 때문에 무슨 저런 황당한 소리를 하나, 저 사람 저렇게 책임도 없이 내 마음 아프게 하나, 나는 그런 소망 가질 수 없다, 하는 어떤 분노 같은 것이 저한테 솟아올랐어요. 애가 열 살이니 열 살 행동만 해도 기적이고 감사할 것 같습니다 하고 반발을 했더니 분명히 하나님이 그렇게 말씀을 하셨다는 거예요. 기분 나빠하면서 믿지도 않고 그 말을 받아들이지도 않고 7년이란 시간 동안 까맣게 잊어버리고 있었는데, 아이가 열여섯이 되었을 때 자폐증이 완전히 나았습니다. 하나님께서 완전히 고쳐주시고 열일곱 살이 되었을 때 사람들이 많이 모인 곳에 갔는데요. 어떤 여자분이 저에게 "아드님이 대학생인가봐요" 하고 말을 걸었습니다. "아니에요, 지금 고등학생이에요" 했더니 "아니, 나이가 몇 살이에요?" "열일곱 살이에요." "저는 스물서너 살 됐는지 알았습니다. 아드님이 굉장히 성숙하시네요. 굉장히 어른스러워요. 고등학생 같지 않습니다." 그때에야 7년 전에 제가 성을 내며 믿지 않았던 그 말씀이, 가슴 깊숙이 박혔던 그 말씀이 비로소 생각났습니다. 하나님이 그렇게 신실하신 분이라는 것이 아직도 신기하기만 해요. 목사님을 찾아갔을 그때 열 살짜리 아이가 자리에 앉아 있지도 못하고 돌아다녀서 쫓아다니는 중에 그런 말씀을 들으니 저는 사라처럼 하나님을 비웃었습니다. 그런 저를 벼락으로 쳐서 죽게 하지도 않으시고 저주하지도 않으시고, 신실하심으로 당신의 말씀을 끝까지 지키신 하나님.

이사야서 55장 8절에서 하나님의 길은 우리의 길과 다르다고 하셨습니다. 하나님은 우리보다 뜻과 생각이 높으신 분이세요. 그래서 우리는 이해를 잘 하지 못합니다. 또 하나님의 말씀은 절대로 헛되이 돌아오지 않는다고 했는데, 정말 믿어지지 않고 받아들이지 않았던 말까지도 주님께서 끝까지 행하시는 것을 여러 번 보았습니다. 아들이 완전히 자폐가 낫고 저의 어둠도 물러가고 이제는 "너는 빛이라, 네가 가서 어둠을 비춰라" 말씀하셔서 저 같은 사람도 주님이 쓰신다는 것을 깨달았습니다.

아이로 해서 쩔쩔매던 제가 이제 예수님이 가자는 곳마다 따라다니면서 아프리카 케냐에서도 치유의 역사가 많이 일어나는 것을 보았는데 그때 저희 팀이 한 사역의 열매로 3천 명이 결신을 했습니다.

캘리포니아주 애너하임에 있는 교회에서 사역할 때 실명 위기에까지 내몰렸던 제 눈이 나았다는 소문을 듣고 어떤 엄마가 네 살짜리 아이를 데려왔어요. 이름이 호프인데 미국인 크리스천 자매님이 중국에서 입양한 여자아이였어요. 아이가 어렸을 때 고아원에서 학대를 받아 누가 둔기로 머리를 쳐서 망막이 박리가 되었어요. 그래서 아이가 맹인이었는데, 제 망막이 박리됐다가 나았잖아요. 주님께서 고쳐주셨거든요. 이 아이를 붙잡고 울기 시작했습니다. "저는 망막 박리되었던 7개월 동안 깜깜한 어둠 속에서 너무나 고통스러웠어요. 그런데 이 아이가 일생을 그렇게 살아야 한다면 지금 네 살밖에 안 됐는데 너무나 불쌍합니다. 저를 고쳐주신 주님, 이 아이도 고쳐주세요" 하고 기도하며 한 시간이나 울었습니다. 어떻게 기도해야 될지도 잘 모르겠어서요. 다음날 그 어머니한테 전화가 왔는데, 아이의 눈이 완전히 나았다는 거예요. 아침에 일어나 짐승 같은 소리를 내면 도와주는 것이 아침 일과였는데, 이날은 아침에 이상하게 조용해서 '얘가 왜 이렇게 오래 자지?' 하고 가보니까 TV 앞에 앉아서 TV를 보고 있더라는 거예요. 놀

땅 끝 의 아 이 들

라서 의사에게 데려갔더니 다 끊겼던 시신경이 다시 붙고, 박리되었던 망막이 다시 붙어서 아이가 볼 수 있게 되었다는 진단을 받았대요.

저는 그토록 사랑스럽던 첫째 아이를 2007년에 하늘나라로 먼저 보냈는데요. 아버지에게서 도망치듯 떠나 제 스스로 택했던 사랑이 저에게 남긴 보배 같은 아이였던 제 아들이 이유도 없이 쓰러졌을 때 너무 막막해 기도를 할 수 없을 정도였습니다. 주님께서 제게 21일이라는 날짜를 마음속에 주서서 21일을 놓고 기도하던 중 19일 만에 아들은 갔습니다. 다음 해에 그 간증을 할 때, 어떤 엄마가 저에게 집회 후에 이렇게 말했습니다. "딸이 차에 치여서 19일 전에 혼수상태가 되어 지금 기계 힘으로 누워 있는데 의사가 가망이 없으니 기계장치를 모두 떼라고 합니다. 전혀 소망이 없다고 합니다." 제가 "그럼 그 21일이라는 약속이 자매님의 딸에게 임할 것 같습니다" 하는 말을 했습니다. 내가 무슨 소리를 했지? 깜짝 놀라는데 이 엄마가 할렐루야 하고 받아들이는 거예요. 저는 집에 와서 이틀 동안 밥도 못 먹고 금식기도를 했습니다. 이틀 후에 제가 그 아이가 다니는 학교, 베데스다 신학대학에 초청을 받아 에릭 목사님과 함께 갔는데요. 통역을 한참 하고 있는데 어떤 사람이 쪽지를 건네주었습니다. "우리 혜인이 21일 만에 주님의 말씀대로 살아났습니다." 아이가 혼수상태에서 깨어나서, 의

사들이 깨어나도 말을 하거나 걷지는 못한다고 했다는데 말도 하고 걷고 완전히 나았어요.

주님께서 저에게 가르쳐주신 게 있어요. 제가 빛이 되려고 노력을 하면 항상 실패합니다. 그렇지만 빛이신 예수님이 내 안에 있다는 것을 믿기만 하면, 그때는 예수님과 똑같은 빛을 발할 수 있다는 것을 가르쳐주셨어요. 주님께서 치유하시고 주님께서 모든 것을 하십니다. 우리는 주님의 빛을 담고 다니는 그릇이죠. 그래서 "너는 일어나 빛을 발하라" 이사야서 60장 1절에서 그렇게 말씀하셨죠. 하나님의 영광이 이미 우리에게 임했습니다. 예수님을 영접하는 그 순간, 우리는 흑암에서 빛의 세계로 사랑의 나라로 옮겨진 천국 시민입니다. 그래서 제 안에 있는 예수님을 우리가 믿기만 하면, 우리들이 빛이 되게 하십니다. 내 안에 어둠 때문에 아무 소망이 없는 상태에 있었다 해도 예수님을 만나 그분을 믿기 시작할 때, 주님께서 저의 어둠을 없애주시고 남의 어둠까지도 비추는 그런 빛으로 우리를 쓰십니다. 너는 세상의 빛이라 주님께서 우리들에게 말씀하셨습니다.

이제는 제가 사역지 가는 곳마다 자기가 아직도 어둠인 줄 알고 죄책감과 열등감에 시달리는 아이들에게 너는 빛이라고 선언합니다(베드로전서 2장 9절). 그러면 그 아이들이 빛으로 살아나기 시작합니다.

3

세 번째 간증

재 대신 화관을

"무릇 시온에서 슬퍼하는 자에게 화관을 주어
그 재를 대신하며 기쁨의 기름으로 그 슬픔을 대신하며
찬송의 옷으로 그 근심을 대신하시고
그들이 의의 나무 곧 여호와께서 심으신 그 영광을
나타낼 자라 일컬음을 받게 하려 하심이라."

— 이사야 61장 3절

슬픈 일이 생기면 사람들은 절망하게 됩니다. 더욱이 하나님은 선하시고 그분이 모든 것을 해결해주실 거라고 믿었는데, 상상하지도 못한 재난이 덮치면 믿음도 흔들리고 하나님의 선하심을 의심하는 것이 우리의 본성입니다. 하지만 불속을 지나가고 물속을 지나가는 과정에서만 만날 수 있는 하나님이 있습니다. 그 불속에서 나의 모든 생각, 나의 모든 인간적인 열정이나 소원이, 내 모든 틀이 다 불타서 없어져 잿더미가 되어 내 안에 하나님을 계속 믿을 수 있는 힘이 하나도 남지 않았을 때, 오히려 그 잿더미 안에서 믿음이 부활하게 되는 것 같습니다. 그리고 이전보다 더 크고 확고한 믿음을 얻게 됩니다.

예수님도 겟세마네 동산에서, 십자가에서 괴로워하셨습니다. 이 잔을 치워달라고 아버지에게 간구하시며 땀방울이 핏방울이 될 때까지 자기 육신과 싸우셨습니다. 사랑하는 아버지와 찢어져서 개체가 되어서 버림받았을 때, "왜 나를 버리셨습니까?" 하고 울부짖었습니다. 그러나 그 육신이 완전히 번제로 불타서 재처럼 소멸되었을 때, 그 재 속에서 하나님은 예수님을 다시 일으켜 세우셨습니다.

십자가에서 완전히 불타버리는 경험이 없이는 예수님의 부활에 동참할 수 없습니다. 바울이 빌립보서 3장 10~11절에서 그렇게 말했습니다. "내가 그리스도와 그 부활의 권능과 그 고난에 참여함을 알고자 하여 그의 죽으심을 본받아 어떻게 해서든지 죽은 자 가운데서 부활에 이르려 하노니." 예수님처럼 우리에게도 불속을 지나가고 물속을 지나가는 죽음의 체험이 필요합니다. 죽음이 없이 십자가를 지지 않고 예수님을 믿고 따를 수 있으리란 생각은 착각입니다. 십자가는 우리의 모든 고통과 죄의 사슬과 두려움에서 우리를 풀어주는 죽음입니다. 그 죽음이 있어야만 하나님의 영으로 우리가 다시 살아나 하나님과 하나가 됨으로 영생을 얻을 수 있는 것입니다. 그것이 바로 구원입니다.

다니엘의 세 친구인 사드락, 메삭, 아벳느고가 하나님을 부인하지 않겠다는 신앙고백 때문에 손과 발을 완전히 결박당한 채 불타는 용광로 안으로 던져졌습니다. 그런데 네 번째 사람, 예수님이 그 불 사이에 나타나서서 그들과 함께 걸어 다니는 것을 세상 모든 사람에게 보게 하셨습니다. 그래서 그 불속에서 꺼내졌을 때는 불이 머리도 사르지 않고 냄새조차도 몸에 배지 않는다고 했어요. 불이 건드리지 못하는 사람이 된 것입니다. 고난이 건드리지 못하는 사람이 되게 하려고 하나님께서 우리를 불 사이로 지나게 하십니다. 그 불속으로 예수님이 들어오셔서 함께하여주십니다. 그 불속에서 우리의 구세주 예수님, 우리의 불속으로 들어오셔서 번제가 되신, 그래서 우리도 그 불을 견디게 하신 그 예수님을 우리가 만나는 곳이 고난의 한복판입니다. 그들이 불속에서 나왔을 때 불타버려서 없어진 것이라곤, 손을 묶고 발을 묶었던 구속의 줄뿐이었습니다. 그들은 꽁꽁 묶여서 불속에 던져졌지만 불에서 나올 때는 그 포승이 없어져 완전한 자유인이 된 것입니다.

우리도 마찬가지입니다. 우리가 자유롭다고 생각하지만 이 세상에서 두려움과 욕정의 새끼줄로 꽁꽁 묶인 채로 살고 있어요. 우리가 하나님을 믿고 예수님을 따라서 십자가에서 죽을 때, 우리가 불속에 던져졌을 때에만 비로소 우리를 구속하던 모든 두려움의 영이, 죄의 사슬이 불타서 없어집니다. 그것들 외에는 아무것도 타지 않는 것이 하나님의 불입니다.

저는 제 주위에서 예수님을 믿는다면서 정말 심한 고통을 받는 사람들을 많이 봤기 때문에 맨 처음 구원받았을 때 고난이 무서워서 이렇게 기도했습니다. "하나님, 저는 대강 믿다가 천국 가게 해주십시오. 저는 고난이 무섭습니다. 고난을 원하지 않습니다." 그리고 큰동생을 위해 기도할 때도 이렇게 기도했어요. "편한 거 좋아하고 고생하는 거 싫어하는 앤데 고난 많이 받으면 쟤는 도망갑니다. 편안하게 예수님 믿게 해주세요." 그런데 우리 식구 중에서 그 동생만 아직도 예수님 못 믿습니다. 제가 기도한 대로 모든 것이 순조롭고 인생의 어려움이 없어요. 어려움 없이 예수님을 만날 수 있기를, 정말 그렇게 되기를, 저는 그렇게 제가 사랑하는 사람들을 위해서 기도했습니다.

그런데 제가 하나님을 깊이 만난 것은 결코 모든 일이 잘되고 편안할 때가 아니었습니다. 죽을 것처럼 힘들고, 온몸이 타들어 불속에 있는 듯, 물이 머리 위로 넘쳐나서 숨이 막혀 완전히 물에 빠질 것 같은 상태에서만 예수님을 만났습니다.

저는 어렸을 때부터 가장 되고 싶은 게 바로 엄마였어요. 일하시는 엄마 밑에서 자라서 엄마의 사랑이 많이 필요했어요. 그래서 저는 일하지 않고, 하루 종일 집에서 아이들과 놀아주는 엄마를 원했어요. 친구 집에 가면 일하지 않고 하루 종일 밥을 하는 엄마가 항상 부러운 거예요. 뭔가 스트레스가 없고 따뜻한 엄마의 품을 느낄 수 있어 그랬을까요? 그래서 저도 그런 엄마가 되고 싶었어요. 항상 빨리 시집가서 아기 낳아야지 하는 생각밖에 없었습니다. 아이를 정말 사랑해주고 싶었어요.

그래서 공부도 잘하고 야망이 없었던 것도 아니었는데 일찍 시집을 가서 바로 아이를 낳았어요. 스물두 살에 임신을 해서 스물세 살에 낳았으니, 그야말로 애가 애를 낳은 셈이었죠. 임신을 했는데 그렇게 행복하더라고요. 설명할 수 없는 포만감이 처음으로 느껴지면서 항상 공허했던 마음이 채워졌습니다. 내 안에 이 생명이 자라고 있다는 것, 이 아이는 언제까지나 나를 사랑할 것이고, 나 역시 이 아이를 언제까지나 사랑할 것이고, 우리는 하나라는 행복감으로 그 9개월을 보냈어요.

유진이가 1982년 7월 29일, 세 시간밖에 진통을 안 하고 예정일에 딱 태어났어요. 그때 저는 하나님도 믿지 않고 복잡하고 힘들 때였는데 이 아이가 제 배 속에서 나와서 첫울음을 터뜨리는 순간, 아이를 제 품에 안는 순간, 갑자기 세상의 모든 것이 아름답게 느껴졌어요. 그게 제가 진정으로 느꼈던 첫사랑인 것 같아요. 물론 아이 아버지도 사랑했지만, 그건 나 자신만 행복하려 했던 이기적인 사랑이었던 것 같아요. 그 아이가 눈을 뜨고 나를 쳐다보았을 때, 그 눈 사이로 제가 한없이 빠져들어가면서 처음으로 아, 나는 정말 이 아이를 위해서는 내 생명도 바칠 수 있을 정도로 얘를 더 사랑한다는 생각이 들었어요. 그것이 진짜 사랑이거든요. 남을 사랑하는 게 사랑이거든요. 그전까지는 저는 저만 사랑했던 것 같아요. 부모님을 사랑하는 것도 저를 편하게 하려는 사랑이었고, 남자와의 사랑도 저의 공허함을 메워보려는 이기적인 사랑이었는데, 이 아이를 봤을 때 아이의 눈 속으로 빠져들어가면서 진정한 사랑을 처음 느꼈습니다. 모성애란 하나님이 주시는 성스러운 본능이자, 하나님이 하시는 사랑을 우리도 느낄 수 있게 주시는 선물 같아요. 저는 그 순간 정말 이기심의 감옥에서 해방이 되었던 것 같아요. 나 말고 다른 사람을 사랑할 줄 아는, 하나님의 사랑이 저에게도 전해졌습니다.

저는 이 아이와 강렬한 사랑에 빠졌습니다. 아이를 위해서라면 무엇이든 할 수 있을 것 같고 나의 인생은 거기에서 끝나고 이 아이의 인생이 시작되는, 나의 인생이 그 아이의 인생으로 녹아들어가는, 어디서 나오는지 모르는 불 같은 모성애가 제 마음에 들어왔어요. 그래서 완전히 제 인생이 바뀐 첫 번째 체험이 아들 유진이를 낳아서 안는 순간에 일어났던 것이에요.

가난한 유학생이라 베이비시터를 둘 여유도 없고, 철없는 엄마라 젖먹이다가 잘 안 먹으면 울기도 하고 정말 아무것도 모르는 상태에서 혼자 아이를 길렀어요. 요새 젊은 엄마들 보면 돈도 많고 친정 엄마도 도와주고 일하는 사람도 있어서 편안하게 아이들을 기르는데 저는 고생을 많이 했어요. 그런데도 고생으로 느껴지지 않는 거예요. 팔이 떨어져나갈듯 아픈데도 안고 있는 게 행복하고, 젖 먹고 뽀송뽀송 살이 쪄가는 게 너무 좋아서 저는 뼈만 남고 말라가는데도 제 모습을 보지 못했어요. 아이가 웃기만 하면 모든 고통이 사라졌어요. 그것이 하나님을 믿는 사람에게든 안 믿는 사람에게든 골고루 주시는 모성애라는 축복이지요. 아이도 똑똑하고 착하고 예쁘게 잘 커주었어요.

이 아이를 데리고 법대를 다녔다고 하면 사람들이 "아니, 아기를 혼자 기르면서 법대에 어떻게 다녔습니까?" 묻는데 우리 유진이는 저에게 축복이었어요. 하루 열두 시간씩, 초저녁이면 잠들어 밤새도록 한 번도 깨지 않고 자니까 공부가 힘들지 않았구요, 보채는 일도 없었어요. 얘가 두 살 때 법대 공부를 시작해서 도와주는 사람 하나 없이 3년간 법대에 다녔는데 힘들지 않았어요. 정말 지금 생각해도 참 고마워요. 나중에 다른 아이들 세 명을 기르면서 어떻게 법대 다니면서 유진이를 길렀나 했어요. 우리 유진이는 참 특별한 아이였던 것 같아요. 엄마 많이 도와주고, 서너 살부터는 아침이면 일어나서 자기 혼자 시리얼과 우유를 꺼내 먹을 수 있을 정도로 성숙했어요. 학교 가는 걸 좋아해서 유진이를 학교에 데려다주고 제가 학

교 가는 게 힘들지 않았고요. 데리러 가면 항상 "엄마 나 조금
만 더 놀다 갈래"라고 할 정도로 친구들과 선생님을 굉장히 좋
아했어요.

저에게 너무나 기쁨을 주는 아들이었는데 제가 아이 아버
지하고 법대 2학년 때, 아이가 네 살이었을 때 이혼을 하게 되
었어요. 그래서 그때부터 저도 그렇고 유진이도 그렇고 많은
고통이 시작됐는데 지금 생각해도 참 미안해요. 싱글맘으로
법대 공부하고 졸업하고 법률 회사에서 일을 하느라 아이를
거의 돌보지 못했어요. 검찰청으로 옮기기는 했지만 계속 풀
타임으로 일을 하느라 아이가 거의 혼자 크다시피 했어요. 외
로움에 익숙한 아이였는데도 불평하지 않고 씩씩하게 잘 커
주었어요. 별일이 없이 잘 크는 것 같았는데 아무래도 그 아
이가 일곱 살 때 제가 재혼을 하면서 아빠가 아닌 남자랑 사
는 게 많이 힘들었던가봐요. 불평을 하지 않아 저는 잘 몰랐
어요.

열여섯 살이 된 해에 사춘기가 시작되었어요. 착하기만 하
던 아이 안에 어떤 분노가 많이 쌓여 있었던지, 그것들이 터져
나오기 시작하면서 저에게는 정말 너무나 두렵고 걱정되고 힘
든 1년이 지나갔습니다. 그 한 해 동안 제가 엉터리로 그때까
지 예수님을 믿었는데요, 아이가 열 살 때 구원받고 6년 동안
교회는 다녔지만, 그냥 세상적으로 살았다고 할 수 있겠지요.

아이가 운전을 시작하고 독립하면서 저에게서 떨어져 나가는 것이 굉장히 힘들었어요. 우리 모자는 굉장히 가까웠고, 완전히 하나인 듯 친했던 사이였는데 아이가 저에게서 떨어져 나가는 것이 너무나 고통스러웠어요. 그 1년 동안 울기도 많이 울고 걱정도 많이 했어요. 아이 머리가 좋아서 쉽게 A를 받고, 힘들다고 하는 휘트니 중고등학교도 공부 안 하고 그냥 저절로 들어갔어요. 정말 속을 안 썩이던 아들이었는데, 가장 중요한 10학년, 11학년 때 애가 공부를 안 하기 시작하면서 학교 가기 싫어하는 거예요. 공부하라고 해도 말을 안 듣고, 제가 원하지 않는 친구들과 사귀기 시작하고, 그때 제가 쌓아놓은 모든 성이 무너지는 것 같은 실패감과 좌절감을 느끼고, 굉장히 불안하고 두려웠어요.

제가 하나님을 알지 못했고, 예수를 믿는다고 하면서 제대로 믿지 않았기 때문에 아이를 제 힘으로 통제하려고 하고, 제 힘으로 바꿔보려고 하는 싸움 안에서 아이와 저는 점점 원수처럼 되어가고 외로움과 고통이 밀려왔습니다. 그런데 그때 제가 다니던 교회에 다행히도 좋은 훈련 프로그램이 있어서 제가 제자반을 하면서 새벽기도에 매일 나갔어요. 거룩해서 일찍 나간 게 아니라 잠이 안 오니까, 분통이 터지고 너무 걱정이 되어서, 또 여섯 살짜리 둘째 아들도 학교에서 문제가 생기기 시작하면서, 두 아들이 저를 너무 힘들게 하는 바람에 잠을 잘 수가 없었어요. 그래서 뒤치락엎치락하다가 세시 반이 되면 미친 여자처럼 교회로 가 문 앞에 차를 대고 기다리고 있으면 문 열어주시는 집사님이 "일찍 나오시네요. 정말 하나님 사랑하시네요" 하시며 문을 열어주셨어요. 그러면 제가 항상 일착으로 들어가서 아무도 없는 성전에 엎드렸어요. 정말 아무한테도 얘기하기 싫고 엄마 아빠한테도 얘기하기 싫어서 오로지 혼자 그 짐을 짊어지고 완전히 파괴 직전까지 갔어요. 갈 데가 아무 데도 없었기 때문에 교회에 가서 사람들이 오기 전까지 막 몸부림치면서 하나님에게 울면서 매달렸습니다. 그때 하나님을 진짜 만난 거 같아요. 그래서 새벽기도 기간 동안에 세상이 알 수 없는 평강을 조금씩 주님에게서 받기 시작했습니다. 아이는 그대로인데, 아이는 여전히 문제가 많은데, 저 혼자 예수님을 만나기 시작했어요. 그래서 같이 기도 해주는 제자반 열세 자매님들과 우리 유진이를 위해서 매일 기도했습니다. 저는 머리끝부터 발끝까지 우리 유진이 생각밖에 없었기 때문에 제자반에 가서도 기도 제목 나누는 시간만 기다렸고, "유진이 기도 해주세요. 우리 유진이 기도 해주세요." "구원받게, 공부 잘하게, 대학 잘 들어가게, 버클리 들어가게 해주세요." 이렇게 기도를 열심히 했습니다. 나중에 생각해보니 그때 하나님이 저와 정말 많이 만나주셨는데, 그때 제가 더 거듭난 영혼이었다면 우리 아들의 영혼과 이 아이

땅 끝의 아이들

의 소명을 위해서 기도했을 텐데 그때 저는 인간의 정욕과 욕심밖에 없었어요. 그런데도 제가 하나님을 몸부림치면서 만나러 갔던 그 하나 때문에 기뻐하셔서 제 기도를 다 들으셨던 것 같아요. 그때는 그때 주시면 안 되니까 조금 기다리셨는데, 그 이후 기다리는 동안에 제가 더욱 하나님을 만나고 '하나님만 있으면 됩니다'라는 고백이 나왔을 때, 정욕으로 했던 기도까지도 나중에 다 들어주셨어요. 정말 그 고비를 잘 넘기고 제가 기도했던 대로 버클리도 들어가고 좋은 성적으로 졸업하고 우등상까지 받고, 기도는 하나도 땅에 떨어지지 않는다는 것을 저에게 확인시켜주셨지요. 그런데 정작 그것을 받았을 때 사실은 쓸쓸함밖에 없었어요. 아, 내가 그 귀한 기간 동안 이런 기도를 했나, 더 귀중한 것, 영생을 놓고 기도할 걸. 제가 그렇게 생각하게 됐을 때쯤 하나님이 그걸 들어주셨습니다.

그런데 그 1년 동안 정말 많은 위기가 있었고 아들에게 아슬아슬한 일들도 있었어요. 제가 기도한 대로 눈동자처럼 지켜주셔서 나쁜 일 하나도 없이 그 기간을 무사히 넘겨주셨어요. 그랬는데 그 기간 동안 하나님에 대해서 회의하면서 아들이 교회를 떠난 것이 가장 마음이 아팠습니다. 초등학교 3학년 때부터 사랑의교회에 열심히 다녔는데 "엄마, 나는 하나님이 있다는 것을 믿지를 못하겠어" 하면서 점점 교회 가는 것을 싫어했어요. 그래서 제가 울면서 기도를 많이 했는데, 어느 날 이 아이가 저에게 그러는 거예요. "엄마, 엄마는 교회 다니면서 달라진 게 하나도 없어. 엄마는 세상 사람하고 다른 게 하나도 없어. 엄마, 나 열심히 공부해서 좋은 학교 들어가서 돈 많이 못 벌면 큰일 난다는 것, 안 믿는 사람도 똑같이 그래. 다른 게 하나도 없어" 하는데 충격을 받았습니다. "엄마가 읽으라고 해서 성경 열심히 읽고, 교회에서 읽으라고 해서 성경 읽었는데, 성경 말씀과 엄마랑은 하나도 상관이 없는 것 같아." 얘가 그렇게 말을 하면서 저의 신앙에 도전했을 때 할 말이 없었어요, 솔직히. 얘가 정말 하나님을 더 열심히, 성경에서 가르쳐주는 대로 순수하게 믿었던 것 같아요.

어느 날 이 아이가 자기가 어려웠을 때 사흘 동안 잠깐 집을 나간 적이 있었어요. 그때 굉장히 고생을 했나봐요. 친구들 집에 다니면서 말이에요. 그땐 아이가 화가 나 있는 상황이었는데 저도 처신을 잘못해서 아이를 쫓아낸 상황이 돼버린 거지요. 한국 엄마들이 보통 화가 나면 "나가!" 그러잖아요. 한국 애들은 엄마가 그러면 진심이 아닌 줄 아는데, 미국 애들은 곧이곧대로 받아들이더라고요. 그래서 자존심 싸움을 하다가 저도 빌고, 아이도 빌고 해서 결국은 끝이 나긴 했지만 그때 무척 충격을 받았던 것 같아요. 친구 집에 갔는데 밥을 안 주더래요. 밥 먹었느냐고 묻기에 먹었다고 하니까 두 번을 안 물어보더래요. 그리고 우리 아들은 하루에 두 번씩 목욕을 하고 두 번씩 옷을 갈아입어야 하는데 얘가 사흘 동안 옷도 못 갈아입고, 샤워도 못 하고 "너 집에 가야지" 하면 네, 하고 또 다른 친구 집에 가고…… 그러면서 굉장히 고생을 했나봐요.

열예닐곱이 되면 부모와 싸우고 집을 나가는 친구들이 많이 있었는데, 이 아이가 시도 때도 없이 집 나간 애들을 데리고 오는 거예요. 저는 사실 집 나간 아이들이 하루 이틀 집에 있는 것은 싫어하지 않았어요. 그렇지만 너무 자주 오니까 그리고 이 아이들이 좋은 아이들이 아니고 마약도 하는 것 같고 나쁜 아이들도 있는 것 같아서 우리 아이가 물들까봐 걱정도 되고 해서 제가 완전히 지극히 한국적인 엄마로서 말했습니다. "얘, 저렇게 좋지 않은 애들 자꾸 끌고 오면 동생들한테도 안 좋고, 엄마도 데니스 보기 미안하니까 안 데리고 왔으면 좋겠다." 그랬더니 얘가 저를 정면으로 쳐다보면서 이러는 거예요. "엄마 크리스천 맞아?" "얘는 만날 엄마를 못살게 구니? 교회도 안 다니면서?" "엄마, 난 교회는 안 다니지만, 하나님은 믿어. 하나님이 뭐라고 했어, 성경에서? 집이 없는 사람 있으면 집을 주라고 했잖아. 먹을 것이 없는 사람 있으면 주라고 했잖아." 얘가 성경을 인용하면서 저에게 덤비는 거예요. "우리 집에 이렇게 넓은 방이 있는데, 먹을 게 넘쳐나는데, 엄마, 얘네들 불쌍하잖아. 길거리에서 자는데, 내 친군데.

그럼 엄마, 내가 애네들 길거리에서 자는 거 알면서 내보내라고? 내 방에서 나랑 같이 자는데, 내가 먹을 것 나눠먹는데 그렇게 해야 되겠어?"라고 따지니 제가 할 말이 없었어요. "그래. 그 대신 식구들에게 너무 방해 안 되게 해라." 그러고는 우리 집이 완전히 집 나온 아이들의 임시 숙박소가 되어버렸습니다. 그러면 엄마들이 고마워하는 게 아니라 막 시비 걸고 싸우고 그러거든요. "우리 아들, 빨리 돌려보내세요!" 전화 오고 그래요. 그럼 내가 또 유진이와 싸웁니다. "너 때문에 그랬잖아!" 그러면 "엄마, 미안해. 그런데 애 엄마가 애를 너무 아프게 하니까, 애가 더 이상 못 견디겠다고 해서 여기에 잠깐 와 있는 거야, 엄마." "아니야, 걔 엄마가 걔를 얼마나 사랑하는데, 삼십분에 한 번씩 전화한다. 엄마 귀찮아 죽겠다. 애를 달래서 돌려보내라." 그래서 겨우겨우 "애야, 엄마가 너 사랑해. 너네 엄마가 너 사랑 안 하면, 밤새도록 나한테 전화해서 못살게 굴겠니? 네 걱정하고 울고불고한다. 한국 엄마들이 그렇다. 너 사랑하는 걸 표현 못 해서 그렇지, 널 정말 사랑한다. 네 엄마한테 그러면 못쓴다. 잘못했습니다 하고 들어가라"고 하루 종일 달래서 보냅니다. 우리 아들이 데리고 가면, 아이고 이제 됐다, 이젠 전화를 안 하겠구나 하고 좋아하고 있는데, 두세 시간도 안 돼서 또 오는 거예요. "너, 왜 또 오니?" "엄마, 내가 뭐라고 그랬어? 애네 엄마가 애 미워한다고 그랬잖아." "아니라니까." "엄마, 딩동 누르니까 문 열자마자, 이 새끼야, 너 죽고 나 죽자. 당장 나가. 너 얻다 대고 집을 나가? 그러면서 막 집어던지고 쌍욕을 하고…… 그래서 다시 돌아왔어." 도대체 집 나갔다 들어온 애한테 그러면 어떻게 해요? 그런데 저는 그 엄마들이 이해가 되는 거예요. 너무 걱정하고 너무 힘들었기 때문에, 그러니까 저는 이 양 문화 사이에 끼어서 엄마도 이해가 되고, 아이도 이해가 되니까 괴로운데, 이 아이는 죽어도 집에 안 들어간다고 하고, 그럼 또 며칠 있다가 겨우겨우 달래서 보내고…… 또 어떨 때는 들어가서 엄마를 잡고, "한국식으로 그렇게 하면 여기 애들은 안 됩니다. 들어올 때는 일단 성질이 나더라도 죽이구요, 잘못했다고 그러고 받아주세요. 저도 그랬어요. 아니꼽고 분하지만 어떻게 하겠습니까? 화를 내면 아이들이 자꾸 밖으로 뛰쳐나가니까. 일단은 잘못했다 그러고 받아주세요. 첫날은 잔소리하지 마시고 받아주세요. 아이가 지쳐서 돌아오는 거니까." 설득하고 부탁을 했습니다. 또 우리 아들이 아이들을 열심히 달래서, 몇 명을 집으로 다시 돌려보내는 일. 그때는 몰랐지만, 우리 아들하고 같이 한 사역이었던 것 같아요. 완전히 홈리스 사역을 했습니다, 저희들이.

그 1년 동안 그러면서 우리 아들이 미운 짓을 많이 했어요, 저한테. 제가 그렇게 잘 해줘도 마음 아픈 소리도 많이 하더라고요. 제가 따지고 아이의 버릇을 가르치려고 할 때마다 하나님께서, 성령님께서, "아니다, 애는 지금 상처가 많아서 그렇다. 네가 그동안 엄마로서 무조건적인 사랑을 못 해줘서 그렇다. 네가 재혼하면서 애가 상처를 많이 받아서 그렇다. 무조건 사랑해줘라"라고 말씀하시더군요. 어떻게 생각하면 너무 받아주는 것 같아 걱정이 될 때도 있는데, 하나님은 항상 덮어주고 사랑하라고 하셨어요. '사랑은 허다한 죄를 덮느니라.' 그래서 제 생각으로는 그렇게 하면 안 될 것 같은데, 성령님이 인도하시는 대로 아이한테 잔소리하지 않고 1년 동안 정말 사랑만 해주었어요. 정말 잘해주는데 애가 밥맛없는 소리를 하면 밉거든요. 그런데 그 순간에 하나님 말씀으로 제 육신을 죽이면서 "이제는 내가 산 것이 아니요, 내 안에 그리스도께서 사신 것이라"는 그 그리스도의 사랑이 저를 압도하기 시작했습니다. 그래서 한마디 하고 싶을 때, 주님께서 제게 조용하라고 말씀하시면, "내가 너 사랑한다. 엄마는 너를 믿는다. 네가 태어나서 엄마는 너무 기쁘다." 어떻게 보면 위선적일 정도로 전혀 생각하지 않은 말들이 제 입에서 나오는 거예요. 나중에 알고 보니, 그것이 바로 주님께서 하시는 예언의 말씀이었습니다. 그때 정말 내가 고마워할 일이 없었거든요. 공부도 안 하고 고마워할 줄도 모르는 이 아이가 그냥 사랑스러운 거예요. 이해할 수 없는, 불가해한 사랑을 성령께서 계속 제 마음에 부어주셨어요. 로마서 5장 5절 말씀대로 하나님의 사랑이 제 안에 계속 부어졌어요. 그래서 그렇게 1년을 정말 자존심 없는 엄마처럼, 아이가 저한테 잘못하는데도 일방적으로 짝사랑을 했어요. 너무 예뻐서 만져주려고 하면, 탁 쳐내서 "아이, 치기까지 하냐? 너는" 그러며 밸도 없는 엄마가 돼서 또 가서 안으려고 했어요. 정말 미워하는 눈으로 쳐다보면서 "엄마, 만지지 마!"라고 해도 "난 네가 예뻐서 그래"라고 대답했죠. 그러면 애가 저를 경멸하는 눈초리로 쳐다보는데 그래도 그냥 예쁜 거에요. 그것이 하나님의 은혜였던 것 같아요.

그렇게 1년을 가까이 오지 못하게 하는 아이를 먼 데서 보면서 계속 사랑했습니다. 그런데 정말 사랑을 이기는 힘은 없는 것 같아요. 1년 만에 이 아이가 저에게 울면서 돌아오더라구요. 물론 하나님이 여러 가지 일들을 만드셨습니다. 제가 제자반 끝나는 바로 그때쯤, 저희 자매들이 워낙 기도를 많이 해줬고, 몇 가지 일들이 있으면서 아이의 마음이 녹기 시작했어요.

친구들하고 놀러갔다가 아주 무서운 깡패를 만났나봐요. 그런데 친구들이 애를 놓고 다 도망가버려서 애 혼자 정말 죽을 뻔한 일이 있었습니다. 제가 가지 말라고 그랬는데 말을 안 듣고 나갔거든요. 그런데 이렇게 기도했대요. "하나님, 살아 계시면 저 좀 구해주세요. 우리 엄마가, 나 때문에 새벽마다 나가서 울며 기도하는데, 내가 이러고 죽으면 안 됩니다. 저 오늘 구해주시면, 제가 엄마가 하라는 대로 공부도 열심히 하고 하나님도 열심히 믿을게요." 그랬대요. 그 순간에 근처에 살던 사람이 시끄러우니까 나와서 보니 깡패 애들이 한 아이를 때리고 있으니까, 마침 집에 있던 권총으로 공포를 쏘는 바람에 깡패 아이들이 다 도망갔어요. 아들이 기적적으로 구원을 받았고요. 그리고 그렇게 많이 맞았는데 별로 다치지도 않고 온전히 하나님이 보호해주셨어요. 그러면서 저도 모르는 사이 아들이 변하기 시작했어요. 나중에 버클리 들어갈 때 입학원서에다 그렇게 썼더라고요. 자기는 정말 목적의식도 없이 세상에 왜 태어났는지 모르고 살았다. 그러다가 그날 죽음을 눈앞에 두고 나서야 내 인생이 얼마나 소중한 것인지, 이렇게 살면 안 되겠다, 내가 이 세상에 태어난 이유가 있을 텐데, 내가 그 이유를 찾아야겠다는 목적의식이 생겼고, 역사에 관심이 생겨 역사과를 가고 싶다고요. 그런데 저는 이 아이가 내면적으로 변하는 것을 알지 못하고 겉으로는 아직도 틱틱거리고 하니까 계속 기도만 하면서 잘해주었어요.

그런데 애가 열여섯 살 어머니날에 저를 너무 마음 아프게 했거든요. 워낙에 자상해서 생일과 어머니날을 꼭꼭 챙겨주던 아이인데, 어머니날 되어서 "유진아, 어머니날인데?" 그러니까 "엄마가 뭘 잘했다고 뭘 사줘?" 너무 마음 아픈 소리 하

땅끝의 아이들

면서 여자 친구 만난다고 나가버렸어요. 저는 그날 하루 종일 울었지요. 당시에 아들이 사춘기라 남자가 되느라고 하나처럼 가까이 지내던 엄마를 밀쳐냈던 건데, 그때 저는 그걸 몰랐습니다. 얼마나 가슴이 아픈지 엉엉 울기만 했어요.

그랬는데 딱 1년 후에 "금년에는 내가 기대도 하지 말아야지. 괜히 또 상처만 받지"라고 맘먹었죠. 그리고 1년 동안 제가 하나님을 찾으면서 많이 성숙해졌기 때문에 우리 아들 더 사랑해줘야겠다며 하나님이 사랑의 마음을 주셨어요. 어머니날을 맞았는데, 교회 갔다 왔더니 식탁에 예쁜 꽃바구니가 있는 거예요. 그래서 누가 준 거지? 그랬어요. 우리 아들이 준 거라고 생각 안 하고, 남편이 내가 불쌍해서 사다 줬나? 그렇게 생각할 정도로 아들이 1년 동안 저에게 정말 못되게 굴었거든요. 그랬는데 카드를 보니까 우리 유진이가 저한테 정말 정말 아름다운 글까지 써서 저에게 준 거였어요. 제가 세상에서 받았던 가장 저를 기쁘게 한 선물이었던 것 같아요. 카드에 이렇게 썼어요.

"내가 아무리 하나님을 부인하고 싶어도 엄마 안에 있는 하나님의 사랑을 부인할 수 없습니다. 내가 엄마를 아는데, 엄마는 작년에 나를 사랑할 수 없었어. 나도 나 자신이 밉고, 엄마도 밉고, 그래서 내 안에 있는 모든 악이 밖으로 나와서 나 자신도 사랑할 수 없는 그런 악한 행동들을 했을 때, 엄마는 엄마 힘으로 나를 사랑할 수 없는 사람이란 걸 내가 잘 알아요. 내가 얼마나 상처를 많이 줬는데. 엄마가 엄마 힘으로 사랑하려다가 한계에 달해서 나를 미워할 수밖에 없는 상황으로 엄마를 몰아갔는데, 엄마 안에 다른 사랑이 있다는 것을 느끼게 해줬어요. 엄마가 하나님의 사랑으로 나를 사랑했다는 것을 알아요. 나는 엄마의 사랑이 있기 때문에, 하나님의 사랑을 받았기 때문에 세상 사는 게 무섭지 않을 것 같아, 엄마. 이 세상의 거친 벼랑 끝에 내가 서 있을 때도, 엄마의 손길이 있기 때문에 나는 세상 사는 게 무섭지 않아. 엄마, 사랑해. 엄마, 고마워."

우리 관계를 회복시켜주신 예수님, 정말 인간적으로는 아무런 소망도 남지 않았던 우리 아들과 제가 다시 하나가 되게 해주시고, 우리 아들을 구원해주신 예수님이 너무나도 고맙고 감사한 최고의 어머니날이었어요. 한 가지 색깔이 아니고, 빨주노초파남보 무지개 색깔이 다 있는 것 같은 그런 화려하고 커다란 부케를 우리 아들이 저에게 줬는데, 그것이 하나님이 저에게 "너, 수고했다. 고생했는데, 지난 1년 동안 잘 견뎠다. 나를 믿으면 이 소망은 결코 실망케 하지 않는다는 로마서 5장 말씀, 내가 너에게 이 소망을 주려고 내 아들을 십자가에서 죽게 했다. 너의 모든 절망과 너의 모든 죄의 대가, 네 아들의 죄의 대가, 그것으로 인해 생기는 단절과 미움, 슬픔, 외로움,

이런 것들을 내 아들이 너 대신 다 십자가에서 해결했으니, 너는 이제 잔치하라. 너는 이제 즐거워하라. 너는 이제 축제를 하라"고 말씀하시는 것과 같이 그 꽃다발이 축제처럼 느껴졌어요.

그리고 얼마 있다가 제자반이 끝나고 졸업하면서 9월에 교회에서 세례식이 있었는데, 바로 그전에 또 하나의 사건이 있었어요. 이 아이가 학교 갔다 오면, 화장실까지 따라오면서 학교에서 있었던 일을 얘기하던 아들이었는데, 얘가 열여섯 살 사춘기 때부터는 저에게 말을 못 붙이게 하는 거예요. "학교에서 재미있었니?" 그러면 저를 너무 미워하는 눈으로 쫙 째려보면서 들어가고 그러니까 제가 무서워서 말을 못 붙였었거든요, 1년 동안.

그랬는데 어느 날 학교에서 돌아와서, "유진이 왔니?" 하는데 갑자기 와서 저를 확 끌어안는 거예요. 키가 컸으니까, 저는 162센티미터밖에 안 되고 우리 아들은 6피트 정도로 170이 넘으니까 제 머리 위에 자기 턱을 얹어놓고, 불편해서 빠져나가려고 하는데도 빠져나가지 못하게 아기처럼 안고는 얘가 우는 거예요. "유진아, 왜 그래? 무슨 일 있니?" 하고 물으니 그냥 한참 끌어안고 제 머리에 턱을 대고 안고 있더니, "엄마, 너무 미안해" 이러는 거예요. "유진아, 왜 그래? 무슨 일 있었어?" 그랬더니, "아니야, 엄마, 그냥 너무 미안해" 그러는 거예요. 그렇게 십오분에서 이십분 정도를 그러다가 저를 놓아주더라고요. 제가 아무리 물어봐도 얘기를 안 해서 그다음 날 친구한테 물어봤어요. 그랬더니 휘트니 고등학교에 다니는 한 여자아이의 엄마가 그날 죽었다는 거예요. 얘가 장례식을 갔다 온 거예요. 그런데 어떻게 죽었냐 하면, 우리 유진이 반인데 엄마가 아이를 데리고 가게를 갔다 오다가 피곤해서 잠깐 졸았나봐요. 그러다가 어떻게 기찻길 근처에서 차가 섰는데 기찻길에 걸려서 차가 움직이질 않았던 거예요. 기차는 계속 다가오고 엄마가 정신을 차리고 보니까 기차가 와서 무의식적으로 문을 열고, 이 딸을 밀쳐내고 딸이 차에서 떨어지는 순간, 그 차는 기차에 치여서 완전히 박살이 나버리면서 엄마가 죽은 거예요. 그 딸을 살리고 엄마는 죽은 거지요. 그러면서 우리 유진이가 그렇게 울더래요. "우리 엄마도 그럴 거야. 우리 엄마는 자기보다 나를 더 사랑하는 엄마야. 내가 엄마한테 너무 잘못했다" 그렇게 말하더래요.

나중에 아들이 쓴 글을 보니, 자기는 세상에서 가장 사랑 받는 사람이란 자신감이 항상 있었대요. 그 이유가 어렸을 때 엄마하고 같이 마켓을 가면 사달라는 걸 다 사주고 한 번도 안된다는 게 없었는데, 자기는 엄마가 그렇게 돈이 없는 걸 몰랐대요. 그런데 일곱 살쯤 됐을 때, 어느 날 자기가 갖고 싶은 것을 다 사서 마켓 바구니에 집어넣고 엄마는 칫솔이나 치약 같은 걸 샀는데, 카운터에서 돈을 내다가 모자란 거예요. 엄마가 당황하면서 '미안합니다. 몇 가지를 뺄게요' 그러면서 막 빼는데 자기 건 하나도 안 건드리고 엄마가 당장 써야 하는 물건들을 빼더래요. 일곱 살밖에 안 된 애가 어떻게 그런 걸 봤는지 그 순간에 자기가 '우리 엄마는 자기보다 나를 더 사랑하는구나. 난 이렇게 사랑받는 존재구나' 하면서 굉장히 사랑에 자신이 생겼다고 썼는데 제가 사실 그렇게 좋은 엄마가 아니었거든요. 그런데 우리 유진이는 정말 천사였던 것 같아요. 걔는 제가 잘못한 건 하나도 기억하지 않고 별것도 아닌 일들을 칭찬하며 항상 고마워했어요. 그리고 사람들을 금방금방 용서하는 하나님의 마음을 가진 아이였던 것 같아요. 그래서 저도 쉽게 쉽게 용서해주고 항상 엄마라고 존경해주고, 그런데 왜 빨리 죽었는지 모르겠어요. 엄마 아빠를 공경하면 오래 산다고 했는데, 성경에서 약속이 있는 계명은 그것 하나밖에 없다고 했는데, 장수한다고 했는데, 그래서 제가 하나님한테 물어보고 울고 그랬습니다. 우리 유진이처럼 자격도 없는 엄마 아빠를 그렇게 항상 공경하고 존경하던 아이가 없는데요? 엄마한테 쌍욕하고 아빠한테 대들고 하는 아이들도 다 살아 있는데, 왜 우리 아들만 일찍 죽었을까요?

제가 아들이 죽은 다음에 너무 속상해서 일을 할 수가 없었어요. 눈도 보이지 않았지만 억지로 청소년 사건을 하는 변호사로서 법정에 갔는데 살아서 왔다 갔다 하는 아이들을 볼 때마다 너무너무 하나님한테 화가 나는 거예요. "하나님, 마약하고 부모를 저렇게 막 대하는 아이들도 죽을 뻔한 가운데서 살려주시면서 왜 우리 아들은 잘못한 것도 없는데 일찍 데려가셨어요?" 전 그 1년 동안 하나님에게 유감이 많아서 사역처럼 하던 청소년 사건들을 하나도 못 했어요. 그렇게 이기적인 제 한계를 봤습니다. 나중에 회개하고 하나님께 잘못했다고 하고 나서 하나님이 더 소중한 사역을 주셨지만 그 1년은 아이들과 하는 사역을 할 수가 없었어요. 너무 화가 나서.

그런데 사실은 주님께서 "나를 믿는 자는 죽어도 살겠고 살아서 믿으면 영원히 죽지 않는 것을 너는 믿느냐?" 하셨는데 장수 중의 장수죠. 우리 아들은 살아서 예수님을 믿었기 때문에 영원히 죽지 않는 영생을 이미 받고, 이 세상에서 짧은 기간이지만 정말 많은 사람들을 사랑하고 많은 사람에게 사랑받는 사랑의 사역을 하고, 그리고 하나님께서 하나님과 항상 함께 있도록 에녹처럼 데려가신 것 같아요. 그래서 제 안에 하나님의 나라가 있기 때문에, 영원토록 죽지 않는, 그 아이가 내 마음에 늘 살아 있습니다.

9월에 아이들이 다 세례받는데 저는 아이가 무서워서 얘기도 못 했어요. 교회만 가자고 하면 신경질을 부리니까요. 아이가 변한 걸 모르고 저는 가만히 있었는데 세례받기 며칠 전에 "엄마, 나 세례받으려고 신청했어" 이러는 거예요. "그날 엄마 와." 제가 너무 놀라 "너 예수님도 안 믿으면서 어떻게 세례받아?" 그랬더니 애가 저를 쳐다보면서 "엄마, 내가 짱구야? 내가 예수님 안 믿으면 지옥 가는데 예수님 안 믿어? 예수님 믿어, 엄마. 엄마가 미워서 괜히 그런 거야. 엄마가 나한테 억지로 교회 다니라고 하고, 너무 공부하라고 해서 미워서 그런 거지. 나 예수님 믿어. 내가 지옥 갈 일 있나?" 얘가 이러는 거예요.

그래서 스스로 신청해서 세례를 받는데, 저에게 그날은 너무 기쁜 날이었어요. 제가 너무 울고불고 다니면서 아이 기도 부탁을 사방에 했기 때문에 사랑의교회에서 우리 유진이가 유명했습니다. 그래서 걔가 더 교회를 안 나왔던 것 같아요. 창피해서. 엄마가 하도 창피하게 하니까. 그런데 아이를 보면서 오정현 목사님께서, "아이고, 우리 집사님 아이예요? 너무 좋네" 이렇게 기뻐해주셨어요. 그런데 우리 아들이 그날 성게머리라고 해서 젤을 발라서 머리를 세워 예쁘게 하고 갔는데, 머리에다 물을 뿌려서 머리가 망가지니까 그것 때문에 신경을 썼었나봐요. 그래서 겨우 털면서 나오는데 오정현 목사님께서, "어, 민아 집사님 아들, 야, 내가 너는 한 번 더 해준다" 그러고는 물을 또 엄청 많이 뿌려주셨어요. 그래서 머리가 완전히 엉망이 돼서, "엄마, 딴 사람들은 한 번밖에 안 했는데,

나는 두 번씩이나 물을 뿌리는 거야" 그러면서 막 신경질을 냈는데 저는 너무 좋아서 "너는 특별히 두 번 물을 뿌려주셨으니까 확실하게 구원을 받았다, 야." 그러면서 농담을 했어요. 그때는 농담이었는데, 이 아이가 이유도 없이 갑자기 쓰러져서 19일 동안 혼수상태에 있을 때 저에게 걔가 공부 잘한 것, 키 크고 잘생기고, 건강하고, 이런 것들이 아무 소용이 없다는 걸 깨닫게 되었어요. 그냥 그날 "너는 목사님이 특별히 두 번 물 뿌려주었으니 틀림없이 구원받았다" 하고 아이와 웃으면서 장난처럼 했던 그 말, 그 말이 저에게는 실낱같은 소망이었어요.

아이를 묻고 무덤에 묘비명을 새기던 날, 꿈을 꿨습니다. 그 꿈속에서 하나님께서 제게 말씀해주셨어요. "이 아이가 지금 아버지 집에서 편히 쉬고 있다. 슬퍼하지 말아라. 지금 기뻐하며 잘 쉬고 있다." 그래서 제가 "하나님, 얘는 그날 구원받고 세례받은 것밖에는 아무것도 한 게 없는데요. 게다가 좋아하는 버클리를 보내놨더니 거기서 인본적인 사상이 들어가서 하나님 별로 열심히 믿지도 않고, 교회도 안 다니고, 봉사도 하나도 안 하고, 성경도 안 읽고, 그랬는데 얘 천국 간 것 맞아요?" 제가 걱정이 돼서 그렇게 물어봤어요. 그랬더니 하나님께서 "너는 얘보다 더 천국 올 자격이 있는 것 같니? 천국은 내 아들이기 때문에 내 딸이기 때문에 자기 아버지 집에 오는 거야. 내 아버지 집에는 거할 곳이 많도다. 내 마음에는 너무나 많은 방들이 있다. 그냥 나를 아버지라고만 불러주면, 내가 너희들을 이토록 사랑하여 내 독생자를 주었으니, 예수를 믿는 자마다 내 집에 들어와서 나와 함께 영원히 거하도록 내 아들이 십자가에서 모든 문제를 해결하고 죽은 거란다. 내가 너를 이토록 사랑해서, 내가 유진이를 이토록 사랑해서 하나밖에 없는 내 아들을 처참하게 너희들 대신 십자가에 죽게 했으니, 이제 너희는 죽지 않는다. 이제 너희에게는 고통이 없다. 너희는 이제 내 자녀라. 너희들이 어떻게 행동해서가 아니라 내 자녀이기 때문에 내 아버지의 문은 항상 열려 있다. 그곳에 너희들이 영원토록 쉬고 거할 수 있는 거처를 마련하려고 내 아들이 그곳에 내려가서 그 모든 일을 처리하고 이제는 너희들의 방을 마련해놓고 있단다." 그렇게 말씀해주셨어요.

그날 저는 "내 사랑하는 아들, 유진"이라고 썼던 묘비명을 바꿔달라고 했습니다. 작업하는 사람에게 이렇게 바꿔달라고 했어요. "유진 김 1982년 7월 29일부터 2007년 9월 4일, 그의 아버지 집에서 이제 편히 쉬고 있습니다." Resting in his Father's house. 너무나 예쁜 하얀 교회 옆에 너무나 예쁜 파란 잔디밭에 우리 아들을 기억할 수 있는 장소를 하나님께서 주셨습니다. 그곳에 가서 "그 아버지 집에서 쉬고 있습니다"라는 묘비명을 볼 때마다 나는 그 아이의 육신은 거기에 묻혀 있지만, 그날 세례받을 때, 물 뿌림으로 모든 죄가 씻기고 예수님과 하나 되어서 거듭난 우리 아들의 영은 살아서 예수님을 믿었기 때문에 영원히 죽지 않고, 내가 항상 가고 싶어 하는 하나님의 영원한 하늘나라, 새 예루살렘에 먼저 가 있는 그것이 축복임을 하나님이 기억시켜주십니다. 그래서 울지 않습니다. 이제는 그곳에 가서 주님을 찬양합니다. 그곳에 가면 항상 제 마음의 예배가 살아납니다. 그곳은 나의 아들을 기억하는 소중한 장소이지, 패배와 죽음과 슬픔의 장소가 아닙니다. 우리 어머니와 동생은 아직 그것을 이해하지 못하기 때문에 무덤에 오면 막 통곡을 하고 울어요. 그때마다 하나님은 이제 곡하는 것이나 애통하는 것이나 슬퍼하는 것이 없는, 내 눈에서 눈물을 직접 다 씻겨주시는 하나님 나라, 그 천국의 시민이 된 내 모습을 다시 한번 저에게 보게 하십니다.

우리 아들이 죽었을 때, 정말 이젠 다 키웠다고 생각해서 걱정했던 모든 것이 다 없어지고, 우등상으로 받은 금메달을 저에게 걸어주면서 햇빛처럼 환하게 웃던 너무 멋있는 우리 아들, 법대 가겠다고 준비하던 그 기간에 아무 병도 없이 그 아이가 그냥 쓰러졌을 때, 제 모든 것이 완전히 산산조각이 나버렸어요. 제가 세상에서 가장 사랑했던 우리 아들, 눈물로 기도로 어려운 사춘기를 지내고, 하나님께 저는 찬양드리고 감사드렸는데, 아무런 이유도 없이 잘못한 것도 없는데, 우리 아들이 갑자기 쓰러졌어요. 그래서 병원으로 응급실로 갔는데 편안하게 자는 것 같지만 의식이 돌아오지 않아 정말 미친 것처럼 하나님께 매달려서 기도했는데, 정말 살려주실 거라고 믿었는데, 19일 만에 아이의 심장이 멎었습니다. 몇 백 가지 검사 결과 아무것도 잘못된 것이 없고, 박테리아도 없고, 바이러스도 없고, 정말 아무 이유도 없는데, 그냥 중추신경의 한군데가 서버린 거예요.

그래서 이 아이를 보내고 하나님께서 정말 오셔서 저를 그 불속에서 잡아주셨는데도 그 불이 너무 뜨거워서 그 안에서 많은 것이 타버렸습니다. 아무것도 의욕을 가질 수가 없었고 1년 동안은 정말 사람들 만나는 것도 싫고, 하나님께 기도하려고 해도 기도가 잘 되지 않았어요. 그런데 그 기간 동안에 주님의 음성이 커졌습니다. 제가 기도하지 않으니까 주님께서 오셔서 말씀하시고, 제가 손을 뿌리쳐버리면 주님께서 오셔서 뒤에서 꽉 안아주시고, 정말 재밖에 남지 않은 제 인생에서 주님의 사랑을 전해주는 정말 귀한 형제님, 자매님 만나게 해주시고, 영적인 아버지 어머니 만나게 해주시고, 그 3년 동안, 그 불속에서 주님께서 저와 함께 동행해주셨습니다. 한 걸음, 한 걸음 걸을 때마다 죽을 것같이 힘들 때, 저와 함께 그 불속을 걸으시려고 자기 몸을 불에 완전히 던지셔서 번제로 나에게 주신 나의 구세주 예수님을 그 불속에서 만났습니다.

제가 포기하려고 할 때마다 "내가 너를 이렇게 사랑한다" 하고 십자가에서 몸을 찢겨 죽으신 그 현장으로 저를 데려가셨어요. 꾸지 못하던 꿈들, 예언적인 비전들, 하나님 말씀이 살아나고, 주님의 음성이 똑똑히 들리기 시작하고…….

그리고 '정말 사역은 안 할래요' 하는데, 주님께서 강압적으로 귀한 청년들이 많은 교회에 보내주셨어요. 레위인들이 제사장의 직분을 시작하는 나이가 스물다섯이래요. 스물다섯 살에 성전 직무가 시작됩니다. 그런데 우리 아들은 스물다섯에 생일 지나고 며칠 되지 않아서 바로 하나님이 하늘나라 성전으로 데려가셨어요. 이 땅 위에서 하나님의 나라, 하나님의 성전을 세우려고 부름 받았는데 그것을 완전히 성취하지 못하고 우리 아들은 간 거 같아요. 그 한 알의 밀알이 떨어져서, 제 마음에 떨어져서 이 아이가 죽음으로, 정말 우리 아이밖에 사랑하지 못하는 엄마였던 제가 거듭 태어났습니다. 오죽하면 우리 아들이 죽으니까 죽지 않은 스물대여섯 살 되는 남자아이들만 보면 화가 났겠어요. 악한 거죠, 그것은. 이기적인 사랑이에요. 그런데 그 불 사이를 지나면서 이기적인 엄마의 사랑을 주님께서 완전히 불태워버리시고, 자기 독생자까지 주시도록 우리를 사랑하신 하나님의 사랑을 제 마음에 부어주셨고, 그때부터 아이들 한 명 한 명이 내 아들과 똑같이 소중하고 사랑스러워졌어요.

그래서 제가 사역하던 그 교회에 스물두 살, 스물세 살, 스물네 살, 스물다섯 살 된 정말 꽃 같은, 귀한 젊은 아이들이 많았어요. 정말 하나님도 사랑하고, 예언적인 능력도 많이 받은 귀한 아이들이었어요. 우리 아들 사춘기 때 내 인간적인 사랑으로 사랑할 수 없을 때 하나님이 부어주시는 사랑으로 우리 아들을 사랑했듯이, 이 아이들을 향한 사랑을 부어주기 시작하셨어요. 그래서 지금은 그 교회를 떠났지만 그 아이들 한 명 한 명 얼굴 떠올리고 이름 부르면서 기도합니다. 그 아이들은 제 마음속에 영원토록 하나님이 주신 저의 영적인 자녀들이에요. 그 아이들이 또 저를 엄마라고 부르면서 따랐구요. 아이가 죽은 첫해에, 제가 아이가 죽은 해 크리스마스에 너무 힘이 들어서 하루 종일 울었거든요. 그다음 해 2008년 크리스마스에 저희 교회에서 큰 콘퍼런스를 했는데요, 크리스마스 날 밤에 스무 명 정도 되는 아이들이 저를 둘러싸고 저에게 기도를 해주었어요. 한 명 한 명이 저에게 "당신이 엄마의 사랑으로 나를 사랑해주셔서 나의 소명을 깨달았습니다. 나의 인생의 목적을 깨달았습니다. 내가 당신을 사랑합니다"라고 말해줬어요. 제가 엎드려 울면서 하나님의 신실하심에 저의 강퍅한 마음, 하나님을 원망하던 마음, 하나님께 예배를 바치지 못해서 몸부림치던 저의 모든 육신의 고집을 꺾고 하나님께 완전히 항복하면서, "주님, 잘못했습니다. 내가 이 아이들을 우리 유진이처럼 정말 마음에 품고 사랑하게 해주셔서 감사합니다. 전 그렇게 못 하는 정말 이기적인 죄인인데, 예수님이 저 대신 죽음으로, 이 이기적인 죄인은, 2천 년 전에 예수님과 함께 못 박혔나니 이제는 내가 산 것이 아니고 오직 내 안에 예수님이 사십니다. 예수님의 사랑으로 상처받은 아이들을 품고 치유하게 저를 써주세요" 하고 서원했습니다.

예언적인 능력을 받은 아이들이 참 상처가 많아요. 왜냐하면 엄마 아빠들이 얘네를 어떻게 길러야 할지를 모르기 때문에 학교에서 힘들어하면 엄마들이 이 아이들을 구박하고 힘들게 합니다. 자기도 모르는 사이에. 그래서 이 아이들이 날개 찢긴 독수리 같아요. 제가 이 아이들을 사랑할 수 있게 해주신 하나님, 그 하나님의 사랑으로, 하나님이 이 아이들을 사랑하는 거죠. 그냥 저를 빌려서 사랑하시는 거죠. 우울증, 마약, 자기의 정체감이 없고 자신감이 없어서 축 늘어져 있던 아이들이 소명을 발견하고, 자기의 진짜 아버지이신 하나님을 만나고, 그 아버지의 사랑으로 살아나는 것을 보면, 정말 그것처럼 아름다운 일은 없는 것 같아요. 그것이 부활이고 거듭남이죠. 내 아이밖에 모르던 저를 하나님께서 우리 아들을 잃는 일을 통해서 완전히 부흥의 중보자, 부흥의 어머니로 제 소명 안으로 들어가게 하셨습니다. 그래서 젊은 아이들만 보면 너무 예쁜 거예요. 우리 아들 예뻐하듯이 똑같이 그렇게 예쁘더라고요. 아프리카에 갔을 때도 거기에 젊은 목사님 세 분이 저에게 '엄마' 하자고 했습니다. 아직까지도 "엄마, 엄마" 하면서 영적 인 자녀로 저를 많이 사랑해주는 아들이 케냐에도 있구요, 오 스트레일리아에도 예쁜 우리 아들, 딸들이 많구요, 너무 예쁜 애들이 많아요. 캘리포니아에 리오와 조니처럼 친아이들 같은 보석 같은 젊은이들을 주님이 제 인생에 보내주셨어요.

이번에 한국에 와서 있을 때도 여기 오니까 유진이 생각이 너무 나는 거예요. 백내장 수술해서 울면 안 되는데, 유진이가 보고 싶어 자꾸 눈물이 나와서 엄마 아빠 모르게 숨어서 울었 지요.

그때 마침 제가 오스트레일리아 갔을 때 알게 된 예쁜 마리 란 아이를 만나서 점심을 같이 먹었는데, "내 엄마 해주세요" 라고 해서 제가 너무 기쁜 마음으로 "그럼, 네가 내 딸이지"라 고 답했지요. 스물다섯 살짜리 딸을 하나 또 주신 거예요, 하 나님이.

이 아이들이 저에게 너무 기쁨이 됩니다. 너무나 하나님을 사랑하고, 하나님 음성 듣고, 비전을 보고, 꿈꾸는 아이들인데 이 아이들은 천국에 속하는 하나님의 아이들이기 때문에 이 세상이 알지 못하고 이 세상에서 정말 찢기면서 몇 번씩 죽으 려고 하다가, 또 마귀들이 죽이려고 하다가 하나님의 은혜로 그때그때 모면하고, 엄마 배 속에서 유산시키려고 했던 아이들이 한둘이 아니에요. 기름 부음 때문에 다른 아이들처럼 살지 못하고, 이 세상에서 어렸을 때부터 공격받아 이 아이들이 굉장히 상처가 많아요. 그런데 그 모든 것이 소명 안에서 내가 누군지를 깨달을 때, 아, 내가 하나님의 자녀이기 때문에 이 세상에 사는 게 그렇게 힘들었구나. 이제부터는 하나님이 나의 아버지시기 때문에 아무도 나를 건드리지 못하는구나 하는 것을 깨닫는 순간, 이 아이들이 정말 해처럼 빛나기 시작합니다. 그 아이들을 사랑하면서 내 몸으로 덮으면서, 중보로 기도로 덮으면서 그 아이들이 날아오르는 그 모습을 볼 때, 이 아이들이 내가 갈 수 없는 높은 곳에 있는 태양 안으로 날아오르는 것을 볼 때, 나의 모든 고통과 나의 모든 슬픔이 사라집니다. 이 아이들이 저에게 재 대신 화관을 씌워줍니다.

예수님은 죽은 자 가운데서 우리를 살리시고, 재 대신 화관을 슬픔 대신 기쁨을 그리고 우리의 슬픔을 변하게 만들어 춤추게 하시는 분입니다. 이 젊은 아이들과 함께 성령 안에서 하나님을 찬양하는 춤을 춥니다. 내가 엎드려 통곡하던 그곳에서 내가 일어나서 주님을 찬양하는 춤을 춥니다. 이사야서 61장 말씀이 이루어집니다.

아들이 간 지 3년 6개월이 지났습니다. 유진이가 나에게 주었던 꽃다발처럼 가지가지 색깔, 이 세상의 모든 색깔의 꽃이 다 들어 있는 무지개와 같은 하나님의 사랑, 화려하고 찬란한 하나님의 사랑으로 엮인 한 송이 한 송이의 꽃이 빛으로 예수님을 찬양하는 그 기쁨의 꽃다발, 이 아이들 안에 있는 내 아들이, 한 명 한 명 아이들 안에서 내가 보는 우리 유진이가, 그들이 자기 소명 안으로 들어갈 때마다, 그들이 하나님을 찬양할 때마다, 그들이 하나님 안에서 기뻐하고 예수님을 높이 올릴 때마다, 나에게 그 아름다운 화관을 씌워줍니다.

주님 감사합니다. 예수님 사랑합니다(이사야 61장 3장).

4

광야에서 주의 음성을 듣고

"그러므로 성령이 이르신 바와 같이
오늘 너희가 그의 음성을 듣거든."

— 히브리서 3장 7절

2005년 8월 23일, 샤스타 레이크란 곳으로 가족들이랑 놀러 갔어요. 당시 레딩이라는 도시에 있는 벧엘교회라는 곳에서 부흥이 일어나고 있는 것을 전혀 모르고 보트를 타고 놀러 간 거였지요. 가족들이 다 보트 타러 가고 저는 감기 기운이 있어서 혼자 숙소에 있었는데 달리 표현할 방법을 모르겠지만 그때 전 마치 수천 볼트의 전류가 제 몸을 지나가고 있는 듯한 성령 체험을 하게 됐어요. 성경을 읽고 있었는데, 갑자기 성경 구절이 페이지에서 튀어나와서 저의 심령을 때리는 것 같았어요. 살아서 움직이는 것 같은 강력한 힘으로 말씀이 저의 영과 혼을 쪼개기 시작했어요. 그리고 그 안에서 하나님의 음성을 들었습니다.

마태복음 22장 37절, "네 마음을 다하고 목숨을 다하고 뜻을 다하여 주 너의 하나님을 사랑하라." 그 말씀을 읽고 있었는데, 그 말씀이 갑자기 튀어나오면서 하나님이 마치 내 방에서 들어오셔서 나에게 "민아야, 너는 나를 네 마음과 몸과 힘을 다해서 사랑하지 않는다" 이렇게 말씀하시는 것 같았어요. 저는 그 말씀의 힘 안에서 도저히 서 있을 수가 없어서 그냥 엎드려 울기 시작했습니다. 그때 마치 하나님의 말씀이 온몸을 전기처럼 충격을 주면서 지나가는 것 같았어요. 그다음에 "네 이웃을 네 몸처럼 사랑하지 않는다" 하셨는데 제 심령이 찔려 견딜 수가 없었어요. 그것이 진정한 회개인 것 같아요. 저의 마음이 하나님에게로 돌아가면서 "하나님, 저를 도와주십시오. 어떻게 하면 하나님을 내 마음을 다해서 사랑할 수 있습니까? 어떻게 하면 내가 내 이웃을 내 몸처럼 사랑할 수 있습니까? 아무리 하려고 해도 안 됩니다." 사랑하지 못하는 그것이 저에게 회개가 되었어요. 도저히 견딜 수 없는 죄라는 생각이 들고, 거기에서 떠나고 싶었어요. 저의 이기심과 하나님을 사랑하지 못하는, 경배하지 못하는 그것이 저에게 너무나 힘들게 느껴지면서 그때 제가 하나님께 그렇게 기도했어요. "하나님, 저를 고쳐주십시오. 하나님 정말 제가 저의 마음과 영혼과 힘을 다해서 사랑하는 자로, 내 이웃을 내 몸과 같이 사랑하는 자로 저를 바꿔주십시오. 제가 정말 거듭나야겠습니다. 저를 다시 재창조해주십시오. 제가 그것을 할 수 없는 사람임을 고백합니다."

그때 제가 "내 이웃이 누굽니까?" 하고 물어봤습니다. "너의 남편과 너의 자녀, 내가 너에게 준 너의 가족들, 네 옆에 있는 네 교회 식구들, 네 옆에 있는 자들이 네 이웃이다. 그런데 그들을 사랑하지 않는다."

정말 그 당시에 저는 아무리 기도를 하고 잘해주고, 섬기고, 모든 것을 다 했는데도, 돌아올 듯 돌아올 듯 주님께로 돌아오지 않는 저희 불신자 남편이 정말 힘겹고 원망스럽기도 하고, 제가 혼자 신앙생활 하는 게 너무 지치고, 다른 여자들이 남편하고 애들하고 교회에 같이 오는 것 보면 너무 부러웠어요. 그러다 보니까 제 이웃인 저희 남편을 마음속에서 제 몸처럼 사랑할 수가 없었어요. 그때 우리 큰아들이 스물세 살 둘째 아들 진성이가 열두 살 되었던 해인데, 자폐증을 앓고 있던 진성이 때문에 7, 8년을 씨름을 하듯 기도하고 병원에도 가보고 왔다 갔다 하면서 정말 지칠 대로 지쳐 있던 때이기도 했거든요. 진성이가 다섯 살 되던 해 유치원에 들어가면서부터 힘들게 하더군요. 나중에야 아이가 자폐증이란 걸 알게 되었고 그 이후로 초등학교를 다섯 번 옮기고 중학교를 1년 겨우 다니던 중이었어요. 결국은 그 학교에도 다시 보낼 수 없게 되어 어떻게 해야 되는가, 막막하기만 했죠. 8월이니까 이제 9월이면 학교에 돌아가야 하는데 다니던 학교는 다시 돌아갈 수 없는 상황이고 다른 학교도 이제는 더 이상 갈 데가 없어서 남편과 제가 굉장히 힘들어하던 때였어요. 그런데 제가 저희 둘째 아들도 내 몸처럼 사랑하지 않았다는 것을 깨달았어요. 열심히 사랑한다고 생각하고 뛰어다녔지만 이 아이가 저를 힘들게 하면 어떤 때는 밉기도 하고, 그래서 저는 정말 지칠 대로 지쳐 있었어요. 하나님은 그때 사랑의 탱크가 텅텅 비어서 이제는 정말 내 힘으로는 도저히 계속해서 믿지 않는 식구들을 사랑하며 믿어주고, 또 낫지 않는 우리 아들을 계속해서 사랑하면서 나을 거라고 믿기에는 텅텅 비어 있는, 껍질만 남은 제 모습을 보여주셨습니다. 그 모습을 보여주셨을 때 저는 울면서 기도를 했어요.

"하나님, 저를 거듭나게 해주세요. 정말 저에게는 거듭남이 필요합니다. 제 영혼을 다시 소생시켜주시옵소서." 그렇게 기도하자, 그때 하나님과 강렬한 만남이 있었어요. 하나님께서 에스겔서 36장 26절 말씀을 주셨습니다. "내가 네 마음에서 굳은 마음을 제하여버리고 내가 너에게 새 마음을 주겠다"라고 주님께서 약속해주셔서 앞으로 저의 인생이 엄청나게 바뀔 것 같다는 예감이 들었어요. 물론 기쁜 것만은 아니었고, 두려움도 함께 있었습니다.

그러고 돌아와서 아이 장래 문제로 진지하게 의논을 하다가 '캘리포니아를 떠나야겠다'는 생각을 갖게 되었습니다. 그때는 막 하나님의 음성을 듣기 시작했을 때고, 성령이 무엇인지 확실하게 알지 못했기 때문에 그것이 제 생각인지 하나님의 음성인지 정확하게 알 수가 없었어요. "하나님, 이것이 하나님이 주시는 생각이면, 남편을 통해서 확신을 주세요. 말씀을 통해서, 또 다른 여러 가지를 통해서 이게 하나님의 뜻이란 확신을 저에게 주세요." 저희 남편이 하와이를 굉장히 싫어하고 하와이로 가고 싶은 마음이 조금도 없었고 가족들과 떨어지는 것을 굉장히 싫어했기 때문에 저는 그것이 완전히 불가능할 것이라고 생각했어요. 그랬는데 제가 기도한 지 닷새 만에 남편이 돌아오더니 "아무래도 진성이를 캘리포니아에 계속 두는 건 좋을 것 같지가 않은데, 계속해서 여러 가지 징조가 좋지 않다. 네가 먼저 하와이에 가면 내가 따라가겠다"라고 말하는데 정말 기적 같았어요. 그 말이 떨어지자마자 세 아이를 데리고 살던 곳을 떠나 하와이로 무턱대고 왔어요. 밑의 두 아이는 크리스천 학교에 잘 다니고 있었는데 데리고 온 것이지요. 그렇다고 진성이가 갈 학교가 정해진 상태도 아니었지요. 나중에 짐을 모두 싸서 부치고 따라오겠다는 남편 말만 믿고, 그냥 가방 세 개 들고 애 셋 데리고 떠난 그것이 성령의 바람이었던 것 같아요. 사람이 제정신으로 할 수 있는 일이 아니었던 거지요.

호텔에 들어가서 자려니 갑자기 걱정이 되는 거예요. 하나님의 음성을 들은 게 아니고 미친 짓을 한 거면 어떻게 하나? 친구가 한국 사람들도 없는 외진 곳으로 오라고 하기에 에바비치 쪽으로 갔어요. 막상 가보니 호텔이 하나밖에 없는데 무지하게 비싼 호텔이더라고요. 하루에 3백 불이 넘는 호텔에 계속 있을 수도 없고, 그날 밤 아이들 재워놓고는 화장실에 들어가서 마냥 울었습니다. 너무나 겁이 나고 무서웠어요.

베드로가 처음에 "예수님, 나에게 말씀하세요" 하고 예수님이 오라고 하니까 그 말을 듣고 한 걸음 내디뎌 물 위를 걷기 시작했죠. 그런데 갑자기 눈을 돌려 상황을 보니 너무 무서워졌지요. 폭풍이 치는 바다 한가운데를 걸어가고 있는 자신을 발견하고는, 내가 지금 뭘 하고 있는 걸까 하는 순간 빠지기 시작했지요. 저도 베드로처럼 그렇게 두려워하는데, 그때 그날 밤 새벽에 화장실에서 하나님이 저를 만나주셨습니다. 세상이 알 수 없는 평강을 저에게 주셨어요. 그다음 날 열한 살이었던 셋째 아들 진영이가 저에게 이렇게 말하는 거예요. "엄마, 기도하는데 이런 생각이 들었어. 엄마, 지금 집하고 학교하고 또 교회하고 찾는 거 걱정하지 마. 일주일 안에 하나님이 다 해주실 거야." 그런 아이를 보고 웃을 수도 없고, 울 수도 없고, 애는 참 어려서 철이 없어 좋겠다는 생각을 했어요. 하와이에서는 신용도도 없고, 크레딧 체크를 하는데 2주까지 걸릴 수 있다고 하는 거예요. 혹시 집을 찾는다고 하더라도 2주가 넘게 그 호텔에서 있을 생각을 하니까 겁도 나고 또 차도 없는데 어떻게 학교나 교회를 찾을까, 모든 것이 두려웠기 때문에 아이가 그런 말을 했을 때 웃어버렸어요.

그다음 날 처음 에바 비치 친구네 근처에 있는 어떤 집의 광고를 보고 그 집을 보러 갔는데 집이 조그맣지만 깨끗하고 마음에 들더라고요. 그래서 바로 신청서를 작성했지요. 제가 "크레딧 체크를 하려면 다른 주에서 왔기 때문에 시간이 좀 걸릴지도 모르겠습니다"라면서 신청서를 쓰는데 직업란에 '변호사'라고 쓰자 부동산 에이전트가 갑자기 "캘리포니아에서 변호사를 하는데 왜 하와이로 왔냐? 하와이에 오면 변호사 일도 하지 못하는데" 하고 물었어요. 그때 제가 사실은 하나님께서 여기 오면 우리 아들 학교를 찾을 수 있다고 해서 왔다는 말을 저도 모르게 했어요. 그러자 그 사람이 갑자기 "그동안 열한 명이나 집을 보러 왔었는데 그때마다 아니라고 하나님이 그러셨는데 지금 자매님한테 이 집을 주라고 하십니다"라면서 저한테 그 집 열쇠를 주는 거예요. 친구가 놀라서 "크레딧 체크를 해야죠" 그러니까 "아닙니다. 지금 성령님이 자매님에게 이 집을 주라고 하셨습니다. 사람들이 집을 보러 올 때마다 계속 돌려보내라고 하셨어요. 그랬는데 이 사람이라고 말씀하십니다" 그렇게 말을 하는 거예요. 그분 성함이 크리스인데 나중에 저하고 굉장히 친한 친구가 된 교회 장로님이십니다. 그분이 저에게 말했습니다. "우리 목사님도 이 단지 안에 사십니다. 우리 교회에서 운영하는 학교가 있거든요. 기독교 학교가 있습니다. 한번 와보십시오."

목요일에 목사님과 사모님을 만났습니다. "우리 아이를 꼭 크리스천 스쿨(Christian school)에 보내고 싶었는데 3학년 때 나오게 된 이후로 다른 학교에서 받아주질 않습니다. 우리 애는 소명 있는 아이이기 때문에 꼭 크리스천 스쿨을 가야 하거든요" 하고 무식한 시골 엄마처럼 울기 시작했어요. 그러니까 이 선생님이 굉장히 난감을 표정을 지으면서 거절했습니다. "우리는 조그만 교회고, 재정이 넉넉지 못하기 때문에 특수교육을 해야 하는 아이를 받아줄 수 없습니다." "하나님이, 예수님이 아흔아홉 마리의 양을 놓고 한 마리의 양을 찾으러 가시는 분이라고 했잖아요. 지금 잃어버린 양 한 마리가 여기 있는데 아무도 안 받아줍니다. 어느 크리스천 스쿨에서도 안 받아줍니다. 이 아이는 꼭 크리스천 스쿨을 보내야 해요. 그래서 여기까지 왔습니다." 그러자 이 사모님이 갑자기 얼굴이 막 변하면서 울기 시작하는 거예요.

이분이 암에 걸려서, 오늘내일 하는 위급한 사람만 있는 중환자실까지 갔었대요. 거기서 죽기를 기다리고 있는데, 병실로 예수님이 걸어 들어오셨다고 했습니다. "이 병은 죽을병이 아니니 네가 살아날 것이다" 하시는데 너무 고통스러웠기 때문에 살고 싶지가 않았대요. 그런데 예수님께서, "죽음도, 삶도, 나의 사랑으로부터 너를 끊을 수 없다" "너는 살아서 이제 이 마지막 때에 부흥을 일으킬 세대들을 길러라, 학교를 세워라" 하고 말씀하셨다고 했어요. 학교는커녕 고통스럽고 너무 힘들어서 어서 빨리 천국에 가고만 싶었는데 예수님이 소명을 주시면서 다시 살려주셨다고 했습니다. 그래서 시키시는 대로 학교를 시작했는데, 지난 3년 동안 그 학교를 하면서 재정적인 실무 때문에 시달리다보니까 그 비전을 잃어버렸다고 말씀을 하셨어요. 그랬는데 그때 예수님께서 하신 말씀이 "나는 네가 아흔아홉 마리 양이 아니라 한 마리 양을 찾는 학교를 하길 원한다"라고 말씀하셨다는 거예요. 그래서 진성이의 학교를 찾았습니다.

결국 진영이 말대로 일주일도 되기 전에 집과 학교와 교회가 다 생기는 기적이 일어났습니다. 그렇게 하와이에서의 삶이 시작됐어요. 처음 1년 동안은 굉장히 힘들었어요. 학교에서 보조 교사로 일하면서 말할 수 없이 힘들었어요. 변호사일 때는 시간당 3백 불씩 벌다가 한 시간에 십 불도 안 되는 돈을 받으면서 일을 했어요. 채점을 하려면 조그만 글자를 봐야 되는데 눈이 많이 나빠지더군요. 게다가 전 계속해서 같은

것을 반복하는 걸 잘하질 못하거든요. 완전히 섬마을 선생님
이 되어 제 딸뻘 되는 선생님한테 채점 잘 못한다고 자꾸 야
단맞고, 완전히 섬마을 여선생님이 됐는데, 제 안에 자꾸 그
런 생각이 드는 거예요. 변호사 일을 하는 게 낫지, 이 사람들
이 내가 누군 줄 알고 이러나? 그러던 어느 날 저에게 예수님
이 그렇게 말씀하시는 것 같았어요. "네가 누군데? 아무도 아
닌데."

　그래서 거기서 1년 동안 진짜 불속을 지나가는 것 같은 훈
련을 받으면서 자존심이 많이 꺾였어요. 그 광야에서 제가 주
님의 음성을 처음으로 듣기 시작했습니다. 그 1년 동안 제 생
각을 내려놓고 목자이신 예수님 음성을 따라가는 주님의 양
으로 바뀌기 시작했습니다. 그 훈련이 끝나고 모든 불평이 감
사와 찬양으로 바뀌던 2007년 봄에 진성이의 모든 자폐 증상
이 봄눈 녹듯 사라지기 시작했습니다. 광야에서 꽃이 피고 강
이 흐르기 시작했습니다. 20개월 만에 다시 캘리포니아로 돌
아와 보통 크리스천 스쿨로 전학할 수 있게 되었습니다. 지금
진성이에게는 아무런 자폐 증상도 남아 있지 않습니다.

5

다섯 번째 간증

사랑, 가장 큰 기적

"사랑하지 아니하는 자는 하나님을 알지 못하나니
이는 하나님은 사랑이심이라."

— 요한일서 4장 8절

눈먼 소경의 눈을 뜨게 한 것이 왜 예수님이 하신 기적 중에
서도 특별한 자리를 차지하고 있는지 눈이 안 보여본 적이 없
는 사람은 이해하지 못할 것 같습니다. 눈이 보이지 않고 어둠
이 덮였을 때에야 모든 빛이 눈으로 들어온다는 사실을 깨닫
게 됩니다. 눈이 보이지 않으면 소망도 끊깁니다. 예수님의 빛
이 들어왔을 때 '광명을 찾았네' 하는 찬송가처럼 저의 인생에
처음으로 빛이 들어왔었죠. 그전에 얼마나 깜깜한 어둠이었었
던가를 빛이신 예수님이 저에게 들어오시고 나서야 깨달았던
거예요. 아무리 사랑해도 허전하던 마음, 아무리 받아도 채워
지지 않던 나의 영은 항상 목마르고 항상 배고프고 항상 어두

윘었는데 이제 광명을 찾았습니다. 그래서 저는 아직도 어둠 속에 있는 사람들을 보면 그 빛이신 예수님을 전해주고 싶어 안타까워요. 모든 노력이 허무한 것이라는 사실을 깨닫는 절벽에 서봤던 저에게는 그 절벽에 찾아오셔서 영생과 하나님의 나라, 그리고 하나님의 사랑에 대한 새로운 소망을 주셨던 예수님을 너무 전하고 싶었어요.

일곱 귀신이 들렸던 막달라 마리아는 이웃과 완전히 단절이 되었었을 거예요. 외로움과 두려움과 어둠 속에서 헤매던 그 한 여인이 예수님을 만났기 때문에 완전히 바뀌었어요. 하나님의 아들이 그 여자를 불쌍히 여기셔서 잘한 것도 없는데 그냥 찾아오셔서 그 일곱 가지 괴롭히던 것들을 다 쫓아내주셨죠. 우리에게도 다 일곱 가지 정도의 귀신이 있는 것 같아요. 외로움을 주고, 이기심, 자만감, 미움, 용서 못 하는 것들, 억울함, 또 성적인 자제가 안 되는 것들…… 부인 몰래 숨어서 포르노 보는 남편들이 엄청나게 많아요. 제가 직업 때문에 인간들의 악한 면을 더 많이 봤어요. 검사, 변호사 생활을 오래 했기 때문에 폭력, 시기, 질투 많은 것을 알지요. 저도 막달라 마리아처럼 빛이 없는 어둠 속에 오래 갇혀 있었어요. 밤에 잠 안 오는 것도 얼마나 괴로운지 몰라요. 저는 불면증을 굉장히 오래 앓았습니다. 심한 편두통을 오래 앓았기 때문에 두통만 안 나면 행복할 정도였어요. 저는 항상 감정의 기복도 심했어요. 너무 기쁘면 흥분이 되어 자제가 안 되는 거예요. 그럴 때마다 학교에서 선생님한테 야단맞았어요. 너무 떠든다고. 자제를 못하니까. 요즘 같았으면 과잉행동장애 같은 진단을 받지 않았을까 싶은데, 그때는 그냥 모르니까 넘어갔습니다. 그런데 제가 어른이 되어서도 막 흥분이 되면 이게 자제가 잘 안 되는 거예요. 그래서 누구를 좋아하면 너무 좋아하고 누구를 믿으면 너무 믿고, 모든 것을 너무 극단적으로 하는 그런 경향이 있었기 때문에 굉장히 괴로웠어요. 세상 사는 게. 어머니 아버지도 친구들도 알지 못하는 그런 괴로움이 있었어요. 왜 나는 남들과 같을 수 없을까? 그냥 남들처럼 내가 누군지 사람들이 모르고 살았으면 좋겠다. 그런 소망이 저한테 항상 있었던 것 같아요. 익명이 되고 싶은 마음.

그래서 미국으로 가니까 참 좋았어요. 미국 사람들은 저한테 관심이 없으니까 제가 어떻게 하든지 별로 상관 않더라고요. 그런데 한국 사회에서는 어머니 아버지 체면 깎이는 일은 하면 안 되고, 뭘 하면 모든 사람이 다 알아버리는 것이 싫었어요. 친구들도 왜 이렇게 나한테 관심이 많은지 그런 관심이 저한테는 좀 무거웠던 것 같아요. 계속 보이기 위해서 만들어가는 나 자신과 원래 내 모습이 너무도 달랐기 때문에, 원래 내 모습은 나밖에 모르니까 어떤 때는 그 모든 거짓의 옷을 다 벗어버리고 그냥 뛰쳐나가고 싶었던 적이 많았어요. 그래서 어느 날, 당시에 스트리킹이라 해서 옷을 벗어 던지고 벌거벗고 뛰는 사람들이 생기기 시작했는데 경찰에 잡혀가고 신문에 나고 망신이었지요. 그런데 저는 그 심정이 이해가 갔어요. 그 사람들이 왜 갑자기 벗고 뛸까? 수치감과 두려움, 이런 것들이 다 나를 괴롭히는 것들이잖아요. 그래서 에덴동산에서 선악과를 따 먹고 나서부터 숨잖아요. 하나님으로부터 숨고 서로서로에게서 숨기 시작했을 거예요. 그전에는 벗어도 창피한지 몰랐는데 이제 벗은 것이 창피해진 거지요. 거기에서부터 모든 관계의 단절이 시작되는 것 같아요. 그 단절감, 인간과 인간 사이의 단절감이 저한테도 그렇게 힘이 들었어요.

중학교에 들어갔는데 남과 다르다는 것을 표현하지 못하는 획일적인 교복을 입어야 한다는 것이 마음에 들지 않았어요.

사람들 얼굴을 보면 감탄하게 됩니다. 어쩌면 저렇게 단 한 명도 똑같이 생긴 사람이 없을까? 쌍둥이조차도 아주 똑같지는 않아요. 웃는 모습이라도 조금씩은 다릅니다.

〈CSI〉라는 TV 프로그램이 있습니다. 범죄 현장 조사로 범인을 잡는 드라마입니다. 사람들이 남겨놓은 어떤 흔적, 머리카락 하나를 가지고도 그게 누구인지 찾아내는 것이 참 신기하더군요. 세상에 수억의 인구가 있는데 나만의 지문을 가지고 있다는 것, 하나님이 이렇게 섬세하게 남들과 다르게 나를 만드셨다는 것, 이런 나만의 내가 있다는 것이 저는 하나님의 사랑이라고 생각해요. 그냥 막연히 인간을 사랑한다든지 나라를 사랑한다든지 그런 사랑이 저는 잘 이해가 되지 않아요. 그렇지만 한 사람이 한 사람을 사랑한다는 것, 누군가에게 특별한 존재가 되는 것, 나밖에는 그 사람에게 줄 수 없는 사랑을 내가 그 사람에게 줄 수 있는…… 그것이 저에게는 사랑으로 느껴집니다.

사랑은 그렇게 구체적인 거라고 생각해요. 한 사람 한 사람을 특별히 만드신 하나님이 그렇게 특별히 나를 사랑하십니다. 나와 똑같은 사람이 이 세상에 한 명도 없는 거예요. 쌍둥이라고 하더라도 그 인생의 경험을 통해서 20년, 30년을 살면 그 두 사람이 같을 수가 없어요.

제가 재미있는 이야기를 들은 적이 있어요. 변호사인 친구가 있는데 돈도 잘 벌고 핸섬한 사람이었어요. 예쁜 모델 부인을 얻었습니다. 그런데 저에게 재미있는 얘기를 해요. 부인이 화장품 광고도 찍는 톱 모델이었대요. 이 사람은 모든 인생에서 자신감이 있었고, 자기가 아름답다는 사실을 알았고, 남편도 매일같이 꽃을 사다주며 아름답다고 얘기해주는 여자였어요. 모델 일도 굉장히 성공적이어서 돈도 많이 벌고요. 그런데 어느 날 얼굴에 심한 피부병이 났어요. 모델에게 피부병이라는 것은 아주 치명적이죠. 그래서 치료를 받는 동안 얼굴이 아주 흉측해졌어요. 신제품 전속 계약을 해서 바로 촬영에 들어가야 하는데 기다릴 수가 없잖아요. 바로 찍어서 TV에도 나가야 되는데, 이미 이 여자의 얼굴로 광고가 나간 적도 있어 회사에서는 꼭 이 여자의 얼굴을 모델로 쓰고 싶어 하는데 도저히 사진을 찍을 수가 없는 거예요. 그래서 이 사람들이 고민을 하다가 이 여자에게 일란성 쌍둥이, 똑같은 쌍둥이 언니가 있다는 정보를 알아냈어요. 됐다, 이제 이 사람하고 얼굴이 똑같은 일란성 쌍둥이를 대리 모델로 찍자, 훈련을 시켜서 찍자, 이래서 그 여자에게 말을 하니까 '언니는 그걸 원하지 않을 텐데요' 하다가 자기도 계약 파기를 하면 큰일 나니까 언니의 전화번호를 줬습니다.

　이 언니는 시골에서 농사를 짓고 살고 있었어요. 이혼하고 혼자 살고 있었어요. 그런데 촬영진들이 너무 놀랐다는 거예요. 어떻게 일란성 쌍둥이가 저렇게 다를까. 그러나 한 사람은 모델이니까 화장을 하고 가꾸고, 이 사람은 안 그렇게 생활해 왔으니 데려다가 가꾸면 되겠지, 하고 데리고 왔습니다. 이 언니는 너무나 수줍고 내성적인 성격인데다 남편과 이혼하고 아버지와의 관계도 좋지가 않았어요. 혼자 오래 지내온 사람이었던 거지요. 사진을 찍었는데 잘 나오지 않는 거예요. 그제서야 모두 깨달았습니다. 사람이라는 게 밖에 보이는 외모만이 아름다운 게 아니라는 것. 그 사람의 내면에서 흘러나온 자신감, 자기가 아름답다는 것을 믿기 때문에 아름다울 수 있다고 느꼈다는 거예요. 한 사람은 자기가 예쁘다는 것을 알기 때문에 사진을 찍으면 예쁘게 나오는데, 이 언니는 자기가 못생겼다고 생각했기 때문에 실제로 사진도 그렇게 나온다는 거예요. 일란성 쌍둥이인데도.

이렇게 사람이 모두 다르다는 게 참 경이롭습니다. 눈송이 수만 개가 떨어지는데 그걸 자세히 들여다보면 하나하나 다 다르다는 거예요. 그래서 저는 하나님의 사랑도 개별적인 거라고 생각해요. 하나님은 획일주의를 싫어하신다고 생각해요.

저는 이 획일주의와 교복과 학교라는 체제를 싫어도 견뎠는데 저희 아들은 싫은 마음을 그대로 표현하더라고요. 저도 싫은 건 같았는데 부모님 실망시키는 게 두려워 표현을 못 했어요. 그래서 어떤 때는 '쟤가 나보다는 행복할지도 모르겠다'는 생각도 해요. 저는 중고등학교 때, 나 자신이 세모인데 네모인 척하려니까, 네모들만 들어가는 구멍에 억지로 들어가려고 하니까 모든 신경성 정신적 문제가 많이 생기더라고요.

여러 사람을 통솔하다보면 자기도 모르게 저들이 다 내 말을 들었으면 좋겠다, 다 똑같았으면 좋겠다, 하는 마음이 어떤 선생님에게나 있을 거예요. 어떤 목사님에게나 있을 거예요. 10만 명의 신도가 있는데 10만 명이 똑같다 그러면 얼마나 쉬우시겠어요. 한 사람을 감동시킬수 있을 때 모든 사람이 똑같이 감동하면 얼마나 목회하기가 쉬우시겠습니까. 그런데 한 명 한 명이 다 다릅니다.

하나님은 우리 인간을 물고기에 비유하셔서 사람 낚는 어부가 되라 하셨는데요. 물고기는 얼마나 각양각색인지 정말 재미있잖아요. 가끔 해양 수족관에 가서 보면 정말 시간 가는 줄 모르죠. 하나님이 창조하시다 어떨 때는 장난치고 싶은 마음도 생기고 심심하기도 하셨나보다. 어쩜 저런 각양각색의 물고기를 만드셨을까? 하는 생각이 들기도 해요. 눈이 튀어나온 물고기가 없나, 완전히 투명해서 가시가 훤히 보이는 물고기가 없나, 그리고 그 색깔들도 그렇게 현란할 수가 없어요. 새빨간 색깔, 진분홍, 터키블루, 샛노란 색깔, 오렌지빛 줄이 그어진 물고기…… 하루 종일 있어도 심심하지 않아요. 그 하나하나 다른 물고기들에서 하나님의 사랑을 느낍니다.

그런데 하나님의 형상으로 만드신 인간은 얼마나 더 신경을 써서 만드셨겠어요. 한 사람 한 사람 온 정성을 다해서 모든 생각을 다 담아서 사람을 만드셨다고 생각해요. 하나님의 모든 속성을 하나씩 하나씩 모든 사람에게 주었다고 생각해요. 어떤 사람은 사랑이 많고, 어떤 사람은 남을 섬기는 것을 좋아하고, 어떤 사람은 그렇게 이기적일 수가 없는데 한마디를 하면 나오는 말이 모두 시적이고 아름다운 거예요. 또 정말 저 사람은 왜 만들었나 싶은데 그 사람이 기타를 치기 시작하면

땅 끝 의 아 이 들

누구와도 다른 그런 음을 만드는 거예요. 또 어떤 사람은 어떻게 그렇게 기계를 잘 만지는지, 저는 기계치기 때문에 그런 사람을 보면 경이를 느낍니다. 어떤 사람은 어떻게 그렇게 하루 종일 에너지가 있어서 지치지 않는지. 저도 제가 좋아하는 일을 하면 사람들이 놀랍니다. 그런데 그것이 중고등학교 다닐 때까지는 너무 괴로웠어요. 에너지가 너무 많아 넘치니까요. 그런데 지금 사역을 하면서는 내가 '아, 이래서 하나님이 나를 이렇게 만드셨구나' 하거든요.

그래서 이틀, 사흘씩 사역을 해도 힘들지가 않아요. 다른 사람들은 하루 사역하면 그다음 날 쉬어야 된다, 그러는데 저는 과잉행동 증상이 있는 아이들이 나중에 다 사역자가 되지 않을까, 생각해봅니다. 남들이 하지 못하는 에너지가 필요한 경우도 있으니 그런 아이들도 만드셨다고 생각해요.

우리 진성이가 학교 다닐 때, 산수 시간 끝나고 다음 시간 종이 치면 바로 다른 과목을 해야 하잖아요. 그런데 이 애는 그게 안 되는 거예요. 실은 저도 그랬거든요. 야단맞을까봐 억지로 한 거예요. 저는 됐는데 얘는 그게 아예 안 돼요. 그러니까 의사들이 자폐라 그러는데 저는 어찌 보면 자폐가 아닌 자유인 것 같아요. 자유는 고정이 안 되는 거예요. 못 하는 거예요. 그러니까 오히려 정체성은 확실하게 있었던 것 같아요. 서로 다른 것들이 어울려서 살지 못하고 강한 것이 약한 것들을 자기와 똑같으라고 하는 건 완전 폭력입니다. 『좌뇌 사람들이 지배하는 이 세상에서 살고 있는 우뇌의 아이들(Right-brained children in left-brained world)』이라는 책을 읽은 적이 있어요. 제 아들은 검사하면 완전히 우뇌형 인간이라는 거예요. 우뇌가 너무 발달되어 좌뇌가 기능을 못 하는 거예요. 그것이 심해지면 자폐가 되는 거지요. 그런데 오른쪽 뇌는 직관이라든가 창조라든가 직감적으로 하는 것들을 주관하고 왼쪽 뇌는 논리적 언어 기능을 주관한대요.

우뇌형 사람들은 사랑이 많고, 하나님과 더 비슷한 사람들이라고 생각해요. 하나님이 창조주시잖아요. 그러니까 창조를 하는 우뇌가 더 하나님이 중요시하는 뇌가 아닐까 그렇게 생각하는데, 이 세상에서는 과잉행동장애다 자폐다 진단 내리고, 학교에서 공부도 못 하고 그러는 거죠. 그런데 이 책을 쓴 사람은 그걸 스스로 극복했어요. 스스로 학교에서 가르쳐주지 않는 방식으로 공부했어요. 우뇌형 사람들은 눈에 보이는 것에 민감하대요. 그래서 스스로 카드를 만들어 시각적으로 공부하는 방식을 발견해냈어요. 그런 것은 하나님이 그 사람에게 주신 지혜라고 생각해요. 그 사람을 쓰셨다고 생각해요. 그래서 이 책을 읽고 우리 아들을 더 잘 이해하게 됐어요. 그런데 이 사람이 한 말 중에 참 인상적인 게 있었어요. 나치가 유대인을 학대한 거나 백인이 흑인을 탄압한 것과 마찬가지인 일들이 우리 사회에서도 아이들에게 똑같이 일어난다는 거예요. 우뇌형인 아이들이 힘이 없기 때문에 소수이기 때문에 당하는 경우가 많다는 거예요. 학교 선생님이나 커리큘럼을 만드는 사람들은 우뇌형인 사람들이 적다는 거예요. 이 좌뇌형 사람들이 만들어놓은 사회 체계에 우뇌형 아이들은 맞지 않는다는 거예요. 그럼 그 아이들을 위주로 해서 다시 만들어줘야 되는데 힘이 없는 거죠, 회의를 하면 좌뇌인 사람들이 모여서 하니까.

더욱이 제 아들처럼 심하게 우뇌형인 아이들은 더더욱 적응이 안 되는 거예요. 그런데 그것을 말을 안 듣는다, 못됐다 그러니까 이 아이들에게 분노라든지 자기 자신에 대한 낮은 자존감이 생기는 것이지요. 저도 우뇌 성향이 많아서 그런지 말을 하지 않아도 상대방이 생각하는 게 느껴져요. 그러니까 사람들하고 많이 있으면 굉장히 피곤합니다. 그 사람들이 생각하는 게 다 느껴지기 때문에. 그래서 전 여러 사람하고 있는 것을 좋아하지 않고 그냥 한 사람하고만 얘기한다든지 혼자 있는 것을 좋아합니다. 그런 것을 사회성 떨어진다고 억지로 고치면서 내가 누군지 모르는 이상한 사람이 되어버렸어요.

뭐든지 제 생각대로 하면 안 돼요. 다 그렇게 하면 안 된대요. 그래서 다 꺾어야 되고 다 변화시켜야 되니까 제 자신이 잘못 만들어진 어떤 불량품 같은 느낌이 드는 거예요. 내가 하고 싶은 대로 하면 다 틀리니까. 그래서 남이 하는 거 보고 따라 하고 이러려니까 사는 게 너무 힘들고 공부도 하기 싫어서 노는 거예요. 공부 시간에도 만화 그리고 그랬어요. 성적은 잘 나와야 하니 시험 전날이 되면 완전히 패닉 상태가 되어서 책을 무조건 외웠어요. 공부 시간에 배운 건 별로 없으니까. 그러면 급할 때만 가동이 되는 두뇌가 저에게는 있었나 봐요.

아이 때문에 많은 전문가를 봤는데, 어느 의사가 저를 보고 그게 네가 자가치유한 거다, 그렇게 말을 하더라고요. 과잉행동 있는 아이들이 왜 과잉행동이 되냐면요, 전두엽이 자기를 컨트롤하는 뇌인데요, 이 뇌의 기능이 안 된다는 거예요. 흥분하거나 그런 것들을 잠재워주고, 하기 싫은데 억지로 참고 하게 하는 그런 것들이 나오는 곳이 전두엽인데 거기가 활동성이 적은 거예요. 그래서 리탈린이라는 촉진제가 마약의 일종인데, 그것을 주면 보통 사람들은 흥분이 되지만 이 아이들은 거꾸로 지금 활동이 적은 그 부분이 살아나면서 뇌 전체가 가동이 되니까 보통 때는 억제 안 되던 것들이 억제가 되고 지루한 것도 앉아서 참을 수 있게 된대요.

저 같은 경우에 앉아서는 공부를 십 분도 못 하거든요. 십 분 하면 지루해서 글자가 막 날아다녀요. 너는 미리 공부를 왜 안 하냐 그러는데 저는 미리 공부를 안 하는 게 아니라 못 해요. 제 뇌가 기능이 안 돼요. 닷새 후에 시험 보니까 공부를 해야지 그러면 곧 지루해지면서 옛날에 읽었던 소설책도 생각나고 영화도 생각나고 그러다 그냥 그만둬버리는 거예요. 그런데 시험 전날 내일 빵점 받겠다 싶으면 빵점짜리 성적표를 가져왔을 때 실망할 엄마 모습 이런 것을 생각하면서 어느 순간엔가 딱 불이 들어오는 때가 있어요. 그것이 아드레날린이라는 호르몬인데 도둑이 와서 총을 들이댄다든지 막 급하게 도망가야 된다든지 그럴 때 우리 안에 그 호르몬이 갑자기 크게 증가가 된대요. 그래서 사냥꾼이 사냥감을 봤을 때 막 가슴이 뛰면서 갑자기 눈도 더 잘 보이게 되고 더 빨리 뛸 수 있게 하는 기능이 우리 몸 안에 있대요. 그런데 그것이 아주 신체에 해롭다는 거예요. 저는 이 위기 상태가 오면 앉아서 제가 싫어하는 거라고 하더라도 그 책을 완전히 다 외울 수 있을 정도로 뇌가 돌아가기 시작해요. 그러면서 책 표지부터 사진처럼 찍혀요. 다음 날 시험을 볼 때까지 글자 하나하나 기억이 나거든요. 그런데 역사 시험을 백 점을 받고 삼십 분 후에 물어보면 몰라요. 그 정도로 그냥 찍어가지고 외워가서 그냥 쏟아놓는 거예요.

　제가 초등학교 1, 2, 3학년은 성적이 나빴는데 고등학교 때는 성적이 좋았어요. 한번 시험을 보려면 온 집안이 저 때문에 난리가 나는 거예요. 나 이제 공부해야 되는데 밥 먹으라 그러지도 말고 와서 말 시키지도 말고 건드리지 마. 어머니 아버지도 야단도 쳐보고 달래도 봤지만 미리 공부를 못 하는 걸 어떻게 하겠어요. 성적이라도 잘 나오니까 그냥 내버려두셨던 것 같아요. 저는 그게 감사한 게 만일에 억지로 잡아가지고 공부하라 그랬으면 저는 그냥 완전히 낙제생이 돼서 아마 고등학교도 졸업 못 했을 거예요. 왜 너는 낮에 내내 놀다가 시험 보기 전날 밤을 새야 되니. 엄마가 야단을 치시다가 포기를 하신 것 같아요. 저는 공부를 하루 전에 하면 잊어먹어요. 성적이 안 나와요. 하루 전에 공부한 거는 잊어먹으니까. 그래서 시험 보기 한 대여섯 시간 전이 되어야 하거든요. 내일 일곱시에 시험을 본다고 그러면 열시에도 시작을 하면 안 돼요. 여섯 시간 전쯤 새벽 한시쯤에 이 책을 그냥 정상적인 속도로 읽어도 다 못 읽는다, 마지막 두 단원 정도는 못 읽는다, 하는 때가 되어야만 불이 들어오거든요. 시험 보기 전 대여섯 시간은 난리인 거예요, 난리. 엄마가 밥을 가져와서 떠 넣어주시고, 나는 책에서 눈을 떼면 안 되니까 공부를 하고, 차 안에서 책 읽지 말아라, 하시는데 안 하면 어떻게 해요. 마지막 두 챕터는 차 안에서 읽어야 되는데 그러면 또 학교 가면서 막 하고 시험 종칠 때까지 '책 빨리 집어넣어요' 할 때까지 마지막에 읽은 두세 장이 시험에 쫙 나오는 거예요. 그러면 금방 읽었었으니까 뭐 토씨까지 기억이 다 나죠. 백 점을 받으면 사람들이 제가 굉장히 공부를 열심히 한 줄 아니까, 이건 완전히 사기꾼도 아니고 어떻게 말할 수 없는, 내가 누군지를 사람들이 알면 다 나를 싫어할 거야, 하는 공포감에서 살았던 것 같아요.

그런데 성적은 너무 잘 나오는 거예요. 맨날 A 받고 그랬어요. 대학교 다닐 때도 공부를 그렇게 했고 법대 다닐 때도 그렇게 했고 과 시험도 그렇게 봤어요. 마지막 순간까지 벼락치기를 했는데 결국은 두 과목을 못 해가지고 그 과목에서 시험이 나오면 떨어질 뻔했는데 다행히 나오지 않았습니다. 시험 보는 운이라 그러죠. 공부한 것만 나오는 거예요. 그러니까 그런 것들이 저에게 있어서는 변호사가 되어야 한다는 강박관념으로 가능했던 것 같아요. 저의 인생이 그래서 한 번도 '아, 나는 남보다 이걸 잘해' 그리고 스스로 긍지를 가져본 적이 없었어요. 내가 아닌 사람으로 나를 만들어서 남들 하는 거 보고 흉내 내가지고 그냥 한 거지 내가 한 게 아니거든요. 제가 남한테 지는 것을 싫어했기 때문에 어느 정도까지는 이렇게 성취는 할 수가 있었어요. 그런데 그건 내가 아니니까 자신감은 없는 거예요. 내가 남을 흉내 내는 거니까.

예를 들면 제가 초등학교에서 친구들도 못 사귀고 친구가 거의 없었어요. 학교 가면 애들하고 놀다가도 내가 뭘 하자고 하면 애들이 신경질을 내고 가는 거예요. 나는 뭘 했는지도 모르는데. 사회성이 굉장히 떨어졌어요. 선생님은 계속 야단치고, 그래서 제가 이렇게는 살 수가 없다, 학교를 그만둘 수는 없고 학교를 다녀야 되는데, 그러면 내가 '나는 다 싫어하니까 내가 아닌 다른 사람을 만들어야 되겠다' 이렇게 생각했던 것 같아요. 그래서 새 학년 올라가면 반이 바뀌니까. 바뀌어서 새 선생님과 새 아이가 될 때 항상 희망이 생기는 거예요. 그 반에서 제일 인기가 있고 애들도 다 좋아하고 선생님들도 예뻐하는 애가 하나 있었어요. 제가 걔를 쫓아다니면서 '아, 쟤가 이럴 때는 이렇게 하는구나. 그러니까 애들이 좋아하는 구나' 이런 사회성을 연구해서 배웠어요. 혼자서.

그런데 특수 자폐인 아스퍼거 성향이 있는 사람들은 그냥 사회성이 저절로 생기지가 않는대요. 남이 하는 거를 모방을 한대요. 저한테도 그런 성향이 있었던 것 같아요. 그래서 그 아이를 보고 한 학기 동안 연구해서 걔가 하는 대로 흉내를 냈어요. 그러니까 제가 제가 아니고 그냥 미경이가 된 거죠. 또 하나의 나를 만든 거죠. 그렇게 해서 걔가 좋아하는 것을 나도 좋아하고, 걔가 싫어하는 것을 나도 싫어하고, 걔가 하는 말을 나도 하고, 이러면서 내가 완전히 내가 아닌 또 하나의 나를 만들었어요. 그러니까 애들이 좋아하더라고요. 집에 오니까 우리 엄마 아빠도 이제 쟤가 철이 들었다 그러면서 좀 더 좋아하시는 것 같아요. 안심하시는 것 같아요. 그리고 성적도 올라가게 됐지만, 그렇게 살려면 굉장한 긴장과 괴리감이 있어요.

내가 아니니까. 이러다 실패하면 어떡하나. 이러다 실수하면 어떡하나. 이게 자연적으로 나오는 게 아니기 때문에 굉장히 조심하게 되고요. 원래의 모델보다 잘할 수는 없어요. 항상 나는 남보다 못하다. 내가 되고 싶은 사람처럼 되려면 나는 너무 너무 노력을 해야 된다. 이게 저한테는 굉장한 괴로움 같은 거였어요.

자신을 있는 그대로 사랑하지 못하니까 남도 사랑할 수 없어서 늘 외로웠던 것 같아요. 하나님을 만나고 그분의 나를 향하신 특별한 사랑을 알면서 그 상처들이 사라지기 시작했습니다. 그분의 사랑은 온전한 아버지의 사랑일 뿐 아니라 연인의 사랑이기도 했습니다.

저는 사랑이 하나님에게서 온다고 생각해요. 막달라 마리아처럼 어둠에 갇혀 있던 저를 눈을 떠 빛이신 하나님의 사랑을 보게 하셨습니다. 그분의 사랑 안에서 제가 다시 본래의 제 모습으로 돌아가면서 저와 제 이웃, 제 가족을 사랑하는 치유가 저에게 임하기 시작하고 회복이 일어나기 시작했습니다. 하나님은 나를 내 모습대로, 나를 사랑하셔서 특별히 이렇게 만드셨고 나는 소중하고 사랑받는 존재라는 이 진리의 빛이 비추어질 때 자폐나 과잉행동이라고 진단된 아이들도 자존감이 회복되고 평강이 임하는 것을 많이 보았고 체험했습니다. 로마서 5장 5절에서 '이제는 이 소망이 너희들을 실망

시키지 않으니 왜냐하면 하나님의 사랑이 너희 마음에 이제
는 부어졌느니라'라고 말씀하십니다. 성령으로 인하여 성령
을 받음으로써 우리가 하나님의 영을 받음으로써 하나님의
사랑이 우리 안에 들어오는 것 같아요. 예고편으로 제가 처음
사랑을 했을 때 느꼈던 그것이 내가 나중에 구원 받고 예수님
과 사랑할 때 떠올랐어요. 이게 내가 원했던 거구나. 내가 그
때 행복했었던 게 바로 이래서 그랬구나. 나의 영적인 배고픔
이 그때 잠깐 채워졌기 때문에 내가 목숨을 걸었었구나. 내가
원했던 것이 바로 사랑이었구나 하고 깨닫게 하십니다. 제가
첫사랑을 했을 때 헤어지기가 싫어 헤어지는 데 세 시간씩 걸
리는 거예요. 연애를 하는데 데이트 다섯 시간을 하고서야 우
리 가자, 이제는 가야지 숙제도 해야 되고 너도 엄마 아빠한
테 가야지 하면서 잘 가. 그런데 잠깐만 조금 있다가 말 한마
디만 더 하고 헤어지자. 그러고 있다가 또 '이제 나 가야 돼'
그러면 '아니야, 근데 나 너 잠깐만 더 보자' 이게 세 시간이
가는 거예요. 그러다가 '야, 그냥 너랑 나랑 하나가 됐으면 좋
겠다' 그러면서 돌아보고 또 돌아보고 그것이 나중에 크리스
천이 되고 거듭나서 제가 예수님을 진짜 만났을 때 똑같이 재
현되었어요. 예수님, 나하고 안 헤어졌으면 좋겠어요. 그랬을
때 예수님께서 내가 너를 절대로 버리지도 않을 것이고 너와
영원히 함께할 것이다, 라고 약속해주셨어요. 그래서 예수님

이 나는 할 수 없지만 자기는 할 수 있으니까 십자가에서 자기 몸을 완전히 버리셔서 내 안으로 들어오신 것이구나. 이것이 저는 연애를 했었기 때문에 이해가 갔어요. '내가 그냥 너를 안 보냈으면 좋겠다. 난 너를 좀 안 보냈으면 좋겠다' '내가 너를 보낼 수가 없다' 그러려면 내 몸을 완전히 불살라서라도 너와 내가 하나가 되어야 되겠다. 그래서 예수님이 너무너무 열렬히 나를 사랑하셔서 정말 나하고는 헤어질 수가 없어서 그냥 내가 되신 거예요. 우리를 하루만 못 보서도 못 살겠는 거예요. '내가 어떻게 하면 너와 영원히 하나가 될 수 있겠냐. 내가 이 세상에서 너랑 살다 헤어지는 것도 안 되겠고 나는 영원히 너를 데리고 살아야겠다.' 나는 영원히 너와 함께 있고 싶다. 그것이 하나님의 우리를 향한 사랑이라고 생각해요. 그래서 저는 에로스도 하나님에게서 오는 것이고 아가페도 하나님의 사랑이고 필리아도 가족 간의 사랑도 사랑은 다 하나님에게서 온다고 믿어요.

아가서를 읽어보면 아가서에 나오는 사랑은 굉장히 에로틱한 사랑이에요. 이 에로틱한 사랑이 아가페적 사랑, 그 희생적인 사랑과 하나가 되었을 때 그것이 저는 하나님의 사랑이라고 생각해요. 그것이 가족의 사랑과 하나가 되었을 때 그것이 하나님의 사랑이라고 생각해요. 그것이 친구와의 사랑과 하나가 되었을 때 모든 그 사랑이 하나가 된 것이 저는 온전한 하나님의 사랑이라고 생각해요. 하나님 안에는 정말 어떤 친구도 그렇게 친구를 사랑할 수 없는 필리아가 있고, 어떠한 연인이 그런 연인을 그렇게 사랑할 수 없는 에로스가 있고, 자기 몸을 버려서 사랑하는 아가페의 사랑도 온전하게 있다고 생각합니다. 그런데 그 에로틱한 사랑, 에로스를 지금 너무 교회나 이런 데서 죄라고, 왜냐하면 그것을 통해서 죄가 자꾸 들어오니까 그것을 단절하는 과정에서 신랑이신 예수님, 연인이신 예수님이 부인되고 딱딱한 종교적인 하나님만 남으셨는데요. 성경을 읽어보면 하나님의 사랑은 그렇게 에로틱할 수가 없어요. 근데 저는 그런 에로틱한 사랑을 미칠 듯이 해봤기 때문에 '아, 이게 그 소리야' 그게 이해가 갑니다. 내가 너를 정말 내 눈동자처럼 사랑한다. 저는 그런 체험을 해봤거든요. 이 사람을 내 눈 안에다가 넣었으면 좋겠다는 거예요. 세상 사람들이 다 안 보이고 이 사람만 보이는 거예요. 하나님이 그렇게 우리를 사랑하신대요.

'네가 내 눈동자다. 내가 너를 보면 나는 세상이 다 안 보이고 너밖에 안 보인다. 내가 너를 그렇게 사랑한다.'

그것은 에로틱한 사랑이에요. 하나님이 불타는 질투의 하나님이라 그러시는데 사람들이 이해를 못 합니다. 어떻게 선하신 하나님이 질투를 하냐. 저는 그것이 이해가 가요. 왜냐하면 그것이 에로틱한 사랑이거든요. 에로스의 사랑을 했는데 이것은 소유하는 사랑이거든요. 그래서 제가 처음에 연애를 시작했을 때 그 사람은 나를 여자로서 사랑하기 때문에 어떤 다른 남자하고도 내가 둘이 있는 것이 싫은 거예요. 용납할 수 없는 거예요. 그것이 굉장히 이기적이고 폭력적인 것처럼 보이지만 남녀 간에 사랑을 해본 사람은 이해를 해요. '너는 내 거야.' 그렇게 말하잖아요. 하나님이 너는 내 것이야. 너는 내 거야. 내가 너를 지명하여 불렀으니 너는 내 것이라. 그것은 소유하는 질투하는 남녀 간의 사랑이에요. 그것을 우리가 이해하지 못하면 '아유, 무서운 하나님이야, 이상한 하나님이야' 이렇게 됩니다. 그런데 연애하셨던 분들은 그것을 이해합니다.

남녀 간의 사랑에는 에로스의 사랑이 있어야 돼요. 남녀 간에는 아가페의 사랑만 가지고는 결혼생활이 완전해질 수가 없어요. 하나님이 우리를 아버지가 아들을 사랑하듯이 그렇게 사랑하시지만 우리는 또 예수님의 신부입니다. 예수님과 하나님은 하나라 그랬어요. 그럼 우리가 하나님의 신부예요. 하나님이 신랑이 신부를 사랑하듯이 자기의 피조물인 우리를 사랑하십니다.

내가 너를 이렇게 사랑하는데 네가 나를 또 배반하느냐. 네가 나를 또 떠나느냐 하는 그 하나님을 배반당한 남편으로 이해하면서 구약을 다시 읽어보면 그분의 마음 아픈 사랑이 느껴지기 시작합니다. '너는 우상숭배는 하지 마라.' 이 소리는 뭐냐면 '너는 바람만 피지 마라' 그 소리거든요. 남편이 결혼을 하는데 '내가 너에게 모든 것을 다 주겠다. 내가 너에게 통장도 주고, 내가 가지고 있는 모든 것을 다 주겠다. 내 것이 다 네 것이다. 그런데 너는 바람만 피지 마라. 너는 나만 사랑해 달라. 나만 남편이지 어디 가서 다른 남편을 절대로 만들지 말아라. 어디 가서 절대로 다른 남자하고 연애하지 말아라. 그것만 해주면 내가 너를 내 아내로 정말 존귀하게 하겠다.' 그것이 이스라엘 백성들을 향한 하나님의 결혼 서약이에요. 너는 내 것이 되고 나는 네 것이 되고 그 말이 얼마나 많이 나오는지 몰라요. 나는 네 것이고 너는 내 것이라 내가 다른 백성들은 너처럼 대하지 않겠다. 너는 내 아내고 다른 백성들은 나의 아내가 되지 않는다. 내가 너를 골라서 너하고 결혼한다. 그런데 이스라엘 백성들이 다른 백성들보다 뛰어나서 고른 게 아니라 그냥 고르신 거예요. 결혼이 자격을 따져가지고 백 점 받은 사람하고 결혼합니까. 결혼했기 때문에 내 아내이기 때문에 나에게 가장 소중한 거고 내 남편이기 때문에 가장 소중한 거예요. 결혼 서약을 했기 때문에 너희들은 나에게 가장 소중하다.

에스겔서에서 하나님이 "정말 내가 너를 예뻐가지고 고른 줄 아냐. 내가 네가 가장 강한 민족이기 때문에 고른 줄 아냐. 착각하지 마라" 하고 말씀하시는 게 있습니다. "내가 너를 어떻게 발견했냐. 여기저기 찢기고 상처받은 너의 모습, 갓난아기를 갖다버려서 지금 그 핏덩이로 발버둥 치는데 내가 너를 보고 연민을 느꼈다(에스겔 16장 6절)" 그렇게 말씀하셨어요.

'내가 너를 맨 처음 만났을 때에 너는 피투성이였다. 상처투성이 버림받은 아이였다. 그런데 내가 너를 창조했기 때문에 내 백성으로 창조했기 때문에 내가 너를 사랑한다. 내 자녀로 내 아이로 만들었기 때문에 내가 너를 사랑한다. 한 남자가 한 여자를 사랑하는 그 사랑으로 내가 너를 사랑한다'고 고백하십니다. 이것을 영적으로 이해하지 않으면 어떻게 아버지가 신랑이 되냐, 이러면 이해가 안 됩니다. 온전한 아버지와 아들의 아가페의 사랑, 온전한 남편과 아내의 에로스의 사랑을 하나님이 이스라엘 백성들과의 사랑을 통해서 보여주신 거예요. 아름다운 옷을 주고 가장 좋은 보석을 주고 가장 곱게 빻아서 만든 밀로 빵을 만들어서 내가 너를 먹이고 사랑했는데 네가 다른 남자를 사랑했다. 그것이 우상숭배예요. 네가 나 아닌 다른 신을 섬겼다. 다른 신을 섬기는 것이 아내가 다른 남자하고 자는 것과 똑같다는 거예요.

예레미야서와 에스겔서와 이사야서를 그런 관점으로 다시 한번 읽어보세요. 그러면 정말 어떻게 남편이라면 이럴 수가 있을까, 우상숭배 하는 것이 간통하는 것이라면 어떻게 이럴 수가 있을까, 하나님은 어떻게 이렇게 오래 참으셨을까, 감탄하게 됩니다. 거꾸로 남편이 바람을 펴서 상처를 받은 여자분들을 개인적으로 상담도 많이 했고 기도도 함께 많이 했고 개인적으로도 많이 알아요. 그것처럼 괴로운 게 없습니다. 정말 천사 같은 사람도 악마같이 변해요. 천사 같은 사람도 "집사님, 나보고 절대로 우리 남편을 용서하란 소리 하지 마. 나는 그거는 못 해" 하면서 엉엉 울며 얘기를 하는데 저도 그것만은 용서 못 한다는 게 동의가 되는 거예요. 그 자매는 정말 남편을 사랑했어요. 이 남자가 이 여자의 지극한 기도로 병이 나았습니다. 그러자마자 다른 여자하고 연애를 한 거예요. 하나님이 자기 심정을 보여주신 거예요. 하나님은 그런데도 용서하세요. 그래서 제가 그렇게 말했어요. '자매님, 사람은 못 해요. 그런데 우리는 십자가에서 같이 죽고 예수님을 보여주어야 되잖아요. 이제는 내가 십자가에서 죽고 이제는 내가 산 것이 아니고 그리스도께서 사신 것이라 그리스도의 사랑 안에 능력이 있습니다. 죽은 사람을 살리는 능력이 있는데 지금 이 남편이 죽은 거 아니에요. 어떻게 인간이 저런 짓을 합니까. 죽은 인간을 살려줘야죠. 한 알의 밀알이 땅에 떨어져서 죽으면 열매가 생깁니다. 저도 제 힘으로는 절대로 용서가 안 되어서 예수님이 하세요, 예수님 하고 싶으신 대로 하세요, 하고, 예수님에게 권한을 내어드린 적이 몇 번 있어요. 그때 예수님이 나 대신에 그 사람들을 사랑하시더라고요. 정죄하지 않으시더라

고요. 용서하시더라고요.' 그 자매님이 '그게 돼요, 정말? 그게
돼요?' 그러면 저도 한번 해볼게요. 그러서서 손잡고 둘이 같
이 울었어요. 저는 그 자매님이 얼마나 아픈지 알아요. 내가
아파봤기 때문에 알아요. "인간적으로 절대로 용서 못 하는 거
하나님이 알아요. 하나님이 자매님 보고 하라고 하지 않아요.
그래서 자기 아들을 보내셨어요. 예수님한테 드리세요. 예수
님한테 해달라고 하세요." 그러고 나서 몇 년이 지나고 그 결
혼이 완전히 회복이 됐어요. 아내를 정말 천사 모시듯이 하면
서 지금도 살고 있어요.

　저는 사랑처럼 큰 기적이 없다고 생각합니다. 사랑의 하나
님이시기 때문에 우리가 우리의 육신이 죽고 하나님의 사랑으
로 사랑할 수만 있다면 어떤 기적도 불가능하지 않다고 믿습니
다. 모든 사람을 하나하나 특별히 만드셔서 특별히 사랑하시
는 그분의 완전한 사랑을 만나고야 늘 남들처럼 되려고 노력
하던 스트레스에서 벗어나 나 자신을 처음으로 사랑하고 자유
가 임합니다. 그 사랑 안에서 우리의 지친 영혼이 살아나고 병
든 육신과 부서진 관계가 회복되고 우리가 가는 곳마다 갇힌
자가 풀려나고 죽은 자가 살아나는 부활의 능력이 임합니다.

　주님 안에서 나 자신을 사랑하기 시작하면서 그분이 사랑하
시는 다른 영혼들도 사랑하기 시작했습니다. 하나님은 사랑이
십니다. 그분의 사랑보다 더 큰 기적은 없습니다.

6

여섯 번째 간증

하나님의 언어, 사랑의 언어

"나의 사랑하는 자가 내게 말하여 이르기를
나의 사랑, 내 어여쁜 자야 일어나서 함께 가자."

— 아가 2장 10절

『다섯 가지 사랑의 언어』라는 책이 있습니다. 제가 40여 년을 살면서도 알지 못했던 사랑의 비밀을 최근에 깨달은 것이 있습니다. 모든 사람, 하나님까지도 각자 사랑의 언어가 있다는 것입니다. 이웃을 내 몸처럼 사랑하라. 그 한 마디가 인간으로서는 얼마나 완성하기 힘든 계명인지를 요새 깨닫습니다. 하나님의 능력이 없이는 하나님의 계시적인 깨달음이 없이는 우리는 서로서로를 절대로 이해할 수가 없습니다. 왜냐하면 한 사람 한 사람이 너무 다르고 한 사람 한 사람의 사랑의 언어가 다르기 때문입니다. 그 벽을 없애줄 수 있는 것은 살아계신 하나님이 우리 안으로 들어오는 수밖에 없는 것입니다.

제가 좋아하는 시편 18편 29절에 내 하나님을 의지하고 벽을 뛰어넘는다고 했어요. 그 벽이 저는 인간과 인간의 벽이라고 생각해요. 제가 그 벽을 아무리 뛰어넘으려고 해도 뛰어넘어지지가 않았어요.

정말 사랑하는 남자, 그 사람이 나를 정말 사랑했는데, 우리 어머니 아버지 날 사랑하고 내가 그분들을 사랑했는데, 거기에는 항상 벽이 있었어요. 나는 나고 그 사람들은 그 사람들이었기 때문에. 우리들이 사랑을 받아들이는 언어가 얼마나 다른가 하는 것을 주님께서 저에게 요새 보여주십니다. 저는 아들을 정말 사랑한다고 생각했는데, 그와 나 사이에 벽이 있었다는 것을 아들이 가기 얼마 전에 깨달았어요. 너무 착한 애고 항상 감사해하고 엄마가 최고라고 했기 때문에, 저는 얘가 충분한 사랑을 받고 있다고 생각했어요. 그 아이가 나에게 주었던 모든 편지 속에서도 엄마가 날 사랑해주었기 때문에 나는 이 세상이 무섭지 않아. 엄마가 나를 사랑해주었기 때문에 나는 누구보다도 행복해. 항상 나를 칭찬해주었기 때문에 저는 이 아이가 외로운 걸 몰랐어요.

어느 날 그 아이의 무덤에서 생각했어요. 아이가 어쩌면 나에게 이렇게 사랑을 받고 싶어, 소망 사항을 마치 이루어진 것처럼 나에게 예언한 것이 아닐까. 엄마는 이런 사람이야, 라고 나를 믿어주니까 나도 그렇게 변해갔던 것이 아닐까. 유진이

땅 끝 의 아 이 들

는 남에게 사랑받는다는 느낌을 주는 정말 따뜻한 비와 같은 아이였어요. 그 아이는 벽을 뛰어넘는 사랑의 지혜가 있는 아이였어요. 그래서 아이가 간 후에야 이 아이에게 나보다 하나님이 더 많이 있었다는 것을 계속 깨닫습니다.

하나님에게는 사랑의 언어가 있습니다. 나에게 이렇게 말씀하십니다. 너는 내 딸이라, 너는 내가 사랑하는, 자랑스럽게 여기는 내 딸이라. 우리가 그런 말을 들으면 그 말대로 그런 내가 되고 싶어요. 그것이 사랑인 것 같아요. 그래서 사랑은 모든 것을 믿는다고 했어요. 모든 것을 참고 모든 것을 믿고, 상대방이 원하는 사랑의 눈으로 이야기해주는 것.

그런데 그것이 안 되어서 사랑하는데도 점점 벽이 높아지고 두꺼워지는 때가 있습니다. 어떤 사람은 선물을 받아야 사랑받는다 생각하고, 어떤 사람은 만져주어야 사랑받는다 생각하고, 어떤 사람은 사랑한다 말해주어야 사랑받는다 느낀다고 해요. 아버지는 내가 다소 불만이 있더라도 불만을 나타내지 않고 내가 존경할 때, 사랑받는 느낌이 드실 것이고, 우리 어머니는 내가 아침에 일어나서 자고 난 이불을 깨끗하게 개어놓으면 아, 저 아이가 나를 사랑하는구나, 하고 느낄 수 있어요. 어떤 사람은 나를 인정해줄 때 사랑받는다고 느낄 수 있고, 또 어떤 사람은 누가 나를 위해 희생해줄 때 사랑한다고 느낄 수 있고. 하나님은 우리가 그분을 예배할 때 사랑을 느끼십니다. 제가 두 번째 최선을 다해서 내가 할 수 있는 만큼 사랑하고, 투자하고 함께 일구어갔던 관계가 또 깨지기 시작했을 때 패배감밖에 남는 게 없었어요. 그래서 비행기를 타고 다음 목적지로 혼자 가는데 그렇게 좌절감이 몰려올 수가 없었어요. 나는 왜 이렇게 사랑하는 데 재주가 없을까, 내가 사랑하는데 왜 내가 사랑하는 사람들은 다 이렇게 떠나갈까, 왜 그 사람들은 사랑받는다는 느낌을 나에게서 받지 못할까. 나는 언제, 어떨 때 사랑받는 느낌을 받았던가. 그렇게 생각해보니까 저는 누군가가 저를 위해서 자기 자신에게 정말 중요한 것을 희생할 때 사랑받는다는 느낌이 들었던 것 같아요.

그리고 저는 굉장히 터치에 민감하거든요. 만져주면 사랑받는다는 느낌이 듭니다. 그래서 "하나님, 저는 사랑받는다는 느낌이 없습니다. 사랑하신다는 것은 아는데 아버지가 저를 사랑하신다는 느낌이 없습니다. 나의 남편이 나를 사랑해준다는 그 느낌이 없습니다. 어떻게 해야 이게 고쳐집니까?" 하고 기도하기 시작했어요. 그때 하나님이 저에게 계시적으로 십자가를 보여주셨는데, 모든 것을 내려놓고 그곳에서 저를 위해 죽으셨다는 것이 믿어졌을 때 정말 세상에서 처음으로 아, 정말 내가 사랑받는 존재구나 느꼈던 것 같아요. 그리고 하나님의 터치를 체험했어요. 저를 만져주시는 하나님.

땅 끝 의 아 이 들

많은 사람들이 체험적인 것을 좇아가지 말라고 경고합니다. 그 말이 맞죠. 감정적인 것, 체험적인 것을 좇아가다보면 그런 것이 없을 때에는 하나님을 못 믿게 되기 때문에 그렇죠. 그런데 어린아이처럼 팔을 벌리고 하나님 아버지 제가 안 됩니다 도와주세요, 하는 것이 저는 기도라고 생각해요. 그것이 예배라고 생각해요. 그때 하나님이 절 만져주시기 시작했어요.

그래서 그렇게 자기에게 팔을 벌리고 오기 시작하면 하나님이 나의 아버지가 되십니다. 아버지가 되시면 아버지가 제 수준으로 내려오셔서 저의 사랑의 언어로 말씀하기 시작하시는 것 같아요. 그러면 아무리 노력해도 이해가 되지 않던 것들이 하나씩 하나씩 이해가 되기 시작합니다. 하나님의 길은 그분이 보여주셔야 합니다. 사랑의 언어가 통할 때 우리의 눈이 밝혀져서 그분이 우리를 사랑한다는 것을 알게 됩니다. 그래서 믿음은 사랑을 통해서 역사한다고 했어요. 갈라디아서 5장 6절 말씀이죠. 사랑으로 접속하지 않으면 믿음이 생길 수가 없어요. 제가 하나님 아버지의 사랑 안으로 들어가기 시작했어요. 예수님을 통해서. 예수님은 수고하고 무거운 짐 진 자들아 나에게 오라고 하셨죠. 그리고 어린아이 같지 않으면 하나님의 나라에 들어올 수 없다고 했습니다. 내가 계속해서 내 힘으로 하나님을 이해하려고 할 때 아무리 해도 이해가 안 가는 거예요. 나는 왜 이렇게 누구에게도 사랑받는다는 느낌이 없습니까. 사랑한다는 것을 머리로는 아는데 왜 제 마음으로 들어오지 않습니까. 제가 하나님 아버지께 어린아이처럼 도와달라고 다가갔을 때, 그때 하나님께서 에스겔서 36장 26절 말씀을 주셨습니다.

너의 돌과 같은 마음을 제하여 버리고 너에게 새 마음, 다시 상처받고 부서질 수 있는 살아 있는 마음, 사랑할 수 있는 마음을 주겠다고 하셨어요. 그 하나님의 마음을 주시기 전까지는 나의 마음에는 딱딱하게 돌처럼 굳어 있는 부분이 반드시 있다는 거예요. 그것이 나의 사랑의 언어와 상대방의 사랑의 언어를 단절시키는, 그래서 아무리 내가 사랑해도 내 아이는 사랑받는다는 느낌이 없고, 아무리 나의 남편이 나를 사랑해줘도 사랑받는다는 느낌이 없는 마치 굳어진 돌과 같은 마음이 있다는 것을 내가 깨달았어요. 그래서 하나님에게 하나님의 능력으로 나의 마음을 녹여주세요. 저는 정말 사랑받는다는 느낌을 갖고 싶습니다. 저는 너무 외롭습니다. 제가 결혼의 한복판에서 그렇게 기도했어요. 사랑하는 법을 가르쳐주십시오. 사랑받는 법을 가르쳐주십시오. 내 이웃을 내 몸처럼 사랑하게 해주십시오. 하나님께 기도하기 시작했습니다. 그것이 저에게는 부흥의 시작이었던 것 같아요.

하나님의 영이 하나님의 사랑이 그냥 일방적으로 와서 상처로 굳어져 있는 저의 마음을 녹여주셨어요. 2005년 8월 23일 샤스타호에 놀러 갔다가 그 지역 레딩, 벧엘교회에서 일어나고 있는 그 부흥 때문에 하나님의 임재하심을 강하게 체험했습니다. 그다음부터 하나님이 정말 저를 많이 만져주셨어요. 그래서 저는 체험이 정말 중요하다고 생각해요. 어떤 분들은 굉장히 추상적인 것 같아요. 특히 남자분들이 여자분들보다 추상적인 것 같아요. 그분들은 만짐이 필요하지 않고 추상적인 관념으로 사랑을 이해하는 사람들도 있습니다. 백부장은 군인이었어요. 능력, 파워가 내려오는 체계를 잘 아는 사람이었어요. 이 사람은 계시적으로 자기 혼자 하나님은 왕이시라는 것, 그분에게서 모든 능력이 온다는 것을 그냥 깨달았어요. 군인이 사랑을 느낄 때는 그 군대 체계 안에서 자기가 모든 것을 잘해서 인정을 받을 때 사랑을 느끼는 것 같아요. 그런데 이 사람은 자기가 그 왕을 정말 왕으로서 완전히 순종하고 그분이 자기에게 그 권위를 줄 때 백부장으로서 권위를 줄 때 사랑을 느꼈던 것 같아요. 그 사람이 하나님의 사랑을 혼자서 터득했어요. 그래서 믿었어요. 저분이 아, 정말 나를 위해서 나 같은 이방인을 위해서 하루 걸리는 거리를 오실 정도로 정말 나를 사랑하는 하나님의 아들이시구나. 저분이 여기까지 오실 분이면 정말 좋으신 왕이구나. 좋으신 왕이면 걱정할 게 없다. 저분이 다스려주시겠지. 그래서 그냥 말씀을 하십시오. 이렇게 했어요. 그래서 그것이 예수님을 아주 기쁘게 했습니다. 그것이 하나님이 정말 원하시는 사랑의 언어인 것 같아요. 그런데 그런 사람이 많지 않아요. 이스라엘 전체와 그 지역에. 예수님도 아, 저 사람이 나를 믿어주는구나, 사랑을 느끼셨어요. 그래서 칭찬하셨습니다.

그 이야기를 보면서 내가 느낀 것은 예수님도 사랑의 언어가 있으시다는 거예요. 자기를 왕으로 인정해주고, 예배해주고, 믿어줄 때 사랑받는 느낌을 받고 참 좋아하시는구나. 그런데 그분은 우리의 약한 점을 아셨기 때문에 그렇지 못한 사람들을 만나시면 그 사람이 필요한 곳으로 내려오셔서 그 사람이 갈 수 있는 데까지 끌어올려주셨어요. 마르다에게 하신 것이 달랐고, 마리아에게 하신 것이 달랐고, 맹인에게 한 것이 달랐고, 나병 환자에게 하신 것이 달랐어요. 나병 환자의 이야기를 봤을 때 제가 나병 환자와 사랑의 언어가 같았다고 느끼면서 그 말씀에서 가장 많이 터치를 받았고, 그리고 바디메오가 눈이 낫는 것에서 저에게 계시적으로 하나님의 사랑이 받아들여졌던 것 같아요. 사람마다 다 다르기 때문에 이렇게 많은 치유의 예화가 있다고 저는 생각합니다. 저는 백부장처럼 하라고 하면 못 해요. 저는 만져주고, 보여줘야 사랑을 느끼는 지극히 육신적인 여자거든요. 그래서 그 나병 환자 이야기를 묵상하다가 아, 하나님이 정말 이런 분인가 하고 사랑을 느꼈습니다.

거기서 제가 가장 감동받았던 부분은 예수님이 그 나병 환자의 회의를 야단치지 않으시고 감싸 안아주셨다는 것이었어요. 그것이 저의 회의였거든요. 여태까지 제가 다 보고 들었기 때문에 사람들에게 듣고 본 것으로 인해서 당신이 능력 있는 하나님의 아들이라는 것을 믿겠습니다. 원하시면 나의 문둥병을 고칠 수 있는 능력이 당신에게 있습니다. 그런 당신이 나를 고쳐줄 만큼 나를 사랑하십니까. 당신이 그렇게 좋으신 왕입니까. 거기에 대한 믿음이 없었어요. 제가 그랬어요. 저는 저의 암을 고쳐주신 후에도 항상 사랑에 대한 믿음이 없었어요. 제가 사랑을 느끼기 전까지는 사랑을 믿을 수가 없었어요. 그래서 하나님이 저를 사랑하시고 내가 원하는 것을 다 들어주실 만큼 나를 사랑하신다는 그것이 믿어지지가 않았어요.

나병 환자 이야기를 묵상하다가 이 사람도 나 같구나. 이 사람이 회의하는 것이 내가 회의하는 것이구나 하는 동일성이 이루어졌어요. 사랑의 언어가 같았기 때문에 이 사람이 사랑을 느낄 수 있다면 나도 느낄 수 있겠구나 하는 공통분모 안으로 들어갔어요. 제가 그 사랑 안으로 들어갔어요. 그래서 여자가 더 여자를 이해하고, 남자가 남자를 더 이해하고, 한국 사람이 한국 사람을 더 이해하고, 서로의 사랑의 언어가 같은 것 같아요. 젊은 아이들이 엄마 아빠와 놀기 싫어하고 친구들하고 놀고 싶어 하는 것은 비슷해서 그래요. 문화가 비슷하고, 사랑의 언어가 비슷하고. 그래서 동성연애자가 생기는 것이 아닐까 저는 생각해요. 정말 사람과 사람의 벽도 뛰어넘기 힘든데 성과 성의 벽까지 뛰어넘으려고 하니까 너무 힘들어서 하나님이 만들어놓은 질서를 깨고 나는 내가 비슷한 사람에게만 사랑을 표현할 수밖에 없다고 결정한 게 아닐까 저 나름대로 생각해봅니다.

예수님은 그 벽을 깨라고 우리를 부르셨다고 생각해요. 그분이 맨 처음 본을 보여주셨습니다. 하나님의 아들과 상처투성인 나병 환자에게는 아무런 공통점이 없어요. 예수님은 상처를 받아보신 적이 없어요. 인간적인 상처를, 거부당한 느낌을 느껴본 적이 없어요. 자신이 누구인지 확실하게 알았어요. 아버지의 사랑을 알았기 때문에 자기가 누구인지 확실하게 알았기 때문에 그렇게 많은 사람들이 모독해도 상처받지 않으셨어요. 그리고 제자들이 그렇게 자기를 계속 오해하는데도 자기가 누구인지 알았기 때문에 무릎 꿇고 그들의 발을 씻겨주실 수 있었어요. 그런데 이렇게 정체감이 강하고 사랑으로 가득 차신 분이 지금 사랑이라곤 하나도 없고 사랑에 대한 상처로 완전히 불신투성이인 이 나병 환자에게 다가가서서 벽을 깨셨어요. 그 사람이 원하는 것을 해주셨어요.

저는 그것이 진정한 사랑의 언어라고 생각해요. 우리가 만약 그것을 배울 수만 있다면 저는 세대 갈등이 그날로 없어질 거라고 생각합니다. 우리 자녀들이 바로 돌아올 거라고 생각해요. 그 아이들이 무엇을 원하는지 하나님에게 알려달라고 아버지 어머니가 엎드려서 기도하기 시작할 때 하나님이 그들의 사랑의 언어를 아는 지혜를 주신다고 믿어요. 아이들이 하는 것을 눈으로 보면 정말 이해가 안 가고, 얘네가 음악이라고 듣는 것이 완전히 개 짖는 소리 같거든요. 이해하는 척하는 거지 이해가 안 가요. 그런데 하나님, 이 아이에게 사랑한다는 것을 전해야 하는데 나에게 능력이 없습니다. 그래서 나에게 보여주십시오. 이렇게 겸손히 무릎 꿇고 주님에게 기도하기 시작하면 주님이 주님만이 아시는 비밀들을 가르쳐주십니다. 주님은 이 나병 환자가 무엇을 원하는지를 그 자리에서 아셨어요. 이 사람은 만져주시길 원했어요.

커뮤니케이션이 중요하다고 하고, 결혼이 문제가 생겨 상담하면 커뮤니케이션하라, 서로 대화하라고 하는데 상처가 많은 사람은 대화할 줄 몰라요. 그리고 대화를 들을 줄 몰라요. 할 줄 모르는 사람에게 자꾸 하라고 하니까 점점 실패감만 늘어나고 조금 좋아지는 것 같다가 오히려 더 나빠지고, 저는 그것이 사람의 한계라고 생각해요. 나는 못 합니다. 하나님 도와주세요, 하고 하나님께 가면 자기에게 오는 자에게 하나님은 충분히 주실 능력도 있고 그렇게 하고 싶어 하시는 분이라는 것을 깨닫는 데 저는 그렇게 오래 걸렸어요. 구하기 시작하는 데 그렇게 오래 걸렸어요. 내가 할 수 있다고 생각했기 때문에.

그런데 그 나병 환자에게 다가갈 때는 희생이 따라요. 냄새가 나고 고름이 나오고 얼마나 끔찍해요. 내가 하고 싶은 것을 하는 것이 아니라 그 사람이 원하는 것을 해주는 것, 그것이 진정한 사랑이에요. 사랑은 상대방이 원하는 걸 주는 거예요. 제가 저를 이해하기 시작하면서 다른 사람을 이해하기 시작했어요. 예수님이 힌트를 주시고 커닝을 시켜주시고 제가 제 아이들과 남의 아이들을 이해하기 시작했어요. 그들의 사랑의 언어가 보이기 시작했어요. 말씀 안에서 주님께서 성령으로 보여주셔야 보입니다. 그래야 그 벽이 부서져서 남이 보여요. 우리가 다 맹인들이에요. 나밖에 안 보여요. 주님만이 우리의 먼 눈을 뜨게 하셔서 서로서로 사랑으로 상대방의 사랑의 언어에 민감하게 해주시고 하나 되게 해주심을 저는 체험으로 이제 압니다. 그래서 그 사랑의 언어를 전하게 하기 위해 상처받은 저를 땅끝에서 치유하신 나의 주님을 담은 그릇이 되어 저도 땅끝까지 외롭고 단절된 영혼들을 찾아 오늘도 보내심 받기를 원합니다.

저를 나병 환자처럼 만져서 치유해주신 나의 예수님의 손이 되어서 저도 치유가 필요한 사람들을 찾아가 만져주는 하나님의 사랑의 언어가 되고 싶습니다.

7

일곱 번째 간증

옥합을 깨는 마리아의 예배,
돌을 치우는 마르다의 믿음

"마리아는 지극히 비싼 향유 곧 순전한 나드 한 근을 가져다가
예수의 발에 붓고 자기 머리털로 그의 발을 닦으니
향유 냄새가 집에 가득하더라."

— 요한복음 12장 3절

"예수께서 이르시되 돌을 옮겨놓으라 하시니 그 죽은 자의 누이
마르다가 이르되 주여 죽은 지가 나흘이 되었으매
벌써 냄새가 나나이다. 예수께서 이르시되 내 말이 네가 믿으면
하나님의 영광을 보리라 하지 아니하였느냐 하시니."

— 요한복음 11장 39~40절

옥합을 깨는 예배는 마리아가 나사로를 살려주신 예수님에게 드리는 예배입니다. 예수님을 사랑할 수 있는 성숙한 신부로 만들어진 마지막 때, 신랑을 맞이하는 신부가 드리는 예배입니다. 그 옥합 안에 있는 3백 데나리온이나 되는 향유는 지참금이었어요. 세상이 상징하는 모든 안전함, 내 힘으로 마련한 내가 나를 보호하기로 한, 모든 것을 깨뜨려서 예수님의 발에 붓는 것- 그것이 마지막 때, 교회의 예배라고 생각합니다. 제가 가장 아플 때, 깊은 어둠 속에 있을 때 하나님이 제게 주신 말씀입니다. 저에게 그냥 이론적으로 교리를 이야기하시는 것보다 이 두 자매 이야기, 마르다와 마리아 이야기를

통해서 저에게 예수님이 가장 원하시는 것이 무엇인지 예수
님이 왜 오셨는지, 나에게 있어서 예수님은 누구신지, 그것을
깨닫게 하셨던 것 같아요. 제 인생에 일어났던 일들과 같이
평형을 이루어가면서 그때, 마리아가 그랬구나. 예수님이 마
리아에게 한 말이 이것이구나. 이래서 마르다에게 말을 하셨
구나. 그때그때 깨닫게 하셨던 것 같아요. 제가 예수님을 깊
이 깨닫고 사랑하게 되고 정말 마리아처럼 내 모든 것을 깨어
서 예수님의 발에 부으며 그분의 신부가 되기까지, 저에게 많
은 깨달음을 주었던 이야기들이기 때문에 저는 그 말씀을 좋
아합니다. 주님을 향한 저의 사랑이 피상적인 것에서 정말 이
남자를 위해서라면 죽어도 좋다 하는 한 여자의 사랑, 에로스
와 아가페로 정말 내 몸과 마음을 다 드리는 사랑으로까지 변
해감을 체험했습니다. 저는 잔 다르크나 다른 순교자들에게
있었던 것이 이 사랑의 계시였다고 생각합니다. 사랑하면 내
가 할 수 없는 희생을 할 수 있습니다. 사랑하면 나의 모든 것
을 깨뜨려 그분께 드릴 수 있습니다.

저는 아주 겁이 많아요. 잔 다르크도 겁이 많은 어린 소녀였
어요. 그런데 예수님을 알고 사랑했기 때문에 저는 그가 순교
할 수 있었다고 믿습니다. 2007년 부활절 고난주간 때, 하나님
이 인도하셔서 제가 사랑의교회와 온누리교회에 예배드리러
갔었는데 두 번 모두 순교자들의 자녀들이 나와 간증을 했습

니다. 저는 그때 순교자에 대한 이야기를 들었습니다. 그러면서 무엇이 사람을 순교하게 할까, 인간이 자기 생명을 버릴 용기는 어디서 나오는 것일까 하던 제 의문이 풀렸습니다. 그것은 예수님과의 사랑, 사랑과의 만남이었습니다. 예수님, 하나님의 아들, 능력의 예수님과의 만남. 그분에게 있는 사람을 고치고 죽은 자를 살릴 수 있는 능력보다, 더 큰 파워는 그분의 사랑이라는 것. 그분의 사랑을 만났다는 것, 아 이분이 나를 위해 죽으셨구나. 이분이 나를 위해서 십자가에서 자기 몸을 다 불태우셨구나. 그 사랑의 계시적인 깨달음. 그것이 우리를 우리의 한계를 뛰어넘는, 초월하는 용기를 갖게 한다고 생각합니다. 사랑하는 연인은 무엇이든지 할 수 있습니다. 연인은 정말 무엇이든지 할 수 있습니다. 사랑처럼 강한 힘이 우주에는 없습니다. 겟세마네에서 하나님에게 잔을 제발 치워주십시오. 제가 이거 못 하겠습니다, 하나님. 이것은 제 능력 밖입니다. 정말 하고 싶지 않습니다. 자신이 없습니다. 안 하고 싶습니다. 애걸하셨던 그분이 제가 가장 사랑하는 예수님의 모습입니다. 고뇌하시는 예수님, 인간의 모든 감정과 모든 두려움, 모든 슬픔, 신체적인 고통까지도 우리와 똑같이 아프셨어요. 커닝을 하지 않았어요. 하나님과 예수님 두 분이 짜고 야 너 가서 해야 하는데, 나는 네가 아픈 것을 원하지 않는다. 살살 하자. 네가 십자가에 달린 그 순간, 초자연적으로 너에게 초자

연적인 마취제를 줘서 하나도 안 아프게 해줄 테니까 아픈 척
만 해라. 하나님이 그렇게 하실 수 있어요. 그런데 하나님은
그 잔을 끝까지 마지막 한 방울까지, 그 아들에게 마시게 했어
요. 자기가 자진해서 마시신 거예요. 인간이 되어서 그 고통의
잔을 우리가 마시는 모든 잔을 마시신 거예요. 그것이 사랑이
에요. 만약 그렇게 하지 않으셨다면 하나님의 사랑이 우리에
게 전해질 수가 없어요. 나를 이토록 사랑하셨구나. 그것은 우
리가 겪는 모든 고통을 똑같이 겪으시면서 그러면서 정말, 대
가를 모두 치르는 것. 그것이 없이는 진짜 사랑이 있을 수가
없어요. 사랑에는 커닝이 없고 숏컷이 없어요. 우리가 예수님
에게 드리는 사랑도 마찬가지예요. 우리는 쉽게 하고 싶어요.
쉬운 사랑을 하고 싶어요. 겟세마네가 없는 기독교, 십자가 없
는 기독교는 마귀가 마지막으로 했던 시험, 그냥 쉽게 나한테
절 한 번만 하면 네게 모든 것을 주겠다 하는 시험에 지는 것
입니다. 마귀가 빼앗으려고 했던 것은 진정한 사랑만이 할 수
있는 희생입니다. 예수님은 마귀를 따르는 것이 훨씬 쉬운 것
을 아셨어요. 실제로 마귀를 따르는 것이 훨씬 쉬운 거라 하셨
어요. 아버지가 자기에게 마시라는 잔이 너무나 힘든 것이라
는 것을 아셨어요. 그런데 이렇게 말씀하셨어요. 나는 내 하나
님만을 예배하리라. 예수님이 자기 옥합을 깨셨어요. 그 기름
이 흘러나오듯이 피, 물, 마지막 한 방울의 생명까지 다 흘러

땅 끝 의 아 이 들

나올 때까지 그곳에 가만히 계셨어요. 도망가지 않으셨어요. 우리가 예수님을 따르는 신앙이 예수님의 멍에를 매는 것이라면 함께 멍에를 매는 것이라면, 예수님이 하나님을 예배하셨듯이 나도 그분을 예배하는 그 예배자가 먼저 되어야 해요, 멍에는 쉬운데, 예배자가 되는 것은 육신이 거부하기 때문에 쉽지가 않습니다. 예수님이 약속하신 것은 내가 너와 함께 가겠다 약속하신 것이지. 우리가 물 사이로 지나지 않고 불 사이를 지나지 않는다고 약속하지 않으셨어요. 나를 따르려거든 모든 것을 부인하고 네 십자가를 지고 따라오라고 하셨어요.

십자가가 없는 크리스천은 가짜예요. 겟세마네 고뇌가 없는 크리스천은 능력이 나올 수가 없어요. 사랑을 배우는 과정은 힘들어요. 그런데 사랑에 푹 빠지고 나면 모든 것이 쉬워요. 사랑에 빠지고 나면 정말 모든 것이 쉬워요. 마리아는 옥합을 깨는 것이 힘들지 않았어요. 이것을 깰까 말까 이거 깨면 나 시집 못 가는데 고민하지 않았어요. 마리아의 모든 고뇌는 마리아의 겟세마네에서 끝났습니다. 오빠가 죽은 나흘 동안, 예수님이 안 오신 기간, 예수님이 오시기까지의 초조감, 오셔서도 오빠를 살려주시기까지의 기다림, 그것이 마리아의 겟세마네였고 십자가였어요. 그리고 나사로가 부활했을 때, 마리아도 같이 부활했어요. 그 부활의 비밀을 깨달았어요. 아, 예수님이 부활하셨구나. 이분이 생명이시구나. 이분을 믿으면 죽

어도 살겠고 내가 살아서 믿으면 영원히 죽지 않겠구나. 십자
가의 죽음과 부활의 비밀의 계시가 그녀에게 임했어요. 자신
의 육신의 믿음이 죽고 예수님의 사랑으로 부활하는 체험을
통해서만 마리아가 복음의 비밀을 깨달았습니다. 우리 오빠를
살려주세요. 우리 오빠를 살려주십시오. 그런데 오빠가 죽었
습니다. 예수님이 오시지 않습니다. 잔을 마셨습니다. 오빠가
죽었을 때, 오빠를 묻으면서 마리아도 함께 죽은 거예요. 인본
적인 신앙, 머리로 믿었던 예수님, 절대로 이해가 안 가는 것
이에요. 그래서 오빠와 함께 죽었어요. 그 어린아이 같은 신
앙, 예수님을 사랑하는 나를 위해, 오빠를 고쳐주시겠지 그러
면 내가 얼마나 예수님을 더 사랑할까. 그런 것들이 죽는 기간
이었어요. 예수님이 마리아를 믿었기 때문에 그렇게 하셨어
요. 하나님이 그렇게 하신 거예요. 아가서에 보면 연인이 나와
함께 가자 했을 때, 처음에 여인은 무서워 싫어요 그랬어요.
나는 거기 싫어요 산 위에 올라가기 싫어요. 여기 편안한 곳에
도시에서, 내가 사는 곳에서 내가 친숙한 곳에서, 여기서 살고
싶어요. 아가서의 여인이 그런데 점점 깊이 사랑에 빠지게 됩
니다. 사랑에 빠진 여인은 모든 두려움을 극복하고 나중에는
자기 연인을 따라서는 어디든지 갈 수 있는 연인과 하나가 되
는 신부로 변합니다. 결혼식이라는 것은 두 사람이 하나가 되
는 것이죠. 예수님의 신부로 우리를 부르실 때는, 예수님이 너

도 십자가를 지고 나를 따라와라 우리가 함께 하나가 되자 라고 초청하시는 것입니다.

제가 하와이를 떠날 때, 예수님이 그렇게 말씀하셨어요. 나는 이제 겟세마네 동산으로 간다. 나는 십자가로 간다. 나는 이제 무덤으로 간다. 네가 나를 따라올 것이냐. 어디까지 따라올 것이냐. 너는 내 제자들처럼 모든 기적과 환호 속의 사역에 잘 동참하였다. 사역이 실패하는 것처럼 보이는 십자가에 내가 달릴 때, 내가 무덤에 들어가서 사흘 동안 나오지 않을 때, 너는 내 제자들처럼 도망갈 것이냐. 그렇게 말씀하셨습니다. "I'm going to the garden, I'm going to the cross, I'm going to the grave, will you follow me?" 네 십자가를 지고 너도 나를 따라올 것이냐. 예수님께서 그렇게 물으셨어요. 그 물음에 네라고 대답하는데 그 이후에도 너무나 긴 세월이, 그리고 많은 일들이 있었어요. 예수님이 가는 곳이라면 저는 어디든지 따라가겠어요. 그것이 순교예요. 순교는 죽는 순간에 일어나는 것이 아니라, 예수님이 우리의 신앙의 여정에서 우리에게 한 번씩은 물어보시는 질문에 네라고 대답하는 순간 이루어진다고 믿습니다. 너는 내 친구냐. 나를 따라다니는 나의 팬이냐. 너는 나를 좋아하는 사람이냐. 아니면 너는 나의 신부냐. 예수님이 우리에게 이렇게 물으십니다. '나는 친구처럼 예수님을 좋아합니다.' 그 말은 베드로의 고백이에요. 나는 내가 예수님의 신부가 될 수 있다고 생각했는데, 제 힘으로는 안 됩니다. 예수님이 만들어주십시오. 예수님을 따라갈 힘이 저에게는 없습니다. 예수님이 주십시오. 베드로처럼 나의 모든 환상이 깨어질 때, 정말 예수님을 사랑할 수 있는 힘이 내 안에 없다는 것, 나에게는 순교할 수 있는 힘이 없다는 것을 깨닫습니다. 살아 계신 하나님이 내 안에 들어오셔서 그 사랑을 깨닫게 해주실 때만 그것이 가능해집니다.

결혼 서약이라는 것은 내가 결혼생활을 잘 할 수 있을 자신이 있을 때 하는 것이 아니에요. 사랑에 빠졌을 때 하는 것이에요. 사랑에 빠져 눈이 멀지 않고서는 그런 약속을 할 수가 없어요. 그렇게 하겠습니다 하는 그 서약 안에 얼마나 엄청난 것들이 들어가 있는지. 그것을 충분히 깨닫고 서약을 하지 않기 때문에 서약이 아무렇지도 않게 깨어지는 세상에 살고 있어요. 그렇지만 하나님과 우리가 하는 서약은 그렇지가 않아요. 우리의 신랑은 절대로 자기의 약속을 파기할 수 없는 너무나 신실한 신랑이기 때문에, 우리가 그분의 신부가 되었을 때 내가 따르겠습니다. 주님, 주님과 끝까지 가겠습니다. 주님이 가시는 곳이라면 무덤 속에라도 내가 따라가겠습니다. 그 서약은 평생 동안 하는 서약입니다.

그러면 시집가서 예수님 집에 가서 사는 것이에요. 예수님 집이 천국이거든요. 시집가면 신랑 집으로 이사 가잖아요. 모든 것이 이 결혼 서약을 할 때 이루어집니다. 그 어린양의 혼인잔치. 그곳에 참여할 사람들이 많지 않다고 했어요. 많은 사람들이 주여 주여 하지만 주여 주여 하는 자마다 하늘나라에 들어오는 것이 아니라고 했습니다. 저에게 가장 충격적으로 다가온 것은 예수님께서 내가 너를 도무지 모르겠다 했던 그 사람들이 예수님의 이름으로 귀신도 쫓아냈다는 것이에요. 그들은 예수님이 하나님의 아들인 것도 알았어요. 예수님이 계신 곳에 가고 싶어서, 사역을 열심히 한 분들이었어요.

예수님이 내가 너를 알지 못한다 하셨을 때 '안다'라는 know 라는 단어가 아담과 하와가 처음 성생활을 했을 때, 남편과 아내로서 결혼이 완전히 되었을 때, 아담이 이브를 알았다고 했던 것과 똑같은 동사입니다. 남자와 여자가 서로 긴밀한 알게 됨이 일어나면 아이가 태어나죠. 우리도 예수님을 알아야 아이가 태어납니다. 우리가 하나님을 알아야 아이가 태어납니다. 부부가 결혼식 첫날, 완전히 부부 행위를 끝내고 난 다음에 완전히 서로가 서로를 알게 되고 하나가 되고 진정한 부부가 됩니다.

사람들 보는 앞에서 결혼식을 하고, 단둘이 신혼방에 들어가서 신혼 밤을 보내고 난 다음에, 그때야 결혼이 완전히 완성이 되는 것이지요. 그것이 신앙의 여정의 상징입니다. 연애를 하고 같이 데이트를 하고 그러다가 '당신만이 나의 사랑이고 내가 당신만의 사랑일 것입니다.' 그 서약을 사람들 앞에서 합니다. 그런데 그러고 나면 예수님이 우리를 은밀한 곳으로 데려가십니다. 은밀한 곳에 거하는 자, 그것은 백년해로를 하기로 약속한 신부에게만 주어진 약속입니다.

시편 91편에 정말 엄청난 약속들이 있는데, 이 약속들이 왜 내 인생에서 이루어지지 않습니까? 하는 크리스천들이 많을 것입니다. 약속들을 앵무새처럼 읽고 외고 계속 주문처럼, 주술처럼 외우는데 왜 아직까지도 나쁜 일이 생기고 어떤 질병도 어떤 악함도 내가 사는 곳에 오지 않는다고 했던 하나님의 약속, 내가 넘어지지 않게 천사들을 불러 도와주고 나를 높이 올린다고 한 것. 왜 이 약속들이 이루어지지 않느냐고 하나님께 따집니다. 그런데 이 약속들은 은밀한 곳에 거하는 자, 함께 사는 자, 하나님과 결혼한 하나님의 신부에게 신랑이 주시는 약속인 것을 사람들이 모릅니다. 하나님의 은밀한 곳에 거하는 자, 함께 사는 관계. 함께 사는 것은 결혼을 해야 함께 사는 것이죠. 저는 동거가 정말 나쁘다고 생각해요. 진지한 서약을 하지 않고 하는 관계이기 때문이죠. 하나님이 가장 아름답게 하나님과 우리와의 관계를 보여주시기 위해 우리에게 주신 것이 결혼 서약입니다. 언약의 하나님이 우리와 약속을 하시고 거기에 우리가 '네'라고 대답하고 'I do'라고 서약할 때, 그때 하나님과 우리가 하나가 되는 사랑의 완성이 시작되는 거예요. 그래서 우리가 시집가서 은밀한 곳에서 그분과 신혼 밤을 보내고 그곳에서 같이 산다는 것은 굉장히 중요한 것이거든요. 그것이 상징적으로 우리에게 영생을 주는 비밀이에요. 그래서 결혼을 비밀이라고 바울이 말했어요.

우리가 하나님이 사는 곳으로 시집을 가면 바로 이 세상에서 살면서도 천국의 삶이 시작되는 거예요. 그러니까 나쁜 것들이 올 수가 없고, 어떤 질병도 죽음조차도 건드릴 수 없는 곳에 거하게 되는 거예요. 그것이 시편 91편이에요. 마지막 주님께서 이렇게 말씀하셨어요. 네가 너를 사랑했으니 내가 너를 높이리라. 예수님은 사랑이란 이런 것이라고 십자가에서 보여주고 가르쳐주셨어요. 제자는 선생님을 따라가는 거예요. 너희도 십자가를 지고 나를 따라 오라 이렇게 말씀하셨어요. 그것은 십자가를 실제적으로 지라는 것이 아니라 십자가를 마음에 지라는 거예요. 순교하라는 거예요. 그래서 내가 그렇게 하겠습니다 하는 그 순간, 순교가 이루어진다고 생각해요. 그때부터는 갈라디아서 2장 20절 말씀대로 내가 죽고 그분과 하나 되어서 은밀한 곳에 거하는 삶이 시작됩니다. 그러므로 이제는 내가 산 것이 아니라 내 안에 그리스도께서 사신 것이라 내가 그리스도와 함께 십자가에 못 박혔던, 그 십자가를 가지고 다니라는 거예요. 순교자의 십자가가 있는 그런 크리스천에게는 이 세상이 건드리지 못하는 능력이 있습니다.

지존자의 은밀한 곳에 거하는 자는 세상의 염병이나 두려움, 위험함이나 낮에 흐르는 살이나 밤의 두려움들이 건드리지를 못해요. 악몽을 꾸지 않고 더 이상 우울증에 걸리지 않고 질병이 건드리지 못합니다. 내가 예수님과 완전히 하나가 되는 그 죽음, 그것이 신혼 밤이에요. 내가 죽고 한 남자의 아내로 태어나는 거예요. 나는 남편과 아내 사이, 첫날밤의 성행위만큼 아름다운 것은 없다고 생각해요. 그래서 마귀가 그렇게 섹스를 타락시키는 거예요. 동거하게 하고 서약이 없이 성이 주는 기쁨만을 좇게 하면서 하나님이 인간에게 주신 가장 아름다운 즐거움을 빼앗아갑니다. 나의 모든 것을 드러서 남편에게 나의 몸과 마음과 나의 모든 것을 다 드리는 그 순결한 신부가 신랑과 완전히 하나가 되는, 그 행위가 가장 성스러운 행위예요. 인간과 하나님의 만남을 상징하는 행위예요. 저는 그런 것들을 몰랐어요. 그래서 저는 그 순결을 꼭 지켜야 된다 그런 마음이 없었어요. 요새 많은 젊은이들이 대다수가 그래요. 제가 그런 문화에 휩쓸렸었어요. 물론 어머니 아버지는 유교적으로 굉장히 저를 엄하게 가르치셨지만 당시의 프리섹스를 부르짖는 히피 문화, 그 음악들을 제가 열네 살 때부터 들으면서 컸어요. 음악이 주는 영향이라는 것은 말도 못 해요. 그래서 사탄이 제일 먼저 건드리는 것이 음악이에요. 음악은 우리 영안으로 깊이 침투하거든요. 우리 인간을 하나님이 악기처럼

땅 끝 의 아 이 들

만들었어요. 우리 안에 찬양의 소리가 있어요. 하나님은 찬양을 통해서 예배를 받기 원하시고 경배를 받기 원하세요. 하나님이 우리를 예배하기 위해서 만드셨다고 하셨어요. 우리는 하나님의 악기예요. 하나님이 듣고 싶어 하는 소리를 내라고 한 명 한 명에게 고유의 소리를 주셨어요.

그런데 나의 안에 있는 소리와 비슷한 소리를 들으면 나의 영이 춤추기 시작해요. 나는 하나님께 예배드리기 위해서 만들어진 악기인데 어디에선가 바이올린 소리가 들려오면 마음이 갑자기 뛰기 시작해요. 저 소리가 나에게서도 나올 수 있는 소리야. 저게 나의 소리야. 이렇게 되는 거지요.

우리는 하나님께 예배를 드리기 위해 창조된 존재이고 예배라는 것은 사랑이거든요. 하나님은 예배를 통해서 사랑을 느끼시고 받으시는 분이세요. 하나님을 사랑하기 위해서 신랑이신 하나님을 만족하게 하기 위해서, 나의 신랑인 남자의 몸을 만족하게 하기 위해서, 나의 몸은 완벽하게 여자로 만들어졌어요. 남편에게 이 세상에서 느낄 수 있는 최상의 즐거움을 주기 위해서 내가 그 사람의 여자로 만들어졌어요. 여자가 남자를 위해 만들어졌지, 남자가 여자를 위해 만들어지지 않았다고 성경에 쓰여 있어요. 이것은 절대 남존여비가 아니에요. 하나님이 우리를 만드신 사랑을 말하고 있는 것이에요. 하나님이 우리를 자기보다 못하게 만드신 게 아니에요. 하나가 된다는 것이 절대적이지 않다면 어떻게 하나가 되겠어요. 성경에 아담과 이브가 나오잖아요. 이브가 아담보다 못하지 않았어요. 아담이 자기 몸에서 취해져서 만들어진 그 여인을 보았을 때, 사랑에 빠졌어요. 몸 중의 몸이고, 살 중의 살이고 뼈 중의 뼈라. 이것이 하나님이 우리를 보고 하시는 사랑의 고백이에요. 내가 너를 만들었다. 너는 나의 가장 깊숙한 내 마음의 한복판을 차지하고 있는 나의 연인이라. 그런데 악기는 연주자를 위해서 만들어진 거예요. 하나님이 우리를 연주하기 위해서 만드셨고, 남자가 여자를 사랑하듯이 자신의 갈비뼈를 들어내서 우리를 만드셨어요. 갈비뼈는 심장을 보호하는 것이죠. 갈비뼈를 취한 것은 심장을 드러내시고 우리를 사랑하신다는 뜻이라고 생각해요. 예수님이 십자가에서 팔을 벌리시고 심장을 완전히 노출하시고 피를 다 쏟으셔서 그 심장이 완전히 멎을 때 죽으셨다고 그렇게 말씀하셨어요. 그것이 사랑이에요.

When a man loves a woman. 한 남자가 한 여자를 사랑할 때, 여자를 위해 못 할 것이 없어요. 비가 내릴 때, 폭우 속에서 그 여자가 나올 때를 기다리는 그것이 남자의 사랑이에요. 그것이 하나님의 사랑을 상징하는 것이에요. 에로스적인 하나님의 사랑, 신랑으로서의 하나님의 사랑. 그래서 여자가 남자에게 첫날밤에 드리려고 간직하고 있는 순결이 정말 아름다운 거예요. 결혼식의 서약은 순결의 서약이에요. 마귀가 제일 가

땅 끝 의 아 이 들

지고 가고 싶은 것이 그것이에요. 마귀가 제일 파괴하고 싶은 게 결혼이에요. 왜냐하면 어린양의 혼인잔치를 상징하기 때문에. 제가 정말 그런 비밀을 몰랐기 때문에 마귀에게 속았어요.

로큰롤 음악이 처음에는 교회에서 시작되었다고 하죠. 저는 그것이 하나님의 부르시는 새 노래였다고 생각해요. 하나님은 항상 새로운 것을 창조하시는 분이세요. 그 당시에 그 젊은이들에게 가장 어필할 수 있는 그런 음악을 창조하시는 분이 하나님이십니다. 복음을 전할 수 있는 파워풀한 매체로 저는 하나님이 음악을 주셨다고 생각해요. 모든 음악의 영감이 저는 하늘에서 온다고 생각합니다. 제가 처음에 로큰롤 음악을 들었을 때, 저하고 코드가 딱 맞는 거예요. 그 당시에, 외로움, 허전함, 이런 것들이 그 음악을 들었을 때, 해소가 되는 거예요. 저 음악은 나를 이해한다, 저 음악은 나다, 그런 느낌이었죠, 그 당시에 저희 나이 또래 젊은 아이들의 코드와 맞는 그 비트, 리듬과 음악을 전 하나님이 주셨다고 생각해요. 그것을 교회에서 거부할 때, 마귀가 그것을 훔쳐갔어요. 섹스, 마약 같은 것과 섞으면서 마귀가 그것을 훔쳐간 이유는 그 당시 젊은 아이들에게 어필할 수 있는 코드가 맞는 사운드라는 것을 안 거예요. 우리가 빼앗긴 거예요.

저는 아직까지도 1960년대 로큰롤 음악이 좋아요. 가사라든지, 음란함은 너무도 싫지만 심플한 톤, 리듬과 멜로디 자체를 들었을 때, 아직도 좋은 것은 하나님에게서 온 것이기 때문이라고 생각해요. 그냥 들었을 때 좋은 것은 좋은 것이거든요. 나쁜 것이 좋을 수가 없어요. 그래서 저는 그 음악을 지금 교회가 다시 빼앗아오기 시작하는 것을 보면 참 좋습니다. 지저스 컬처라든지, 힐송이라든지, 그 음악이 정말 천재적인 영감으로 쓰이는데요. 좋아하던 음악들 중에 비틀스의 〈Eleanor Rigby〉, 〈All you need is love〉, 〈With A Little Help From My Friends〉 또 밥 딜런의 〈A Hard Rain's A-Gonna Fall〉, 〈The times they are A-Changin〉 그런 노래들은, 저는 하나님의 영감으로 쓰인 음악이라고 생각해요. 제가 들으면 저의 외로움이 사라지는 거예요. 제가 사랑받는다는 느낌, 그리고 이 우주에 나를 이해하는 사람이 있다는 따뜻한 마음, 저는 하나님이 그 사랑을 주시는지는 몰랐지만 사랑을 느꼈어요. 그런데 젊은 아이들이 로큰롤에 열광적으로 반응하는 것을 알고 사탄이 가수들을 바꾸기 시작하고 마약을 통해서 악의적이고 악마적인 것을 집어넣기 시작했는데, 제가 그것을 몰랐어요. 아, 음악이라는 것이 이렇게 좋구나 하고 시작했던 것이 나중에는 제가 좋아하는 음악들과 비슷한 것들은 다 듣게 되었어요. 그러다가 블랙 사바스, 레드 제플린, 하드록을 듣기 시작하면서 저도 모르게 이게 세뇌가 되기 시작했어요. 근데 음악은 두뇌가 아니라 우리의 감성을 통해서 가장 깊은 영혼으로 들어오

땅 끝 의 아 이 들

기 때문에, 그것을 사탄이 자기의 목적을 위해서 쓰기 시작할 때 젊은 아이들의 가치관을 완전히 타락시킬 수가 있습니다. 이 음악들을 통해 알게 모르게 아주 은밀하게 전해진 메시지는 사랑을 위해서 나는 무엇이든지 해도 된다라는 프리섹스와 방탕의 유혹이었어요.

제가 듣던 로드 스튜어트의 노래 중에 〈If Loving You Is Wrong(I Don't Want to Be Right)〉이라는 노래가 있어요. 내가 당신을 사랑하는 것이 틀린 것이라고 사람들은 말하는데, 그러면 나는 옳게 되고 싶지가 않습니다. 내가 너를 좋아하는 이 감정이 내게 가장 중요하다. 나는 이것을 위해서라면 죄라도 기꺼이 짓겠다라는 위험한 고백입니다. 감정이 가장 중요한 것은 아니거든요. 사랑은 서약이거든요. 처음에 서약을 하기 위해서는 불타는 사랑이 없이는 그런 용기를 가질 수가 없어요. 그래서 하나님이 우리에게 감정을 주시고 열정도 주셨어요. 그런데 열정이 있으니 서약 같은 거 필요 없다. 네가 지금 사랑에 빠지면 그대로 해라. 감정을 따라라. 그것은 사탄이 주는 메시지예요. 유부녀를 사랑한 것일 수도 있겠고 아니면 그 대상이 정말 도덕적으로 문제가 되는 사람, 예를 들면 어린아이일 수도 있어요. 이 세상에 잘못된 사랑이라는 건 얼마든지 있을 수 있어요. 그런데 너를 사랑하는 것이 나쁜 것이라면 나는 그냥 나쁘겠다. 선하고 싶지 않다. 그것이 얼마나 위험합니

175

까. 그런데 그런 것을 제가 그 가사를 듣는 것이 아니라 음악에 심취를 했기 때문에 그 메시지를 나도 모르게 따르게 되었어요. 독약이 있는지도 모르고 내가 좋아하는 음식을 주니까계속 먹은 거예요. 개를 독살시킬 때 개가 가장 좋아하는 스테이크, 냄새에 미치고, 억제할 수 없는 가장 좋아하는 스테이크에다가 독을 찔러 넣어서 전혀 맛이라든지, 독약의 냄새가 없게 스테이크 냄새만 나게 해서 주니 개가 그것을 먹는 것이거든요. 아 정말 좋은 저녁 먹었다. 잠깐은 아주 즐겁습니다. 당시에 제가 들었던 로큰롤 음악이 그랬던 것 같아요.

젊은 친구들에겐 교회가 너무 지루해요. 교회의 음악이 젊은 친구들하고 코드가 맞지가 않아요. 아직도 오르간을 치고있어요. 아이들은 그것을 들으면서 지루해하다가 라디오에서들려오는 음악에 열광하는 거예요. 아, 저게 뭐지. 저 음악은나야. 나를 알아주지 하면서 진동을 맞추는 거예요. 접속이 되는 거예요. 그 젊은 아이들과 접속을 하라고 하나님이 주신 음악을 우리가 빼앗겨버렸어요. 거기에 사탄이 독약을 넣어서우리 아이들에게 먹이고 있는데 아무런 대책과 방지가 없었어요. 그래서 교회가 아이들을 세상에 빼앗기기 시작했습니다.저도 그중에 하나였습니다. 그 안에 휩쓸렸습니다. 블랙 사바스 노래. 영어를 잘 모르니까 무슨 소리인지 하나도 모르면서음악이 좋아서 들었어요. 한 마디씩 두 마디씩 알아들으면서

땅 끝 의   아 이 들

독들이 스며들기 시작했습니다. 제가 열대여섯 살 때 제 용돈을 거의 레코드 사는 데 다 썼거든요. 1960년대 유명했던 로큰롤 음악을 안 들은 것이 없었어요. 딱 그런 말을 해주었던 것도 아닌데 제 딸이 그 나이가 되더니 제가 듣던 음악을 그대로 좋아하는 거예요. 블랙 사바스, 레드 제플린. 제가 경악을 금치 못했습니다. 아, 이게 이렇게 파워풀한 것이구나. 내가 지금도 들으면 그 음악이 싫지 않아요. 그런데 그것에서 들어오는 메시지가 얼마나 위험하고 독소가 있는지 저는 알아요. 제가 무조건 우리 딸에게 그것을 듣지 말라고 그러지는 않았어요. 그러면 숨어서 들을 테니까. 저도 그랬거든요. 우리 어머니는 시끄럽다고 듣지 말라 했지만. 그렇다고 안 듣는 것이 아니에요. 이어폰으로 들어요. 그것을 어떻게 다 쫓아다니면서 말릴 수가 있겠어요. 좋아하는 것은 못 말려요. 좋아하지 않게 기도와 사랑의 훈계로 왜 나쁜지 설명해주면서 그 아이가 스스로 싫어하게 만들어야지 좋아하는 것을 억지로 빼앗으면 부작용이 반드시 일어납니다. 독이 있는 스테이크를 배고픈 개에게서 빼앗으려고 해보세요. 스테이크 먹으려고 하는데, 난리가 나죠. 숨겨놓으면 어떻게서든 찾아서, 땅 속에 숨겨놓으면 땅을 파서 먹어요. 개하고는 대화가 안 되니까 숨겨서 없애버려야 하지만 우리 아이들하고는 계속 대화를 통해 이 메시지의 위험함을 알려주어야 한다고 생각합니다.

그 당시에 히피나 로큰롤 스타들은 아무하고나 자고 여러 명하고도 자고, 이혼하는 것은 일도 아니고, 당당하게 그것이 사랑이라고 생각하고 정말 내가 너하고 결혼한 지 3년이 되었는데 아무것도 느껴지지 않는데, 저 여자를 보니까 내 마음이 뛴다. 이것이 어떻게 나쁜 것일 수가 있냐. 나는 내 감정에 솔직하고 싶다. 사랑이 다. 이런 잘못된 문화를 음악이라는 파워풀한 매체를 통해 전파하기 시작했습니다. 그래서 하나님이 아름답게 만드신 에로스의 사랑이 완전히 그 당시 젊은 세대를 죽이는 무기로 변했어요.

제가 거기에 총탄을 맞았어요. 저도 그런 사랑을 동경하기 시작했어요. 내가 지금 이 마음에 불을 지필 수가 있다면, 내가 누군가를 위해서 불타오를 수 있다면 그것이 어떻게 나쁜 것일 수가 있을까? 연애지상주의. 완전히 그 당시의 문화에 휩쓸려서 세뇌되기 시작했어요. 저는 순결이라는 것은 유교 시대의 여자들을 억누르기 위해서 남자가 만들어놓은 제도다. 그런 거짓말에 속기 시작했고. 저는 순결을 지켜야 한다는 생각을 전혀 안 했어요. 제 친구들이 그 당시에 다 그랬어요. 그리고 숨기고 시집가는 애들이 많았어요. 그런데 지금은 숨기는 것조차 없어진 것 같아요. 지금 내가 아기를 가졌는데, 남자를 너무 사랑한다 그래서 결혼하기로 했습니다라고 당당하게 말할 수 있는 시대예요. 크리스천들까지 그래요. 크리스천 가정에 자란 사람들이 그래요. 저는 정죄하는 것이 아니라 마음이 아파요. 왜냐하면 도적은 훔치고 죽이고 파괴하러 온다고 했어요. 그런데 예수님은 그것들로부터 우리를 구하기 위해 왔다고 했습니다. 우리를 구하기 위해 죽으셨습니다. 그런데 우리가 계속 거짓말에 속아서 뺏기고 죽임을 당하고 훔침을 당한다면 예수님이 십자가에서 죽으신 죽임이 너무 아프잖아요. 젊은 아이들을 다시 찾아오고 싶어요. 저는 정욕으로 빼앗겼던 저의 첫날밤의 순결한 환희를 저의 딸아이는 누리기를 원해요. 제가 나중에 크리스천이 되고 나서 예수님의 신부의 숨겨진 삶을 사는 사람들을 만났어요. 그 사람들의 인생은 마치 실패자처럼 보이고, 항상 쫓기는 자들처럼 보이고, 억눌리는 자들처럼 보이지만, 그들에게 진정한 파워가 있다는 것을 그들의 자녀들을 보고 알았어요.

제가 정말 사랑하는 친구 중에 팀과 낸시라고 있는데요. 정말 어려운 일들을 많이 겪었어요. 첫딸 그레이들. 그 아이가 틴에이저였을 때 그 아버지가 딸아이에게 쓴 편지를 저에게 보여주었어요. "나는 네가 너무 사랑스럽다. 너는 내게 가장 아름다운 딸이다. 그런데 너는 나의 딸이기 전에 하나님의 딸이다. 너는 한 남자의 신부가 되기 전에 예수님의 신부가 되라. 하나님이 너를 만드셨다. 너는 가장 아름다운 숙녀다. 너를 보면 내가 눈물이 난다. 너무 감사해서. 나는 네가, 네가 누구인지를 알기를 원한다. 하나님이 너에게 주신 가장 아름다운 삶을 살기를 원한다. 예수님의 신부로서, 그리고 예수님이 너에게 자기를 나타내라고 예비한 그 신랑을 네게 주는 그날까지, 너를 순결한 신부로 기르고 지키라고 하나님이 내게 너를 주셨다." 하나님의 우리들을 향한 사랑과 어린양의 혼인잔치를 예배하는 신부로서 우리를 준비하시는 아버지의 사랑, 그 하나님의 사랑으로 딸을 사랑하는 자신의 마음을 너무나 아름답게 편지에 써서 딸에게 보냈어요. 그 딸은 그 편지를 아직까지도 가지고 있어요. 그 딸처럼 아름다운 결혼식을 한 사람은 없어요. 하나님이 예비하신, 자기 앞으로 걸어오는 순결한 신부가 너무나 아름다워서 신랑과 들러리들까지도 다 울어버렸다고 해요. 그것이 천국의 혼인잔치를 상징하는 것이라고 생각해요. 우리가 이 세상에서 찢기고 많은 유혹을 받고 하면서도 끝까지 예수님을 향한 순결을 지키는, 순교자의 사랑을 지니고, 눈부신 흰 웨딩드레스를 입고 우리가 예수님을 향해 걸어갈 때, 예수님과 천사들이 우리를 보고 눈물을 터뜨릴 것이라고 믿어요.

2009년 9월 무렵에 인상적인 꿈을 꾼 적이 있어요. 제가 신부였어요. 세상에는 없는 눈부신 흰 웨딩드레스를 입고 신랑을 향해서 걸어 들어가는데, 예수님이 하얀 연미복을 입고 서서 저를 기다리고 계셨어요. 그런데, 세상에서 그렇게 아름다운 눈을 본 적이 없는 것 같아요. 너무너무 아름다운 눈인데, 눈물이 괴어 있었어요. 그 눈이 불처럼 타오르고 있었어요. 저를 원하고 있었어요. 신부를 원하는 신랑의 눈. 제가 한 걸음씩 걸어갈 때마다 저의 수치심, 자신 없는 것, 제 안에 있는 이런 것들이 그 눈빛에 의해 타버리는 것이에요. 제가 점점 더 아름다워지는 것이에요. 그런데 제가 아름다워지는 모습을 보고 그분의 눈도 더 타오르는 거예요. 그렇게 점점 더 아름다워지면서 한 걸음씩 한 걸음씩 그분을 향해 걸어가는 결혼식장의 제 모습을 꿈에서 보았어요. 그것이 제가 천국 가는 날까지 예수님을 향해서 걸어가는 모습일 거예요. 신랑 옆에 설 때까지. 그분의 사랑이, 그 불이, 그 불같은 사랑이, 제 안의 모든 흠과 주름과 그 모든 것을 다 태워버려서 그분의 사랑으로 제가 온전히 순결한 신부가 되어갈 것이라고 저는 믿습니다. 저는 순결함이라는 게 육신의 순결함만이 아니라고 생각해요. 육신의 순결함이 있는 결혼식은 물론 아름다운 결혼식이지요. 몇 번 그런 결혼식을 갔었는데, 정말 어린양의 혼인잔치 같았어요. 그렇지만 하나님께 더 중요한 것은 육신의 순결보다 마음의 순결이에요. 회개하고 다시 돌아와서 마음이 순결한 신부라면 하나님께서 그를 어린양의 피로 회복시키는 능력이 있다고 생각해요. 저는 나의 딸 세대의 아름다운 젊은 여인들이 몸과 마음이 다 순결한 신부들이 되기를 원합니다. 당신을 만나지 못했기 때문에. 내가 그때, 그 당시의 문화에 휩쓸려서 어떤 잘못을 했다, 지금은 내 마음속에 당신밖에 없다라고 여자가 고백을 하고 남편이 될 사람이 용서를 한다면 그 여자는 다시 순결한 신부가 될 수 있다고 저는 믿어요. 그렇지만 우리는 우리 자녀들에게 언제나 최상을 원하기 때문에, 몸의 순결도 지킬 수만 있다면 더 좋은 것 같아요. 우리가 예수님을 믿는 것도 똑같은 것 같아요. 하나님이 우리에게 원하는 것과 우리가 자녀에게 원하는 것은 똑같은 것 같아요. 요한일서 3장 2~3절에서 그랬죠. 예수님이 나타날 때 우리도 예수님처럼 될 것이다. 이 소망을 가진 사람들은 자기를 순결하게 지킨다고 했어요. 저는 결혼반지를 끼면 답답하다고 안 끼는 남자들을 봤는데요. 반지라는 것이 어떻게 생각하면 굴레예요. 얼마나 귀찮습니까. 그렇지만 이게 사랑의 상징이라면 어떤 여자들도 굴레라고 싫어하지는 않아요. 사랑하는 남자가 진주목걸이를 줄 때 내 목을 조이는 것 같다면서 싫어하는 여자는 없습니다. 사랑하기 때문에 지키려고 하면 힘들지가 않습니다. 저는 요새 많은 목사님들이 순결에 대해서 젊은 아이들에게 강조하는 것이 정말 좋다고 생각해요. 젊은이들 중 가끔 순결 서약을 하는 친구들이 있는데요. 저는 그것이 형식적이고 종교적인 것이 되기를 원하지 않아요. 그렇게 되면 그 아이들이 그것을 지킬 수가 없거든요. 힘이 없거든요. 죄의식과 수치심만 따르게 돼요. 실패할 확률이 높아요. 마약 끊는 것도 마찬가지예요. 다 마찬가지죠.

가장 큰 무기는 사랑입니다. 내가 예수님을 정말 사랑하면 그래서 함께 지면 그의 짐은 가볍고, 그의 멍에는 쉽다고 하셨어요. 사랑을 하면 멍에도 쉽고, 사랑을 하면 짐도 가벼워요. 언젠가 공항에서 어떤 청년을 봤는데, 너무 귀엽더라구요. 부인인지, 약혼자인지 모르겠는데. 여자가 큰 짐 세 개를 가지고 도착했는데, 자기가 다 가져가려고 쩔쩔매는 거예요. 그 여자가 내가 할게. 그러니까 남자가 아냐 내가 할게 내가 할게. 그것이 무겁지가 않아요. 왜냐구요. 사랑하니까.

저는 지금 막 일어나고 있는 순결 운동이 정착되길 원해요. 그런데 왜 순결이 중요한지, 내 친구 팀이 자기 딸에게 편지를 써서 주었던 것처럼 그것을 가르쳐주기를 원해요. 이것이 정말 너에게 가장 큰 기쁨을 주기 위한 것이라는 것. 너에게 가장 좋은 것을 주기 위한 것이라는 것. 그 아버지의 사랑을 알면 할 수 있어요.

이 사랑의 신부가 되는 과정이, 저는 성화 과정이라고 생각해요. 우리들이 결혼할 때 모든 것을 다 버리고 가죠. 처녀로서 살았던 인생에서 내가 죽는 거예요. 내가 자유롭게 여자 친구들과 어느 때나 나가서 술 마시는 것을 이제는 못 해요. 모든 남자친구와의 기억도 지워야 하고, 옛날에 사귀었던 남자들의 사진도 태우고 시집가야 한다고 생각해요. 그것을 간직하고 가는 것은 불장난하는 것과 같습니다. 이제는 이십 몇 년의 내가 혼자 살았던 삶, 내가 여러 남자들을 좋아하고, 여러 여자들과 마음껏 돌아다녔던 삶이 끝나는구나. 너무 좋다. 내 남자의 아내로서 새 삶이 시작되니까. 그런 생각을 하는 거죠. 사랑하는 여자는 그래요. 마리아가 그것을 배워가는 과정이 가슴 아프지만 아름답게 성경에 그려져 있습니다. 이 여자는 예수님의 발치에 앉아서 예수님의 음성을 듣고 항상 사랑하는 여자였어요. 앙모하는 여자였어요. 그런데, 예수님이 나에게 시집와라 너는 나의 여자가 되라. 너는 내 것이 되라 하고 이 자매들을 부른 거예요. 어떻게 보면 예수님이 잔인한 것처럼 보이기도 해요. 아가서에 나오는 여인에게도 잔인하셨지요. 이 여자가 자기를 쫓아오는데 숨어버리잖아요. 그리고 여자는 계속 쫓아다니잖아요. 예수님은 오시지 않으세요. 기다리게 하십니다. 언제까지냐면 마리아가 완전히 죽을 때까지요. 마리아가 굉장히 괴로웠을 거예요. 며칠 동안 오빠가 살아 있었죠. 오늘에나 오시려나. 오늘 오시면 오빠가 살 텐데. 계속 기다리고 속은 시커멓게 타고 그랬을 거예요. 언제 오시나. 그런데 예수님. 예수님은 안 오십니다. 내가 여태까지 알고 있던 신앙이 무너집니다. 내가 여태 알고 있던 예수님에 대한 이미지가 갑자기 혼돈이 와요. 왜 안 오시나. 오실 거라고 굳게 믿

땅 끝 의 아 이 들

었는데. 나를 사랑하시는 줄 알았는데. 무슨 일일까. 오빠가 그 안타까운 기다림 속에서 죽어버렸을 때, 마리아의 심정은 어땠을까요. 마리아도 저는 같이 죽었다고 생각해요. 우리 예수님은 내게 모든 것을 다 해주시는 분이야. 내가 기도하는데 안 오실 리가 없어. 예수님은 길거리에서도 아픈 사람들이 소리 지르면 그 자리에 멈추어서서 고쳐주시는 분 아니야? 나는 길거리의 사람이 아니야. 나는 예수님이 사랑하시는 예수님의 친구고 예수님이 가실 곳이 없으면 항상 우리 집에 와서 묵는 가까운 사이고 나는 예수님의 발치에 앉아서 예수님의 말씀을 듣고 마리아처럼 되어라 하는 칭찬을 듣는 수제자고 내가 어떤 사람인데, 예수님이 안 오시겠어요? 안 오실 리가 없죠. 그렇게 굳게 믿었던 어린아이 같은 믿음이 산산조각 부서집니다. 예수님은 끝내 안 오시고 오빠가 죽었습니다. 사람들이 조롱을 했을 거예요. 너네 예수님이 어딨냐? 왜 안 오시냐고. 마리아가 할 말이 없어요. 오빠가 죽은 거는 참을 수 있을지도 모르겠어요. 그런데 마리아에게 가장 괴로웠던 것은 예수님이 왜 이러셨을까? 그것에 대한 대답이 없는 것이었을 거예요. 이해할 수가 없는 것. 사람들에게 대답을 못 해줘서 자존심이 상한 게 아니라 자기 자신 안에 있는 갈등, 예수님이 왜 안 오셨을까? 예수님은 나를 사랑하시는데, 오빠를 사랑하시는데, 오시면 고치실 수 있는 능력이 있는 것을 믿고 있는데, 아는데 왜 안 오셨을까? 그 의문이 풀리지 않았을 때, 그것이 신앙에서 가장 괴로운 과정인 겟세마네 동산의 고뇌입니다. 십자가에서의 죽음입니다. 내가 완전히 죽지 않으면 그것이 극복이 안 돼요. 내 생각으로는 아무리 생각해도 이해가 안 가거든요.

게리 웬즈라는 사람이 예배자로서 사는 삶은 내가 알지 못하는 회색지대를 인정하고 끌어안는 것이라고 합니다. 하나님이 하라는 대로 믿음을 지키는, 포기하지 않는 삶, 계속 예배드릴 수 있는 것, 정말 나의 모든 생각으로는 이해할 수 없는 벽 앞에서 그것을 그냥 끌어안는 것. 체념이 아니라 내가 알지 못하는 하나님의 뜻, 하나님의 세계가 있다는 것을 내가 인정하는 것 그것이 예배입니다. 나의 모든 자아와 나의 생각과 나의 선악과로 인해서 오는, 내가 진리를 안다고 믿는 착각. 이런 것들이 죽지 않으면 절대로 예배를 할 수가 없습니다. 그런 일들이 우리에게도 반드시 일어나요. 마리아에게 일어났듯이, 마르다에게 일어났듯이. 이들은 예수님이 가장 사랑한 세 사람이었어요. 정말 이들을 사랑했어요. 항상 그 집에 가셔서 시간을 많이 보내셨어요. 그들은 예수님의 친구였어요. 그런데 그 사람들에게 신앙의 위기가 옵니다. 신앙의 위기는 바로 십자가예요. 십자가에서 자꾸 내려오지 말고 거기서 우리도 그리스도와 함께 십자가를 끌어안아야 합니다. 회색지대를 인정하는 거지요. 내가 하나님이 하시는 것을 다 이해할 수 없다. 하지만 하나님은 선하시다. 하나님은 나를 사랑하신다. 그것을 다시는 의심 않기로 결정하는 것. 그것이 순교라고 생각해요. 십자가에서 죽는 거예요. 십자가를 그때부터 지고 갈 수 있는 거예요. 내 마음에 십자가가 새겨지는 거예요. 십자가에서 죽은 내 흔적이 남는 거예요.

예수님이 오셨을 때, 마르다는 아직 다 죽지 않아서 버둥거렸어요. 아직도 물어볼 게 많았어요. 그런데 마리아는 나흘 동안 완전히 죽었어요. 왜냐하면 예배자였기 때문이죠. 예수님이 오시기 전에. 그래, 나는 순교하자. 더 이상 의심하지 않겠다. 나는 더 이상 예수님에게 대들지 않겠다. 예수님이 하나님의 아들인 것을 안다. 나는 그분을 위해 예배한다. 마리아에게는 그 믿음이 있었어요. 저는 그토록 불태워서 죽이고 몸을 반동강을 내는 데도 순교자들이 예수님을 부인하지 않을 수 있고, 가장 친한 친구가 총을 갖다가 겨누고 예수님이 없다고 하면 너는 안 죽는다고 해도 나는 예수님을 부인할 수 없어라고 말할 수 있는 것은 그들이 이미 오래전에 순교했기 때문이라고 생각해요. 예수님을 내 생명보다 더 선택하게 하는 것. 십자가에서 죽는 갈라디아서 2장 20절이 나의 고백이 되는 것이 순교라고 생각합니다.

나에게는 예수님을 향한 나의 사랑이 나 자신을 향한 사랑보다 더 중요하다. 더 크다. 나는 예수님과 함께 하나가 되어 십자가에서 죽은 자이다라고 죽은 모습을 인정하는 것. 죽음을 끌어안는 것이 순교라고 믿습니다. 그 죽음을 건너간 후에 비로소 부활의 기적이 임합니다. 아직 십자가에서 죽기를 거부하는 자에게는 그 능력이 올 수가 없어요. 기적을 정말 믿으려면 십자가에서 죽을 수밖에 없습니다. 부조리한 것, 내가 알지 못한 것들을 끌어안을 수밖에 없어요. 그래서 마리아는 예수님이 오셨을 때, 달려가서 예수님에게 물어볼 것이 아무것도 남지 않았어요. 그냥 가만히 있었어요. 그런데 마르다는 아직 있었어요. 그래서 달려갔어요. 동구 밖에 있을 때에 못 참고 거기까지 뛰어갔습니다. 만나자마자 따지기 시작하죠. 예수님이 오셨으면 우리 오빠가 안 죽었을 겁니다라고요. 마리아는 혼자 예배를 통해서 죽었습니다. 그런데 마르다는 도움이 필요했어요. 예수님이 가르쳐주십니다. 그 아빠가 딸에게 편지를 썼듯이, 마르다에게 이렇게 가르치십니다. '마르다야, 너 왜 이렇게 난리를 치느냐? 내가 왔다.' 오시면 뭐합니까? 오빠가 죽었는데. 나흘 전에 오셨어야지. 저는 이해가 가지 않습니다. 예수님이 다시 가르치십니다. '마르다야, 내가 왔다. 내가 생명이라. 내가 부활이라. 너는 내가 그 자리에 있어서 네 오빠가 죽기 전에 고쳐줘야 되는 줄 아는데, 하나님이 너희에게 주고 싶어 하는 구원은 그것보다 더 큰 능력의 구원이다. 하나님은 네게 나를 주었다. 내가 네 안에 들어갔다. 너는 내

땅 끝 의 아 이 들

가 누구인지 아느냐? 내가 생명이다. 내가 부활이다. 네가 나를 믿기만 하면 네가 죽어도 살겠고, 네가 살아서 나를 믿으면 영원히 죽지 않으리라.' 이게 사람의 상식으로 도저히 이해가 가지 않는 말씀입니다. 마르다 역시 이해를 못 합니다. 그런데 예수님이 참 지혜로우신 것 같아요. 거기서 일단 가르침이 끝납니다. 못 알아듣는 사람한테 계속 가르치면 사람들은 질려서 도망갑니다. 진리를 가르쳐주시고 그다음에 직접 보여줘야 합니다. 마르다는 보여주지 않으면 이해를 못 합니다. 예수님과 마르다와의 대화가 일단 끝납니다. 마르다가 마리아에게 가서 나 정말 못 알아듣겠다. 예수님하고 너는 통하잖아. 네가 좀 가봐라. 예수님이 마리아를 불렀다는 말은 없는데, 내가 보기에는 거짓말을 한 것 같아요. '선생님이 너를 부르신다. 네가 가봐라.' 왜냐면 애가 움직이지를 않는 거예요. '내 생각에 마리아는 예수님하고 말이 통할 것 같은데, 나는 무슨 소리인지 모르겠는데, 애가 좀 도와줘야 하는데 왜 꼼짝을 안 하나.' 마르다가 막 마리아를 부추깁니다. 선생님이 부르신다는 말을 듣기 전까지는 마리아가 가지 않아요. 그것이 첫 번째 예배자의 모습이죠. 마리아는 나흘 동안 극심한 자기와의 싸움에서 이겼어요. 그래서 자신을 죽였어요.

아브라함이 이삭을 데리고 사흘 동안을 걸어갑니다. 그동안 자기와의 싸움이 있었을 거예요. 그런데 자신이 죽고 하나님의 말씀에 순종할 수 있는 그것이 예배예요. 그래서 내가 이 아이와 함께 가서 예배를 드리고 다시 돌아오겠다고 합니다. 놀라운 신앙의 고백입니다. 아브라함은 아들을 죽이러 가는 것이거든요. 그런데 우리가 예배드리고 돌아온다고 한 것은 부활의 하나님을 믿었다는 뜻이에요. 내가 아이를 죽이면 죽은 자 가운데서 다시 살려주실 거야. 왜? 이분은 죽음 같은 내 몸에서 생명을 주신 분이시니까. 이분은 절대로 죽이는 분이 아니야. 생명의 하나님이야. 그런데 왜 아들을 죽이라고 할까. 모르겠어. 그렇지만 내가 아는 하나님의 계시적인 깨달음. 그분이 사랑이시라는 것. 그분이 생명이시라는 것. 그것이 나의 회의보다 더 큰 겁니다. 그러므로 나는 이 아이와 예배드리러 올라간다. 그 아이를 죽이러 가는 것을 예배드리러 간다고 했어요. 나의 모든 것을 십자가에서 번제로 하나님께 드리는 것. 그것이 순교이고 그것이 예배입니다. 로마서 12장 1절에서 너희 몸을 거룩한 산제사로 드려라. 그것이 하나님에 대한 합당한 예배라 했어요. 마리아에게 그 예배가 일어났어요. 선생님이 부르신다 하니까 일어나서 갔어요. 육신이 죽었기 때문에 순교한 자들에게는 평강이 있어요. 마르다처럼 난리를 치지 않아요. 마리아가 예수님에게로 갔을 때, 예수님께 엎드려 예배를 했다고 했어요. 예수님이 그 죽음의 현장, 기적이 일어나야 하는 현장에 아직 들어가지 않으셨어요. 예수님이 기다리셨어요. 예수님이 들어가시지 않았습니다. 예수님이 들어가야 기적이 일어나거든요. 많은 경우에 제 삶에서도 예수님이 밖에서 저를 기다리시는 기간이 굉장히 길었어요. 예수님이 안 들어오실 때가 있어요. 예수님은 우리가 오기를 기다리십니다. 우리가 울고 있는 슬픔의 장소, 우리의 비극의 장소, 반드시 그곳에서 기적이 일어나기를 기다리면 안 됩니다. 안달하는 그곳에서 일어나 예수님께 예배드리러 나아가세요. 성숙한 신앙의 여정에서 반드시 그러한 때가 옵니다. 처음에는 기도하는 것마다 다 들어주세요. 그런데 마르다, 마리아에게 그렇게 하지 않으셨습니다. 다른 사람에게는 그렇게 하셨습니다. 길거리에서 마주치는 나병 환자, 맹인 다 그 자리에서 고쳐주셨습니다. 그런데 마르다, 마리아에게는 주님이 더 좋은 것을 주고 싶으셨던 거예요. 부활의 신앙, 정말 하나님을 아는 신앙, 하나님의 사랑과 생명을 아는 지식, 그 깨달음이 나의 모든 것보다 높아지는 것. 그 예배자의 삶을 주고 싶으셨던 거예요. 왜냐면 그곳이 천국이기 때문에. 그래서 주님이 들어오시지 않고 마리아를 오게 하십니다. 예수님이 마리아를 기다리고 계셨어요. 마리아가 와서 엎드려 경배했을 때, 예배했을 때, 예수님이 그 예배를 받으셨습니다. 그 예배는 예수님을 움직이십니다. 우리의 진정한 예배가 예수님을 우리의 문제의 현장으로 들어오게 하세요. 우리는 온전한 예배를 드릴 수가 없어요. 우리가 드릴 수 있는 최상의 예배를 드리면 됩니다.

　마리아에게 회의가 없었던 것이 아니에요. 마리아에게 질문이 없었던 것이 아니었어요. 마리아가 솔직하게 예수님에게 그랬어요. '예수님, 저는 예수님이 이해가 가지 않습니다. 저는 하나님이 이해가 가지 않습니다. 왜 오시지 않습니까.' 왜 나를 버려두십니까. 이것은 예배자의, 인간의 한 고백이에요. '왜 예수님 안 오십니까? 저는 모르겠습니다.' 이것은 예수님에게 야단치고 따지는 것하고 완전히 다릅니다. 마리아는 결국 먼저 엎드려 경배했어요. 그것은 항복을 의미해요. '당신이 옳습니다. 내가 틀립니다. 당신이 하나님입니다. 나는 사람입니다. 당신이 선하십니다. 내가 악합니다.' 제사의 번제 자리에 나를 갖다놓는 거예요. '나를 불태우십시오. 당신에게는 그럴 자격이 있습니다. 당신은 나의 예배를 받으실 분이십니다.' 그리고 우리 안에 있는 부족한 것들 약한 것들 그것을 주님에게 말씀드립니다. 그러면 주님이 듣고 우십니다. 주님이 같이 우셨어요. 많은 사람들은 그것이 예수님이 자기가 하나님의 아들인 것을 몰라서 우셨다고 하는데, 저는 그것이 아니라고 생각해요. 그러셨다면 마르다가 말했을 때 우셔야죠. 우시려면은 마르다가 와서 예수님 야단치고 따지고 '왜 이제 오셨어요, 정말 우리 오빠가 죽었잖아요' 할 때, 그때 우셨어야죠. 예수님 안 우셨어요. 차분하게 가르쳐주셨어요. 그런데 순교자의 예배로 주님 앞에 엎드린 마리아가 인간의 가장 처절한 고백으로 주님께 다가올 때 그때 그 약함에 예수님이 우셨어요.

예배자의 고뇌, 예배자가 그 인간과 하나님 사이에 끼어서 그 육신이 죽느라고 내가 솔직히 하나님 앞에, 내 모든 괴로움을 털어놓을 때 하나님이 우세요. 그것이 하나님이에요. 사랑의 표현이에요. 인간의 처참한 상황, 죽음 앞에서는 어떻게 할 수 없는 인간의 고뇌가 예배를 통해서 하나님의 마음을 움직입니다. 그것이 진정한 중보죠. 마리아가 울 때 예수님은 같이 우셨어요. '제가 가장 사랑하는 오빠가 죽었습니다, 가슴이 찢어집니다' 하는 중보가 예수님의 마음을 움직입니다. 하나님을 움직입니다. 예배가 기도가 되었을 때, 예배와 중보가 하나로 움직입니다. 그래서 예수님이 어디다 죽은 자를 묻었느냐, 물으시고 현장 안으로 들어가십니다. 죽음 안으로 들어가십니다. 죽음과 맞부딪치십니다. 예배와 중보가 예수님을 움직입니다. 예수님이 마리아를 데리고 걸어서 나사로의 무덤으로 갑니다. 예수님이 우리의 무덤으로 걸어 들어오시기만 하면 됩니다. 그것이 불가능한 지금 죽어서 시체가 냄새가 나는 상황이라고 할지라도 예수님이 그곳으로 들어오시기만 하면 정말 불가능한 것 같은, 시체가 되어버린 나의 오빠, 내가 포기하고 묻어버린 나의 모든 꿈, 비전, 그 잃어버린 모든 것이 살아날 수 있습니다. 예수님은 부활의 예수님이십니다. 그런데 그 현장 안으로 예수님이 들어오시기까지 주님은 내가 주님을 예배하고 기다리기를 원하십니다. 그것이 사랑입니다. 우리에게 그런 사랑을 통해서 정말 우리 힘으로는 갈 수 없는 하나님과 하나가 되는 그곳으로 주님께서 우리를 데리고 가고 싶어 하시는 겁니다.

　무덤 앞에 예수님이 서셨어요. 아직까지도 기적이 일어나기까지 마지막 한 가지, 장애물이 있었어요. 그 무덤은 돌로 막혀 있었습니다. 그런데 예수님이 그 돌을 자기가 치우지 않으셨습니다. 마르다, 마리아에게 저 돌을 옮겨놓으라고 말씀하십니다. 너희들이 옮기라고 말씀하십니다. 우리가 주님의 기적에 동참하는 그 마지막 문 앞에 큰 돌이 우리 앞에 항상 있는 것 같아요. 그런데 예수님이 그것을 치워주지 않으십니다. 우리가 주님과 결혼할 만큼 성숙한 신부가 되었을 때에는 주님이 그것을 치워주시지 않습니다. 우리가 치우라고 하십니다. 참 야박한 것처럼 보입니다. 지금 이 자매들은 지칠 대로 지쳤어요. 예수님 오시기를 목 빼고 기다리다가 오빠가 죽어서 절망하고, 그리고 나흘이 지나는 동안 하루하루가 더 슬펐을 거예요. 이제 오빠를 다시 못 보는 거구나. 첫날은 혹시나 오셔서 무슨 일이 일어나지 않을까 어떤 희망이 있었을 수도 있었겠지요. 이제는 완전히 썩어서 문드러진 시체. 이미 모든 믿음이 바닥이 나서 아무것도 없어요. 너무나 슬픕니다. 나흘 동안 목 놓아서 울고 나면 몸도 얼마나 지쳤겠어요. '너네 예수님이 어디 있냐, 예수님 나쁘다 야, 우리 같이 원망하자. 원망하고 저주하고 죽어라.' 그런 조롱을 견디며 정말 겨자씨 같은 믿음과 예배를 지키느라 지금 완전히 탈진한 상태예요. 그런데 지금 그 지친 여자들에게 그 무거운 돌을 치우라는 거예요. 도와주시지도 않고. 그것이 사랑의 표현이라는 것을 나중에 알았습니다. 예수님이 '너는 할 수 있어. 네가 할 수 있어. 네가 할 수 있다는 것을 사람들 앞에 보여주고 싶어.' 그렇게 믿음을 올려주시는 거예요. '너는 이 시험을 반드시 통과할 수 있어.' 사람들과 마귀 앞에서 우리를 올리시는 거예요. '이 아이는 내 거야. 나의 신부야. 약하고 사망과 죽음의 권세에 짓밟히던 이전의 마리아와 마르다가 아니야. 이 아이들이 이제 나의 이름으로 부활할 거야.' 이들에게 그 돌을 치우라는 것은 부활에 동참시키신 예수님의 사랑이에요. 그것이 우리에게 사역을 시키신 이유예요.

예수님이 무슨 사역자가 필요하시겠어요. 그냥 하나님이 천사를 보내서 하시면 돼요. 천사들이 나타나서 하나님 믿으라고 하면 사람들이 하나님을 왜 믿지 않겠어요. 그런데 하나님은 천사를 쓰지 않으시고 우리처럼 약한 마르다와 마리아를 쓰세요. 그런데 그것이 정말 잔인한 요구처럼 보일 수가 있어요. 우리는 하나님을 이해할 수가 없기 때문에. 그래서 믿음이 필요한 거예요. 믿음이 없이는 하나님을 기쁘게 할 수가 없습니다. 어떨 때에는 하나님이 기가 막힌 요구를 하실 때가 있어요. 하나님이 어떻게 내게 이런 요구를 하시나. 따지면 못해요. 나는 주님을 예배하는 자이기 때문에 믿음으로 순종하는 수밖에 없어요. 순종하고 나면 기가 막힌 일들이 일어납니다. 그때 우리가 기적에 동참하고 우리가 하나님의 사도적인 사역을 감당할 수 있는 하나님의 신부가 될 수 있는 거예요. 마르다와 마리아에게 예수님은 그것을 주고 싶어 하셨습니다. 마르다와 마리아를 가장 사랑하셨기 때문에. 그런데 그 당시에는 사랑 안 하고 오히려 구박받는 사람들처럼 보였을 거예요. 와서 병 고쳐달라니까 오지도 않고 바쁘지도 않으면서 일부러 안 오시고 오서서는 동구 밖에서 안 들어오시고 애를 태우시고 이제는 돌을 옮겨놓으라고 사람들 다 있는 앞에서 창피하게, 기운도 없는데 말이에요. 그런데도 놀라운 것은 따지면서도 마르다가 하더라구요. 이게 구원받은, 거듭난 사람들의 상징이라고 생각해요. 마르다는 사랑하기 때문에, 투덜투덜하면서도 하잖아요. 그래서 제사가 중요한 것이 아니라 순종이 중요하다고 했어요. To obey is better than sacrifice. 그것은 제사가 중요하지 않다는 뜻이 아니에요. 하나님은 제사를 좋아하십니다. 예배를 너무너무 원하세요. 번제를 원하세요. 우리가 우리 몸을 정말 산제사로 드려서 예배를 드리기를 원해요.

그렇지만 진정한 예배는 제사와 순종이에요. 제사와 순종이 다 있어야 예배가 됩니다. 그런데 둘 중에 하나밖에 못할 거면 제사보다 순종이 더 중요하다고 말씀하시는 겁니다. 순종이 예배의 90퍼센트라는 뜻이에요. 내가 주님에게 나 자신을 드리는 것, 그것은 주님이 하는 말씀을 완전히 순종할 때 이루어집니다. 그래서 진정한 순종이, 진정한 제사예요. 형식적으로 하는 제사, 남들이 볼 수 있는 번지르르한 제사보다 진정한 순종, 마음으로 드리는 제사를 하나님은 원하세요. 그래서 내 몸을 드리는 것이 합당한 예배라고 그랬습니다. 마리아는 온전한 순종 예배를 드렸어요. 마르다의 예배는 온전하지 않았습니다. 그런데도 예수님이 도와주세요. 저는 마르다를 끝까지 부활에 동참시키시는 예수님의 모습이 정말 좋습니다. 아버지는 그렇습니다. 말 잘 듣고 순종 잘하는 마리아 같은 딸 얼마나 예쁩니까 정말 쉽죠. 그런데 마르다 같은 딸도 있어요. 정말 좋은 아버지는 그 둘을 다 데리고 가십니다. 끝까지 야단을 쳐서라도 데리고 가십니다. 사실 저는 마르다 같은 사람입니다. 절대로 마리아가 아닙니다. 그런데 마리아와 똑같이 결국은 부활에 동참하게 하시는 그 하나님의 은혜를 저는 체험했습니다. 그 돌을 치우라고 예수님이 말씀하셨을 때, 제가 마르다처럼 그랬습니다. '주님, 이것은 못 치우겠습니다. 사람들이 보잖아요. 또 믿으라고요. 이제 그만할래요. 됐습니다. 나흘이 됐는데. 시체 냄새가 나는데. 사람들 보는 앞에서 이제 못 하겠어요.' 그때, 주님께서 도와주셨어요. 사랑으로 말씀하셨어요. 야단을 치신 것이 아닙니다. 너를 데리고 영생을 살아야 하는데 참 너랑 결혼하기가 힘들다. 주님은 끝까지 포기하시지 않았어요. 주님께서 이렇게 말씀하셨어요. 네가 믿으면 하나님의 영광을 보리라. 그 말씀의 파워가 마르다를 순복시켰어요. '오케이. 예수님. 나는 못 알아듣겠지만, 죽어도 살겠고 살아도 살겠고 하나도 못 알아듣겠지만, 오빠는 죽어서 냄새가 풀풀 나고 사람들은 손가락질하고 조롱하고, 제 안에 예수님에 대한 상처도 너무 많고 거부받은 느낌도 많고 의혹도 많고 그런데 이대로 이 회색지대를 제가 끌어안겠습니다. 예수님이 하라시니까. 제가 하겠습니다.' 그 순종. 그 겨자씨만 한 믿음. 그것만 있으면 됩니다. 이것이 얼마나 기쁜 소식입니까. 우리가 다 마리아가 되어야 한다면 저는 스트레스받을 것 같아요. 그런데 이 마르다의 이야기가 제게 소망을 줍니다. 희망을 줍니다. 베드로가 제게 소망을 줍니다. 베드로가 그물을 내리라 하니까, 네 하고 예배를 드리면서 온전한 순종을 하면서 그 자리에서 그물을 내렸으면 얼마나 착하게 예수님께 영광을 드리는 일입니까. 내가 밤늦도록 여기서 잡으려고 해도 잡히지도 않는데, 나는 어부인데 여기 고기가 있으면 못 잡을 리가 없습니다. 밤새도록 고기가 안 잡히는데, 고기는 원래 밤에 잡히는 것이지 낮에 잡히는 것이 아닌데. 내가 안다고 생각하는 이런 교만, 나의 모든 경험, 저 사람들이 보고 있는데, 창피하고요. 베드로는 다 고백을 했어요. 자신의 회의와 약함을. 그럼에도 이 모든 것을 뒤로 하고 내가 회색지대를 끌어안겠습니다. 당신이 하나님의 아들이기 때문입니다. 당신이 말씀을 하셨으니까 내가 그 말씀에 의지해서 그냥 하겠습니다. 말씀에 의지해서 하겠습니다. 겨자씨만 한 믿음이죠. 그것은 온전한 믿음이 아닐 겁니다. 그렇지만 이것이 예배이고 순종입니다. 순종을 했어요. 그물을 내렸나 안 내렸나가 중요한 겁니다. 끝까지 안 내리는 사람도 있거든요. 그 사람들하고 베드로가 다른 것은 딱 하나밖에 없었어요. 그 사람들과 똑같은 의문이 있었고 똑같은 상처가 있었고 똑같은 두려움이 있었어요. 그런데 하나님의 말씀이니까 제가 순종하겠습니다라고 한 것이 중요한 거예요. 마리아는 아무 말도 하지 않고 바로 돌을 치우기 시작하는데, 마르다가 도와주지 않고 예수님에게 따지니까 또 지연이 됩니다. 부활이 지연이 돼요. 예수님이 자폐증 진단을 받은 우리 아들을 고쳐주는 데 10년이 걸린 것이 아니라 마르다 같은 제가 예수님을 무덤 앞에서 그 시간 동안 기다리시게 했던 거예요. 그렇게 긴 시간을 기다리시게 하려는 것은 아니었는데, 제가 지연을 시켰던 것 같아요.

하나님은 나를 예수님의 신부로 만드는 것이 목적이에요.

믿음을 가르치지 않으시고는 나에게 예배를 가르치지 않으시고는, 부활의 기적을 행하실 수 없는 거예요. 예수님은 그런 분이죠. 그래서 부활의 하나님을 보여주시려고 오셨는데, 이 마르다 때문에 자꾸 지연이 되는 거예요. 예수님은 화내지도 않으시고 짜증을 내지도 않으시고 계속 마르다를 도와주십니다. 그게 사랑이에요. 오래오래 참으십니다. 저는 제가 예수님 왜 이렇게 안 오세요 하면서 10년을 기다렸다고 생각했는데, 예수님이 저를 오래 참아주신 거예요. 포기하지 않고 가지 않으신 거예요. 끝까지 부활의 기적을 보여주시려고요. 저의 믿음은 이미 죽어서 무덤에 묻힌 상황인데 예수님이 찾아오셨어요. 그리고 저에게 예배를 가르치고, 믿음을 가르치셨어요. '돌을 치우라.' '못 치우겠습니다.' '네가 이것을 치워야 내가 기적을 행할 수 있다. 그 돌은 치워야 하는 돌이다.' 예수님과 싸우느라 기적이 지연되었던 것 같아요. 그 돌은 자존심의 돌이에요. 사람들이 쳐다보잖아요. 몸은 지쳐서 드러눕고 싶은 생각만 들고요. 갈라디아서 6장 9절에서 "너희가 선을 행하되 지치지 않으면, 낙심치 않으면 반드시 이루리라" 약속하셨어요. 믿음의 싸움을 가르치시는 거예요. 믿음의 지구력을 기르시는 거예요. 그래서 시련은 인내를 낳고 인내는 인격을 낳는다 그랬어요. 예수님의 인격, 하나님의 인격은 믿음이에요, 하나님의 인격은 사랑이에요. 우리가 신부가 되어야 하기 때문에 하나님의 인격이 우리에게도 있어야 되거든요. 신랑은 완전히 천사인데 신부가 마귀 같으면 어떻게 살겠어요. 그러니까 신부를 만들어가는 과정에서 시련과 인내를 통해서 하나님과 같은 인격을 우리 안에 만들어가면서 예수님이 계속 참으시면서 도와주시는 거예요. 돌을 움직이라는 것은, 오빠를 살릴 수도 있다는 것을 또 믿으라는 게 아니에요. 지금 마르다는 아무것도 믿고 싶지 않는다는 걸 예수님도 아시니까요.

제가 가장 힘들었던 것이 믿음에 지치는 것을, 포기하고 싶은 것을 참는 싸움이었어요. 포기하고 싶어요. 더 이상 믿고 싶지 않았어요. 믿음은 너무 아팠기 때문이죠. 우리 아들이 나을지도 몰라, 그 믿음이 저를 너무 괴롭히는 거예요. 그냥 포기하고 살고 싶어. 다른 엄마들처럼. 보니까 포기한 사람들은 저보다 편안하더라구요. 이것은 그냥 하나님이 나에게 주신 시련이야. 이것을 통해서 나는 그냥 강하고 아름다워지면 돼. 그러면서 포기하는 거예요. 그런데 예수님이 찾아오신 거죠. 돌을 치우라는 거예요. 또 믿으라구요? 나는 더 이상 못하겠어요. 내가 자빠져 있으면 예수님이 나를 또 억지로 일으켜 세우십니다. 너 기적을 보고 싶다며? 너는 영광을 보고 싶다며? 나의 영광을 봐야겠다며? 네 아이가 나아야겠다며. 네 아이가 낫는 것을 통해서 나에게 영광을 돌리는 것을 보고 싶다며. 그러면 일어나. 나랑 같이 다시 일어나자. 내가 쓰러져서 거기서 내가 완전히 발버둥치고 안 간다고 한 것을 업고 뛰시는 거예요. 너무 지치면 업고 뛰시는 거예요. 그러다 또 내려놓고 이제부턴 네가 가. 네가 가. 왜냐하면 끝까지 업고 뛰시면 내가 탈락이 되니까 조금 업어주시다가 다시 내려놓으세요. 그게 예수님의 사랑이에요. 그 사랑을 표현할 수 있는 언어의 능력이 정말 없어요. 내가 마음이 정말 답답한 것이, 억만 분의 일도 표현이 안 된다는 거예요. 제가 그 예수님을 체험했어요. 쓰러져서 정말 못 일어나겠는데, 가르치시고, 능력 주시고, 그래도 안 되면 업고라도 뛰시는, 절대로 포기하게 안 하시는 예수님을요. 빌립보서 1장을 보면 내 안에서 착한 일, 믿음의 사역을 시작하신 그 하나님이, 예수 그리스도의 그날까지 반드시 하나님이 책임지신다는 것을 확신한다고 바울이 말했습니다. 저에게는 그것이 생명줄이에요. 제가 여기까지 올 수 있었던 것은 정말 한 걸음도 걸어갈 수 없을 때, 주님이 말씀으로 저를 업고 뛰셨기 때문이에요. 그래서 지금 예수님이 마르다를 업으시는 거예요. 혼자의 힘으로는 못 하니까 같이 해주시는 거예요. 그렇게 도와주시지 않으면 마르다는 못 하거든요. 네가 믿으면 하나님의 영광을 보리라. 그 영광을 보여주리라. 내가 네 오라버니를 돌려주겠다는 약속이세요. 마르다에게는 그것이 너무나 믿어지지 않는 거예요. 어떻게 생각하면 정말 이것을 못하겠다. 그럴 수밖에 없는 상황이었는데, 마르다가

땅 끝 의 아 이 들

예수님을 사랑했기 때문에, 그 사랑으로 모든 불화의 돌, 자존심의 돌, 모든 피로와 육신의 약함의 돌, 사람들을 두려워하는 두려움의 돌, 나의 생각으로는 도저히 믿어지지 않는 불신의 돌, 그리고 이미 나흘 동안 울면서 겨우겨우 보내버린 그 오라비에 대한 슬픔의 돌, 나는 더 이상 이것을 믿으면 미칠 것 같은 포기의 돌, 예수님이 오시지 않을 때 좌절했던 좌절의 돌, 절망의 돌, 거부감, 의심, 예수님이 나를 사랑하시나. 사랑하신다면 왜 오빠가 죽기 전에 오시지 않았을까. 이 모든 부정의 돌을 마르다가 그 지친 몸으로 밉니다. 요한계시록에 보면 시련을 극복하고 이기는 신부에게 약속하신 상급의 열세 가지가 있습니다. 흰 돌에 이름을 새긴다고 하셨고, 숨겨진 만나를 주신다고 하셨어요. 예수님이 자기 신부에게 첫날밤에 아무도 몰래 숨겨둔 열세 개의 보석을 준다고 한번 생각해보세요. 루비, 내가 제일 좋아하는 에메랄드, 아니 이거면 됐어요. 그러면 또 하나 꺼내고 또 하나 꺼내고 열세 개를 받는다고 생각해보세요. 예수님이 신부에게 주시고 싶은 거예요. 선물을 주시고 싶은 거예요. 그래서 예수님이 마리아와 마르다가 돌을 다 치울 때까지 안 도와주세요. 자기 힘으로 치우게 하십니다.

저는 둘째 아이의 자폐증을 하나님께 낫게 해달라고 간구하면서 일 년에 한 개씩 그 돌들을 치웠던 것 같아요. 그렇게 10년이 지나갔죠. 내가 믿어서 순종하면 그다음에 주님께서 보여주시는 영광은 말로 표현할 수가 없습니다. 이 세상에 다른 어떤 방법으로도 우리가 가질 수 없는 주님만이 하실 수 있는 기적, 주님만이 하실 수 있는 부활이 일어납니다. 제 아버님이 실명의 위기에 처한 저의 눈을 고치시는 하나님을 만나시고 잠깐 생긴 겨자씨만 한 믿음 때문에 순종하겠다고 언약을 하셨어요. 저희 아버님은 언약이라는 것이 무엇인지 아는 분이셨어요. 그래서 언약을 하시기가 그렇게 힘드셨어요. 그런데 하나님이 우리 아버님을 제일 잘 아시는 하나님이 약점인 저를 쓰셔서 사랑을 통해서 겨자씨만 한 믿음, 접속이 잠깐 일어났습니다. 그때 아버님이 서약을 하셨습니다. 그다음에는 접속이 잘 안 되시는데도 언약했기 때문에 약속을 지키시는 정말 어려운 결정을 하셨습니다. 그래서 주 예수를 믿으면 너와 네 가족이 구원을 받는다고 말씀하신 것 같아요.

가족 사이의 사랑, 거기에는 남녀 간의 에로틱한 사랑, 남편과 아내의 사랑, 하나님의 그 아가페적인 사랑, 희생적인 사랑, 어머니의 사랑, 형제간의 사랑, 이 모든 사랑이 다 있는 것이 가족인 것 같아요. 사랑이 구원의 매체이기 때문에, 내가 진정으로 구원을 받았다면 그 사랑을 통해서 가족을 움직일 수 있다는 것을 제가 깨달았어요. 2007년 제 생일이었던 7월 23일 날, 저희 아버님이 세례를 받으셨는데 저에게는 세상에서 태어나 가장 기쁜 날 중에 하루입니다. 제 아버님은 세례를 받고 나서야 처음 교회를 가셨어요. 기뻐서서 제게 전화를 하서서 민아야, 오늘 내가 교회에 갔다. 전화를 하셨을 때가 우리 큰아이가 혼수상태로 들어가서 제가 병원에 막 도착했을 때였어요. 아버지, 유진이가 지금 쓰러졌어요. 아버지의 구원의 기쁨이 식기도 전에 바로 믿음의 시련이 시작되었어요. 아버지는 너무 늦게 믿으셨기 때문에, 하나님이 저희 아버님을 사랑하시기 때문에, 제가 10년, 20년 동안 겪은 믿음의 시험을 3주 만에 하신 것 같아요. 제 아버님이 그토록 제가 원하는 세례를 받은 것과 큰아이가 원인불명의 코마 상태에 빠진 것은 불과 3주 차이가 나거든요. 저도 견디기가 힘들었는데, 저는 많은 것을 이미 체험하고 경험하고 엎치락뒤치락하면서 하나님을 제가 알고 사랑하고 이미 하나님에게 저의 인생을 다 드리고 사역하기로 결정한 사람이었는데도 아들이 쓰러지니까 견딜 수가 없는데 이제 막 구원받으신 아버지의 마음은 얼마나 힘드실까 제 마음이 찢어질 것 같았어요. 그런데 하나님이 저에게 겨자씨만 한 믿음, 그의 말씀을 주셨어요. 주님께서 너를 여기까지 데려온 내가 너의 아버지도 데려온다. 두려워하지 마라. 내가 너와 함께 한다. 너의 아버지와도 함께 한다. 주님께서 저에게 그렇게 위로를 해주셨습니다. 그것이 저에게도 신앙의 시련이었고, 저희 아버지에게도 너무나 큰 신앙의 시련이어서 저는 사실 걱정을 했어요. 저는 엎치락뒤치락하면서 신앙생활을 했기 때문에, 제가 초신자 때 제게 안 좋은 일이 일어나면 한참을 교회에 안 나가고 그랬거든요. 그러다가 다시 이끌려서 가고 했는데 그런 과정을 저희 아버님도 겪으실 줄 알았어요. 그랬는데, 가족 중에 첫 열매 맺기가 힘이 들지 두 번째부터는 빨리빨리 되는 것 같아요. 저의 눈이 기적적으로 낫는 것을 보고 믿음이 생기셨던 아버지는 처음에는 우리 아들도 일어날 거라고 믿으셨어요. 민아야, 나을 거야. 내가 교회에 갔는데, 설교가 선지자 엘리야가 눈과 눈을 코와 코를 입과 입을 대고 과부의 아이를 살리는 그 설교를 들었다. 너의 아들도 살아날 거야. 그런 말씀을 해주시는데 저보다 신앙이 더 좋으신 거예요. 저는 기도조차 나오지 않는 그런 상황에서 오히려 저를 격려를 해주셨어요. 그런데 저희 큰아이가 19일 만에 가니까 그때 저희 아버님에게는 정말 큰 믿음의 시련이 시작되었어요. 그럴 수밖에 없죠. 믿어서 구원을 받아서 기쁘다고 했는데, 우리 딸 고쳐주어서 하나님을 믿었는데, 우리 손자도 고쳐주실 거라고 믿었는데 왜 우리 손자는 죽습니까? 잘못한 것도 아무것도 없는데 왜 죽습니까. 그것이 인간의 고뇌에 찬 물음이었어요.

저는 하나님이 아버님의 그것을 보시고 예수님이 우셨던 것처럼 우셨다고 믿어요. 저와 함께 우시는 예수님을 여러 번 체험을 했어요. 그런데 하나님은 우리에게 부활을 보여주고 싶으신 거예요. 부활은 예수님을 믿는 거예요. 나를 믿는 자는 죽어도 살겠고 네가 살아서 나를 믿으면 영원히 죽지 않으리라. 예수님을 믿는 믿음, 겨자씨만 한 믿음. 그것이 어떠한 기적보다 더 중요한 것이라는 진리를 이제는 알아요. 하나님의 가장 기쁜 소원은 우리에게 예수님을 주시는 것이라는 것을 제가 지난 3년 동안 깨달았습니다. 저도 우리 아들과 같이 죽었어요. 마르다와 마리아가 오빠를 잃었듯 제가 정말 사랑하는 제 아들을 잃고 저도 같이 죽은 것 같아요. 아무것도 재미있는 게 없고, 아무것도 좋은 게 없고, 이 세상의 모든 것이 저에게 죽어버린 것 같았어요. 그런데 갈라디아서의 6장 14절에서 그랬어요. 이 세상이, 십자가에 못 박힘 됐고 저도 십자가에 못 박혔다고 했어요. 저는 세상을 참 좋아하던 사람이었어요. 이 세상에 재밌는 것들도 너무 많고 좋은 것도 너무 많고 가지고 싶은 것도 많고 이 세상 누구보다도 사랑하고 살고 싶었고 이 세상에서 무엇이든지 누리고 살고 싶었어요. 이 세상이 우리 아들이 죽고 나서 저에게도 같이 죽고 말았어요. 그러면서 저도 이 세상에 못 박혀서 죽었어요. 저에게 중요했던 모든 것이 우리 아들을 잃으면서 얼마나 허무한가를 깨달았어요. 우리 아들이 잘 자라서 좋은 여자를 만나 아이 낳고 좋은 직장을 가지고 그런 것들이 제게 너무나 중요했거든요. 그렇게 길렀거든요. 25년을. 그런데 아이를 가슴에 묻고 나니까 그때 저에게 중요한 것이라고는 이 아이 영혼이 영원히 산다는 것, 이 아이가 죽어도 죽지 않겠고, 영원히 산다는 것, 이 아이에게 예수님이 있었다는 것, 예수님 말고는 아무것도 저를 위로할 수가 없는 거예요. 다른 것들은 아무런 의미가 없는 거예요. 그때 제가 진짜로 예수님을 만난 것 같아요. 진짜로 예수님이 나의 모든 것이 돼주셨던 것 같아요. 저희 아버님에게는 그것이 저보다 더 힘들었을 거예요. 그래서 이제는 아버님이 예수님 안 믿으시겠구나, 한동안은 신앙의 위기가 오겠구나 생각하고 계속 기도를 했는데 놀라운 것은 저희 아버님이 그 와중에서도 예수님과 한 약속, 우리 딸 눈을 고쳐주시면 하나님이 당신에게 주신 재능을 하나님을 위해 쓰겠습니다. 그 약속을 끝까지 지키시더라구요. 그때 제가 마르다가 돌을 치우는 것을 생각했어요. 따지더라도 순종하기만 하면 되는, 그 겨자씨만 한 믿음. 아, 하나님이 그때 말씀하신 것이 저것이구나.

사실 죄송한 말이지만 저는 아버지를 그다지 존경하지 않았었어요. 우리 아버님한테 불만이 참 많았었어요. 아버님이 글안 쓰고 유명하지 않아도 좋으니까, 돈 많이 벌지 않아도 좋으니까, 내가 그냥 학교에서 돌아와서 아빠 하고 뛰어오면, 내가 그날 학교에서 상을 받으면, 저는 선생님도 아니고 엄마도 아니고 누구 칭찬도 아니고 아빠 칭찬이 받고 싶은 거예요. 막 뛰어왔을 때, 아빠 방의 문을 열고 아빠가 없으면 참 슬펐어요. 하루 종일 기다렸을 때, 들어오셔서 피곤해하시면 너무 속상했어요. 아빠는 자수성가해서 저를 편안하게 길러주셨어요. 저희들은 힘들게 안 살았어요. 물질적으로 풍족하게 살았어요. 그런데 저는 불만만 많았어요. 항상 부족하고 항상 배고프고 아버지는 나를 사랑해주지 않아 그런 생각에 꽉 묶여가지고 그 사랑이 느껴지지 않았던 것 같아요. 그런데 최근에 아버지가 나를 사랑하신다는 것을 깨닫게 되고 한 인간으로서도 존경하게 되었어요. 꼭 내가 원하는 기독교인이 되어서 그런 것이 아니라, 고뇌의 한복판에서 제 아버님이 약속을 지키시더라구요. 내가 사람하고 한 약속도 지키는데, 하나님하고 한 약속을 안 지키면 되냐. 아버지는 믿음이 없이 이것을 하는 것이 굉장히 괴롭다고 하시지만 저는 그것이 하나님에게 바쳐지는 산제사라고 생각해요. 제사보다 하나님을 더 기쁘게 하시는 순종이라고 생각해요. 그러면서 제 마음속에서부터 굳어 있던 것이 다 무너지기 시작하면서 한 인간으로 우리 아버지를 좋아하고 존경하고 사랑하게 되었어요. 제가 아는 어떤 기독교인들보다 저는 아버지의 신앙을 사랑합니다. 아버지의 믿음은 자신과의 싸움이에요. 그것이 십자가예요. 아버지의 신앙에는 십자가가 있어요. 불신과 의혹이 밀물처럼 밀려올 때, 하나님이 선하신 분이 아냐. 네 손자를 죽게 했잖아. 너 그런 상태에서 나가서 무슨 간증을 해. 그건 위선이야. 모든 공격이 물밀듯 밀려올 때, 약속했으니까 하겠습니다. 강대상 앞에 서실 때마다 십자가에서 예수님과 하나가 되시는 저희 아버님을 봅니다. 딸에 대한 사랑 때문에 하나님과 약속한 것을 끝까지 지키는 것. 그것이 저는 사랑이라고 생각해요.

우리 식구들은 참 어떻게 생각하면 이상해요. 눈과 눈을 마주치고, 민아야, 내가 너 정말 사랑한다 그래서 내가 이렇게 했다. 그렇게 말씀해주지 않으셨어요. 아버지는 했다고 생각하시는데 아직 안 하셨어요. 사람들이 책을 읽고 말해줘서야 아버지의 사랑을 알았어요. 누가 인터뷰를 읽고 와서 말해준 거 듣고 알았어요. 아 정말 우리 아버지가 나를 이렇게 사랑하시는구나. 저도 마찬가지예요. 저도 제가 지금 하는 이야기들을 아버지에게 직접 하지 못했어요. 멋쩍어서 아버지 눈을 보고 말하지 못했어요. 사랑하는 사람들은 저를 배신하고 떠나가고 하나님이 저를 사랑하신다는 것은 믿지만 아들의 무덤에 갈 때마다 정말 저도 따라 죽을 생각밖에 없었을 때 저희 아버지 인터뷰 기사를 전해 듣고 그 사랑에 제가 감동했습니다. 아버지가 나를 이렇게 사랑하시는구나. 아버지를 위해서라도 내가 쓰러지면 안 된다. 내가 지금 여기서 하나님을 놓쳐버리면 약한 우리 아버지 심장이 어떻게 되겠나. 내가 일어나야지. 다시 일어나서 제 믿음을 다시 찾으려고 저도 몸부림쳤어요. 그렇게 신앙의 싸움을 하면서, 믿음의 싸움을 하면서, 갈등 안에서 어떤 때에는 위선자 같은 느낌도 들고, 어떤 때에는 제 안에 아무것도 없는 것 같은 탈진 속에서도 저도 여러 교회에 하나님이 보내셔서 가서 간증을 했습니다. 믿음조차도 없는 것 같을 때 그냥 그곳에 올라서서 간증을 하겠다고 하는 그것이 겨자씨만 한 믿음이라고 하나님이 보여주셨습니다. 정말 간증하고 싶지 않을 때 하나님이 하라고 하시니까 올라간 적이 한두 번이 아니에요. 나에게는 저 사람들에게 줄 것이 아무것도 없습니다. 하나님에게 드릴 것도 없습니다. 그런데 말씀에 의지해서 어린양의 보혈의 피와 나의 간증으로 우리가 이긴다고 하셨고 우리의 생명을 끝까지 사랑하지 않는 자들, 순교하는 자들, 그들이 악한 자들을 이긴다고 하셨으니까 저는 그냥 그 말씀에 순종해서 간증하겠습니다 하고 올라갈 때마다 그전에는 저에게 임한 적이 없는 강한 성령이 임하기 시작했어요. 우리 유진이 같은 아이, 젊은 아이들, 죽어가는 영혼들이 하나님의 말씀으로 살아나는 것을 보았습니다. 그리고 오늘 내가 당신의 간증을 듣고 하나님을 믿기로 했습니다 그런 신앙고백을 수백 수천 명에게 듣게 하셨습니다. 지난 3년 동안 가는 곳마다 주님께서 능력을 부어주셨습니다. 저는 그것이 부활의 능력이라 생각해요. 부활은 죽음에서 나옵니다. 내가 죽을 때, 내가 믿음이라고 생각했던 것까지 내가 믿을 수 있다고 했던 능력까지 다 없어질 때, 작은 순종, 하나님을 부인하지 않는 예배, 그것이 내가 드릴 수 있는, 하나님에게 드릴 수 있는 유일한 산제사인 것 같아요. 저는 그것이 순교라고 생각해요. 그만두지 않고 계속 사역하는 것. 그만두지 않고 간증하는 것. 그것 외에는 하나님에게 드릴 수 있는 것이 아무것도 없었어요. 하나님이 선하시다는 것을 믿겠다는 서약 말고는 아들을 살려주시지 않은 하나님에 대한 사랑을 혼자서는 할 수가 없었습니다. 그래서 저는 사역이라는 것은 하나님이 주신 것이라고 생각해요. 제가 완전히 죽어버렸을 때, 하나님의 사역이 시작되는 것 같아요. 저는 그래서 간증을 하러 갈 때마다 기도합니다. 하나님, 저는 저 사람들을 위해 줄 것이 아무것도 없습니다. 저 사람들이 말을 한마디도 듣지 않게 해주시옵소서. 내 말을 한마디도 하지 않게 해주시옵소서. 저는 벙어리 되게 하시고 내 안에 있는 예수님, 성령님, 당신이 하시옵소서. 저의 모든 것을 제가 성령님에게 맡깁니다. 성령님이 하시옵소서. 그리고 정말 어떤 때에는 올라가기 싫은데, 처절한 심정으로 올라갑니다. 강대상에 올라갈 때마다 아무 것도 할 말이 없었는데, 입을 벌리면 성령님께서 사랑하시는 하나님의 몸 된 교회에 주고 싶은 말씀들을 하십니다. 그러면서 저는 기적을 많이 보았고, 특히 구원의 기적을 많이 보았습니다. 하나님이 구원의 은사를 주셨던 것 같아요. 은사가 아니라 구원의 면류관을 주신 것 같습니다. 제가 밀알처럼 떨어져 땅에서 썩을 때 다른 사람들

땅 끝 의 아 이 들

이 치유와 구원을 받습니다. 완전히 망가지고 부서지고 패배한 지친 한 여인에게서 흘러나올 수 있는 것이, 그것이 복음이에요. 마르다와 마리아가 돌을 치웠습니다. 순종했어요. 마리아와 마르다는 그것 말고는 아무것도 할 수 없었습니다. 내 안에 있는 돌을 치우는 것. 그것밖에는 아무것도 할 수가 없었어요. 그것이 사역의 전부라고 생각해요. 그냥 내 안에 있는 나와 하나님의 기적을 막는 돌을 치우는 것. 그리고 하나님의 말씀에 순종하는 것. 그것이 저는 사역이라고 생각합니다.

내 마음에 있는 돌, 딱딱한 돌들을 치웠을 때, 제가 자폐를 앓는 둘째를 고치기 위해 하와이에 갈 때 하나님께서 주신 에스겔서 36장 26절 말씀, 내가 네 안에 있는 굳은 마음을 제하고 새 마음을 주겠다고 하신 말씀이 이루어졌어요. 네가 네 마음을 다해서 하나님을 사랑하고 네 이웃을 사랑하라 그렇게 말씀하셨어요. 그것이 저는 사역의 전부라고 생각해요. 사역자로서 사람이 할 수 있는 것은 그 불신의 돌을 치우고 하나님을 믿고 순종하는 것. 그러고 나면 예수님이 가장 불가능한 사역의 현장에 나타나십니다. 예수님이 안 나타나시면 돌을 치워도 아무 일도 안 일어나죠. 그런데 예수님은 오세요. 예수님이 오시면 그때는 기가 막힌 일이 일어나죠. 예수님이 나사로야 나오너라 한마디만 하시면 죽은 자가 걸어 나옵니다. 기적이 일어납니다. 모든 사람이 보았습니다. 조롱하던 자들, 슬퍼하던 자들, 모든 사람이 하나님의 영광을 보았습니다. 마르다와 마리아뿐만 아니라 그곳에 있는 모든 사람이 하나님의 영광을 보았습니다. 그것이 사도적 사역이라고 생각해요. 예수님이 오시기에 하는 사역. 예수님이 그들의 현장 안으로, 그들 안으로 들어오시게 하는 사역. 그것은 예배와 중보, 겨자씨만 한 믿음의 순종, 마르다와 마리아의 돌을 치우는 사역이라고 생각합니다. 저희 아버님이 당신 때문에 예수 믿는 사람이 있으면 아주 창피하다고 그러세요. 저는 그런 아버님이 자랑스럽습니다.

바울이 지혜와 부와 지성이 있었던 세상의 엘리트였어요. 그런 바울이 빌립보서 3장 8절에서 그가 이 세상에서 가졌던 이 모든 것을 배설물처럼 여겼다고 했습니다. 고린도후서 12장 9~10절에서 내가 자랑할 것은 나의 약함밖에 없다. 내가 약할 때 하나님의 능력이 나에게 와서 머무른다고 고백했습니다. 저희 아버님이 내가 믿음이 약하다, 믿음이 약하다, 고백할 때마다 저는 저희 아버님이 자랑스럽습니다. 왜냐면 믿음이 정말 약한 사람은 하나님과의 약속을 지키지 않거든요. 약속을 해도 도망가요. 그런데 자기가 가장 사랑하는 딸까지 바쳤던 입다처럼, 아버지는 약속을 끝까지 지키셨습니다. 주님의 은혜가 없이는 불가능한 것을 제가 압니다. 입다가 하고 싶어서 한 게 아니고 할 수 있어서 한 것도 아닙니다. 하나님과 약속을 했으니까, 할 수 없이 한 거예요. 그것이 저는 가장 큰 십자가, 영광의 십자가라고 생각합니다. 어린양을 가죽옷을 입히면서 내가 너를 덮어주겠다고 하신 그 약속을 하나님은 신실하게 지키셨습니다. 자기 독생자를 마지막 피 한 방울까지 다 흘려서 번제로 바치게 하셨습니다. 그 신실하신 하나님이 저희 아버님의 신실하심을 기뻐하시고 사랑하신다고 생각합니다. 너는 나의 사랑하는 아들이고 내가 너를 기뻐한다. 저는 하나님이 그렇게 말씀하신다고 믿습니다. 내가 약할 때 강함주시는 하나님, 그것이 복음의 비밀이고 복음의 가장 큰 능력인 것을 마르다와 마리아가 체험했습니다. 사람들이 와서 정말 자매님들의 믿음이 크더니 이런 일이 일어났군요, 하고 칭찬하면 마르다는 창피했을 거예요. 제가 그렇게 믿음이 큰 사람이 아닙니다. 아니 무슨 소리 하세요. 돌을 치우셨다면서요. 그렇게 큰 간증이 어디 있습니까. 결국 오빠를 살렸잖아요. 큰 믿음이십니다. 그럴 때 마르다는 쥐구멍이라도 들어가고 싶었을 것 같아요. 그런데 마르다의 약함 때문에 저 같은 사람이, 아버지 같은 사람이 수억의 사람이 저는 구원받았다고 생각합니다. 그래서 하나님이 마르다를 사랑하셨다고 하셨습니다.

성경에 보면 예수님이 마르다를 사랑하셔서 마르다의 집에 갔다고 하셨습니다. 예수님은 베드로도 사랑하셨습니다. 베드로는 완벽한 사람이 아니었어요. 마르다 같은 사람이었어요. 예수님은 베드로를 사랑하셨습니다. 저는 그래서 예수님이 저를 사랑하시고 제 아버지를 사랑하신다고 생각해요. 저희 아버님같이 신앙이 약해도 도망가지 않고 약속했기 때문에, 영접하겠다고 기도했기 때문에 자아와 지성과 고집들이 그대로 자신을 괴롭혀도 그 길을 탈선하지 않고 계속해서 예수님과 함께 걸어가는 모든 약한 신앙인을 저는 하나님이 가장 사랑한다고 생각합니다. 그들을 위해서 예수님이 오셨습니다. 나는 할 수 있어. 나는 예수님이 없어도 착하게 살 수 있어 하는 사람들보다 정말 오늘도 예수님이 붙잡아주시지 않으면 나는 아무것도 할 수 없습니다라고 고백하며, 부서진 심령으로 주님이 맡겨준 사역을 버리지 않고 끝까지 행하고 있는 주의 종들, 사역자들, 인간의 고뇌를 그대로 지고 그 많은 의문들을 그대로 가지고 매일매일 에고와 씨름하는 예배자들, 중보자들, 마르다와 마리아를 예수님이 사랑하십니다. 그들을 가르치시고 도와주시고 격려해주시고 그리고 그들의 문제의 현장에 들어오셔서 그들을 조롱하고 멸시하던 모든 사람 앞에서 부활의 기적을 행하시는 분이 우리의 주님이십니다.

제가 3년 동안, 우리 아버지와의 관계가 회복이 되면서 정말 아름다운 사랑이 저희 가족에 임하면서 더욱더 하나님의 사랑이 저에게 구체적으로 다가왔던 것 같아요. 그러면서 하나님이 저에게 가르쳐주기 시작한 것이 이웃을 내 몸처럼 사랑하라 하는 제2의 계명입니다. 네가 정말 나를 사랑한다면 내가 너에게 준 부모, 형제, 너의 남편, 아내, 자녀들을 사랑하라. 네 이웃을 사랑하라. 너를 필요로 하는 자들, 내가 너의 옆에 둔 자들을 사랑하라 명하셨지요. 주님이 저에게 가족 사랑, 이웃 사랑이 얼마나 큰 기적인지를 보여주시기 시작했습니다. 이웃 사랑 속에 진정한 하나님의 기적을 체험하게 되었지요. 심각한 문제가 있던 망막을 하나님께서 고쳐주셨기 때문에 제가 눈이 나아서 또 운전을 시작하고 하나님을 찬양하고 그랬었는데 저희 아버님과 똑같이 저에게도 그 기쁨 가운데서 시험이 왔습니다. 기쁨이 가시기도 전에 큰아이를 잃었거든요. 아이가 누워 있는 19일 동안 정말 미친 여자처럼 먹지도 않고 계속해서 기도를 했고 아이가 가고 난 뒤에 당뇨와 빈혈이 오고 많이 울고 제 몸을 소홀히 했어요. 정말 어떻게 할 수가 없었어요. 밖에 나가지를 않으니까 제가 눈이 그렇게 나빠진 것을 금방 깨닫지 못했어요. 그런데 운전이 안 되는 거예요. 표지판이 전혀 보이지 않는 거예요. 왜 눈이 갑자기 나빠졌지. 하나님이 기적적으로 고쳐주셨기에 다시 나빠질 수 없다고 생각하면서 병원에 갔는데 가는 곳마다 못 고친다는 거예요. 수술을 할 수 없는 눈이라고 그렇게 말하는 거예요. 미국에서는 조금만 위험하면 수술을 안 해주거든요. 고소를 당할까봐. 제가 눈이 점점 나빠지면서도 계속해서 일을 했는데, 어느 날은 무사히 끝났어요. 잘 끝났습니다 하는 소리를 검사에게 한 거예요. 제 의

뢰인인 줄 알고. 사람 얼굴을 구분하지 못할 정도로 눈이 안 보였어요. 나를 믿고 일을 맡기는 사람들에게 내가 이것은 크리스천으로서 할 일이 아니다 하는 생각이 들어서 제가 일을 안 받기 시작하면서 경제적으로 굉장히 힘든 상황이 되었습니다.

제가 아이들 셋 데리고 혼자 사는데 일을 못 하게 되고 큰아이를 잃은 슬픔도 겹쳐 굉장히 어려운 일들이 한꺼번에 몰려왔어요. 그런데 그때, 제가 눈을 고치려고 한국에도 두 번이나 와서 서울대학병원에 갔었는데, 수술을 할 수 있냐고 제 어머니가 의사에게 굉장히 안타깝게 물어보시니 의사 선생님이 하겠다는 대답을 안 하시는 거예요. 그때 저는 하나님이 기적적으로 고쳐주시려고 그러는데 내가 괜히 믿음이 약해져 병원에 가서 고치려고 했던 것이 잘못이었나보다 그렇게 생각하고 마음을 접었습니다. 근데 어머니와 아버지는 포기를 하시지 않은 거예요. 저는 포기를 했는데 어머니 아버지는 포기를 안 하시는 거예요. 엄마 아빠 안 된다잖아요. 왜 괴롭게 사람을 데리고 다녀요. 가서 안 된다는 말을 들으면 내가 얼마나 속상한데. 내 눈이 안 고쳐진다고 들을 때의 절망감이라는 것은 안 당해본 사람은 모릅니다. 병원에 가기 싫은 거예요. 한국에 올 때마다 자꾸 데리고 가니까 한국에 오는 것도 싫어지는 거예요. 어머니 아버지에게 화가 났어요. 왜 그렇게 안 된다는데 나를 병원에 끌고 다닐까.

땅 끝 의 아 이 들

그런데 하나님께서 저에게 이웃에 대한, 아버지 어머니에 대한 사랑이 없다는 충고를 해주셨어요. 지난 1년 동안 아버지가 저에 대한 사랑으로 하신 이야기를 전해 들으면서 정말 제 마음이 많이 녹고 회개도 많이 하고, 그래서 추수감사절 일주일 방학이 있을 때 셋째 아들만 데리고 어머니 아버지를 뵈러 왔어요. 어머니 아버지가 너무 보고 싶고 힘들고, 그래서 온 거였어요. 아니나 다를까 왔더니 이번에는 진짜 잘하는 의사를 만났다면서 또 병원에 가라고 하셨어요. 아니 아버지 진짜 잘하는 의사를 만나는 게 문제가 아니라 안 되는 것은 안 된다고 이 눈은 하나님이 고쳐주셔야 해요. 아버지 어머니에게 퉁명스럽게 대꾸하고 제가 언짢게 잠이 들었어요. 우리 어머니 아버지는 언제나 믿음이 생기시려나 그런 생각도 들고.

제가 그날 꿈을 꾸었는데, 꿈속에서 하나님이 저에게 정말 놀라운 말씀을 하시는 거예요. 너의 어머니 아버지는 너를 너무 사랑하기 때문에, 끝까지 나을 수 있다고 믿는 거다. 사랑하고 존중해라. 하나님께서 저에게 말씀하셨어요. 제가 어렸을 때부터 우리 아버지 좋은 아버지다 그 정도로는 존경을 했던 것 같아요. 그런데 제가 예수님을 믿고 나서 어머니, 아버지가 안 믿으시니까 너무 한심해 보이고 왜 저렇게 아무리 말해도 안 들으실까 약간 무시하는 생각이 든 것 같고요. 내가 좀 더 낫다는 생각도 들었던 것 같아요. 그런데 제가 알지 못

했던 것들을 하나님이 그날 밤에 많이 보여주셨어요. 갈라디아서 5장 6절 말씀, 믿음은 사랑을 통해서 역사한다는 것, 네가 아버지 어머니 사랑하는 마음보다 아버지 어머니가 너를 사랑하는 마음이 더 크니까 너의 아버지 어머니가 더 믿음이 클 수 있다는 것을 그렇게 보여주셨어요. 그리고 소망과 믿음과 사랑이 영원한데 그중에서 가장 큰 것은 사랑이니 네가 아무리 믿음이 커서 산을 옮길 믿음이 있고, 천사의 방언을 하고 예언을 한다고 해도 네가 사랑이 없으면 너는 아무것도 아니다. 네게 유익한 것이 없다. 네 아버지와 어머니에게는 사랑이 있다. 존경해라. 그분들의 사랑을 감사하라고 말씀해주셨어요. 제가 정말 하나님 말씀을 들으면서 많이 깨닫고 많이 울고 회개를 했습니다. 그날 아침에. 그래서 아버지에게 제가 그런 말을 다 했으면 아버지가 감동을 했었을 텐데 다 못하고 그냥 아버지에게 고마워요 병원에 갈게요 했는데 주님께서 굉장히 기뻐하셨다는 느낌을 제가 받았어요. 눈이 다시 나빠지고 난 뒤에, 이 눈이 다시 좋아질 것이라는 믿음이 없어졌던 것 같아요. 너무 힘들어서요. 지쳐버려서 별로 기도도 안 하구요. 제 친구가 넌 낫고 싶어 하지 않는 것 같다면서 야단을 치는데, 아니라고 우겼지만 그 말이 맞는 것 같아요. 제가 누가 눈이 낫는다는 그런 말이 나와도 처음처럼 뛰어나가지를 않았어요. 처음에는 어린아이 같은 믿음으로 뛰어나갔기 때문에 나은 것 같아요. 그런데 눈이 또 나빠지니까 두 번째는 창피하기도 하고 실망도 되고 여러 가지가 섞여서 힘이 들었던 것 같아요. 그래서 그냥 안 보이는 채로 운전 못 하는 채로 살아버리는 게 습관처럼 돼버린 것 같아요. 도와주는 사람들이 옆에 있고 그러니 또 견딜 만하더라구요. 처음에는 눈이 안 보여서 미칠 것 같았는데, 5년 동안 7개월 잠깐 보였던 것 말고는 계속 눈이 나빴었거든요. 2006년부터는 거의 눈이 안 보였다시피 했기 때문에 이력이 붙더라구요. 견딜 만하니까 물고 늘어지는 기도가 안 나오더라구요. 저희 어머니 아버지는 그게 저보다 더 안타까웠던 거예요. 제가 제 자신을 사랑하는 것보다 어머니 아버지가 저를 더 사랑하시는 것 같아요. 그래서 계속 의사 찾아다니시고. 그게 우리 어머니 아버지의 겨자씨만 한 믿음이었던 것 같아요. 하나님이 받으셨다고 생각해요. 저는 기도를 안 하니까 하나님이 믿음이 있는 곳에 와서 만나주시는 것 같아요. 제가 아버지하고 그렇게 풀고 병원으로 향하는데 제 마음에 처음으로 눈이 이제 보일 것이라는 믿음이 생기더라구요. 추수감사절 때, 그렇게 해서 병원 가기 싫은데도 투덜거리지 않고 그냥 아버지 기쁘게 해드려야지 그냥 가자 그러고는 병원에 갔어요. 믿음대로 될지어라 한 것처럼. 암 수술을 하고 깨어날 때, 숨이 안 쉬어져서 완전히 죽을 뻔한 그때 의사하고 간호사들이 저에게 불친절하게 해서, 여기서 나가지 않으면 죽을 것 같다는 위기의식을 가진 적이 있고, 아들이 병원에서 19일 있다 죽고 나니까 병원이 더더욱 싫은 거예요. 유진이 죽고는 제가 아파도 병원에 안 갔어요.

병원에 어머니랑 같이 갔는데 선생님께서 검사를 다 하고 오시더니 백내장이 굉장히 심합니다 그러는데, 저는 백내장이 큰 문제라는 소리는 들은 적이 없어요. 백내장이 조금 있기는 하지만. 백내장이 문제가 아니라 항상 망막이 문제라고 들었거든요. 백내장 수술을 할 수 있을까요 그랬더니 해보죠 이렇게 말씀을 하시는데, 그게 처음 들은 거예요. 다시 눈이 나빠진 후에 의사 선생님이 수술을 하겠다고 하는 말씀을 들은 것이 처음이라 무엇인가 변화가 일어나고 있다는 것을 느꼈어요.

그렇지만 눈이 잘 보일 것이라고는 생각지 않았어요. 조금 나아지겠지만. 수술을 한다고 하니 어머니가 굉장히 좋아하셨어요. 너무 위험하다는 말을 어머니도 많이 들으셨기 때문에 제게 한쪽 눈만 하고 멀면 하지 말자 그렇게까지 말씀하셨어요. 그랬는데, 제가 집에 돌아갔을 때 이제는 내가 완전히 볼 수 있을 것이라는 믿음이 생기는 거예요. 하나님이 저의 마음에 그런 믿음을 주셨어요. 미국에서는 수술을 해주겠다는 의사가 없으니까 이번에 아버지 기도를 하나님이 꼭 들어주시는 거다, 이번에는 수술을 하면 아주 잘 보일 것 같다는 믿음이 생기는 거예요. 처음에는 주위에 있는 친구들이 다 치유 사역하고 성령에 민감한 사람들이기에 하나님이 고쳐주실 것을 기다려보는 것이 어떻겠느냐, 다 그렇게 말을 하는 거예요. 내가 이번에 확실하게 한국에 가면 이걸 통해서 낫는다는 확신을 주셨다 하니까 저를 믿는 친구들이 전부 저보고 같이 기도해줄 테니까 가라고, 아이들을 봐주겠다고 해서 제가 큰마음을 먹고 수술을 하러 왔던 것이었어요.

그런데 기적이 일어났어요. 하나님께서 사람의 손을 통해서 역사하시는 것을 여러 가지로 보게 하셨는데 그게 저한테 일어난 것이었죠. 양쪽 눈 모두 너무 환하게 보이는 것 아니겠어요. 그렇게 밝고 정확하게 세상이 보인 적이 제 기억에는 한 번도 없어요. 저는 초등학교 2학년 때 벌써 고도근시가 되어서 그 이전은 생각이 안 나고요. 난시와 근시가 너무 심해서 항상 모든 것이 흐릿하고 여러 가지로 초점이 안 맞는 혼미한 상태에서 살았기 때문에 아무것도 끼지 않은 맨눈으로 이 세상이 이렇게 밝게 보이고 초점이 정확하게 맞게 보인 적이 없거든요. 백내장 수술하고 나서는 절대로 울면 안 된다 해서 초인적인 의지력으로 참는데도 눈물이 나는 거예요. 어떻게 설명할 수가 없어요. 안 울려고 노력을 해도 눈물이 나는 거예요. 저에게 빛이 회복되는 광복절이었습니다. 그것이 2011년 3월 17일이었지요. 제가 겁이 많거든요. 전신마취를 하는 줄 알고 자신 있게 들어갔다가 국부마취만 한다 그래서 깜짝 놀랐습니다. 제가 좋아하는 워십뮤직을 틀어달라고 했는데 틀어주시더라구요. '내가 불 사이를 너와 함께 지나간다' 하는 노래가 나왔어요. 그 노래를 들으면서 내 손을 잡고 불 사이를 같이 걸어가시는 예수님, 지금 내 눈을 수술하는 게 아픈데, 그러면 예수님 눈도 아프구나. 나는 혼자 있는 것이 아니라 예수님과 함께 수술을 받는다는 그것이 실제로 느껴졌어요. 집도하시는 선생님이 침착하시고 수술을 잘하시더라구요. 사랑이 저에게 느껴졌어요. 그래서 간호원에게 혹시 이분이 크리스천이십니까? 물어봤더니, 네 교회 열심히 다니는 분이세요. 그래서 너무 감사하고 기뻤는데요. 나중에 그분이 온누리교회에 교인이라는 것을 알게 되고 정말 놀랐습니다. 제가 힘들 때마다 저를 하나님의 사랑으로 격려해주신 하용조 목사님의 교회 교인의 손을 빌려서 주님이 저를 치유해주신 것이지요.

1996년 암이 재발되었을 때 하 목사님이 저희 교회에 오셔서 하나님의 말씀으로 저를 치유해주셨습니다. 딸아, 네 병은 걱정할 병이 아니다. 그 말씀 하나가 저를 변하게 한 거죠. 그때 그분은 자기 병을 고치실 수가 없었어요. 그런데 하나님에게 순종했어요. 그분이 해주신 말씀 한 마디로 심한 우울증에 빠질 뻔 했었던 제가, 사나흘을 침대에서 일어나지 못하고 밥도 안 먹고 우울증에 있던 제가 일어나게 된 것이지요. 그분에게서 나오는 말씀이 저에게는 생명이 되었습니다. 걱정하지 마라 하는 말이 마치 하나님 아버지가 너 걱정하지 말아라 하는 것으로 들리면서 모든 걱정이 없어졌어요. 저희 남편이 알아볼 정도로 제 얼굴색이 바뀌었던 거예요. 다 죽어가는 상태로 갔는데 어떻게 얼굴이 밝아졌냐? 한국에서 이런 목사님이 오셨는데 내가 이분 간증을 들으면서 이렇게 회복이 되었다고 말했더니, 나중에 저희 남편이 말하길 저의 얼굴이 완전히 사랑에 빠진 얼굴이었다고 해요. 그다음 날, 새벽기도를 가는데 내가 데려다줄게 하며 따라오더라구요. 혹시 젊고 멋있는 목사님에게 네가 반해서 사랑에 빠져서 갑자기 좋아졌냐라는 농담을 할 정도로 제가 그렇게 그 자리에서 바뀌는 정말 은혜의 나눔을 체험했습니다.

그 이후로 저는 온누리교회와 하 목사님을 주님이 주신 가족이라 믿고 사랑해왔습니다. 온누리교회에서 사역하면 남다른 사랑으로 그 교인들 한 사람 한 사람이 가까이 느껴졌습니다. 온누리 가족에도 속할 수 있고 하와이에 가면 부활생명교회 랜디 목사님 교회가 있고요. 애리조나에 있는 피트 목사님의 교회를 제가 처음 방문한 날, 너는 우리 가족이다, 우리 교회의 가족이다 말씀해주셔서 그곳에도 아버지 같은 그런 분이 계시고, 또 케냐에 가면 케냐의 가족이 있고요. 오스트레일리아에 가면 우리 새순교회의 가족이 있고요. 캘리포니아에 가면 저희 교회 가족이 있지요. 그렇게 여러 가족을 저희들에게 주시는 것이 하나님이 우리에게 이 땅에서 천국을 누릴 수 있게 하시는 은혜라고 저는 생각해요. 저는 그분들을 정말 사랑합니다. 제가 사랑하는 온누리 가족 중에 하나인 제 형제님이신 의사 선생님이 저의 눈을 고치게 되는 하나님의 손으로 쓰였다는 것을 알았을 때, 하나님이 저희에게 계속 이야기하시는 네 이웃을 네 몸처럼 사랑하라 그것을 통해서 믿음도, 사랑도, 성숙하게 완전히 온전한 것이 이루어진다는 것을 다시 한번 확인시켜주셨지요. 하나님은 눈을 치유하신 것뿐만 아니라 여러 가지로 너무나 많은 것을 볼 수 있도록 눈을 뜨게 하셨습니다. 수술하러 오기 전에 하나님이 확신을 주셨지만 다시 한번 말씀으로 보여주십시오 하고 기도하니 하나님께서 베드로후서 1장 5~9절 말씀을 주셨어요. 너희가 믿음에 덕을, 덕에 지식을, 지식에 절제를, 절제에 인내를, 인내에 경건을, 경건에 형제 우애를, 형제 우애에 사랑을 더하라. 이런 것이 없는 자는 근시가 심하여 눈먼 자처럼 되고 그의 옛 죄를 깨끗케 하심을 잊었느니라. 주님께서 모든 것의 마지막이 사랑에 있다는 것을 다시 한번 확인시켜주셨던 것이지요. 그리고 예언이나 믿음보다 더 중요한 것이 사랑이라고 말씀해주셨습니다. 모든 능력은 사랑에서 나온다고 말씀해주셨어요. 제가 어두침침했던 세상에서 빛, 광명을 찾았잖아요. 초점이 안 맞아서 안 보이던 것이 보이게 되었는데 하나님이 저에게 직접 주셨으면 제가 하나님에게 기도하고, 하나님에게 이렇게 구했더니 하나님이 주셨다고 저의 간증이 되었을 텐데 하나님께서 하나님의 가족 또 저희 친가족의 사랑을 통해서 보이지 않던 저의 눈을 볼 수 있게 해주셨어요. 사도행전에, 사랑의 공동체에는 부족함이 없다고 했어요. 하나님은 겸손하시고 온유하신 분이기 때문에 우리들을 통해서 일하고 싶어 하세요. 하나님께서 다른 방법으로 하실 수 있는데 교회를 통해서 지상의 천국, 하늘나라가 이 땅에 임하게 하시는 것이 하나님이 원하시는 것이라는 것을 이번에 다시 가르쳐주셨어요. 저의 치유는 그래서 저의 간증이 아니라 공동체 간증이 되었어요. 저를 위해서 기도해주고 아이를 봐주고 계속 격려해주었던 그런 믿음의 가족, 병원을 찾고 끝까지 포기하지 않는 어머니 아버지의 사랑, 믿음, 그리고 미국 의사도 겁나서 못한다고 하는 그 수술을 자신 있게 하신 의사 선생님의 믿음과 실력과 사랑, 이런 것들이 다 하나가 되어서 믿음의 심포니, 그 사랑의 심포니를 하나님이 듣고 저의 약함을 고쳐주시고 어두움에서 빛을 보게 하신 거예요. 예수님은 힘들어하는 마리아와 마르다를 동참시키서서 함께 부활의 사역을 하신 분이잖아요. 하나님이 나와 함께 사역을 하자고 불러주시는 것이, 하나님의 가족에 속한다는 것이 이 세상에서 누릴 수 있는 가장 큰 축복이라고 생각합니다.

8

땅끝에서 만난 하나님의 아이들

　너는 땅끝까지 가서 복음을 전하라 예수님께서 말씀하셨죠. 저는 땅끝이 가장 먼 아프리카나 파푸아뉴기니 같은 곳인 줄 알았어요. 말이 통하지 않고 문화도 다르고 풍습도 다른 곳이 땅끝이라고 생각했습니다. 하나님께서 저를 보낸 땅끝은 그런 곳이 아니었어요. 아무도 다다를 수 없는 그곳에 있는 사람들. 그 사람들이 있는 곳이 땅끝이라고 생각합니다. 제가 그 땅끝에 있었던 사람이었다는 것을 하나님께서 보여주셨어요. 태어났을 때부터 저는 이 세상에서 안식처를 찾을 수가 없었어요. 제 그대로의 모습이 너무나 세상에서 원하는 기대치와 달랐기 때문에 제가 다른 사람처럼 되려고 노력하는 동안에 저를 잃어버렸어요. 내가 누구인지 모르고 나 자신이 싫고, 그래서 사랑을 받을 수도 사랑을 할 수도 없는 완전히 자기만의 방 안으로 들어가서 갇혀버린 사람들. 저는 그 사람들이 땅끝에 있는 사람들이라고 생각합니다. 제가 그 땅끝에 있는 아이였던 것 같아요. 그곳에는 소망이 없습니다. 소망이 없으면 사람이 살고 싶지가 않아요. 그래서 많은 청소년들이 자살을 할 때 사람들이 깜짝 놀랍니다. 쟤가 행복한 줄 알았는데, 아무 문제가 없는 줄 알았는데, 그런 아이들이 너무 많아요. 지금 이 세상에서 소외되어 자신만의 동굴 안에 혼자 숨어 있는 그런 사춘기를 보내는 아이들이 너무 많아요. 사랑해주는 사람이 한 명만 있으면 이 아이들이 그 동굴에서 나올 수 있습니다. 그런데 그러지 못하면 그 아이를 묻어두고 어른이 되죠. 어른이 되는데, 진정한 사랑이라든지 어떤 창조력이라든지 이런 것을 거기다 같이 묻습니다. 그런 경험을 해본 사람은 지옥이라는 곳이 모든 사람으로부터 단절되다가 나중에는 자기 자신으로부터 단절되는 장소라는 것을 압니다. 하나님도 나도 이웃도 아무도 사랑할 수 없는 그곳이 바로 지옥이고 땅끝입니다.

외로움과 회의와 모든 소망이 끊긴 절망. 저는 그런 사춘기를 보냈어요. 왜 그랬냐고 물어보면 제게는 대답이 없습니다. 사는 게 너무너무 힘들었어요. 매일 가기 싫은 학교에 가서 내가 아닌 사람인 척해야 하는 게 그렇게 힘들었어요. 그래서

땅 끝 의 아 이 들

저는 공상을 많이 하고 꿈을 꾸면 총천연색으로 꿈을 꾸는
데…… 꿈을 꾸지 않기로 작정을 했어요. 공상을 하지 않기로
작정을 했어요. 그런 것들이 너무 방해가 되는 거예요. 그리
고 사람들을 사랑하지 않기로 작정을 했어요. 사람들을 사랑
하면 제가 너무 상처를 많이 받는 거예요. 그래서 엄마, 아빠,
우리, 동생, 친구 이런 모든 사람에게 너무 집착하지 말아야
되겠다. 내가 누군가를 좋아하면 너무 외골수더라, 그러니까
나 같은 사람은 모든 성격을 완전히 바꿔야겠다.

그런데 저희 어머니 아버지가 저를 너무나도 사랑해주셨기
때문에 저는 살아야 했어요. 그분들이 원하시는 그런 딸이 되
고 싶었어요. 그래서 사춘기를 보내면서 너희들은 담벼락 속
의 하나의 돌에 불과하다는 핑크 플로이드의 노래라든지 허무
주의적인 노래들을 들으면서 네가 그렇게 대단한 사람이 아니
야. 네가 그렇게 존귀한 존재가 아니야. 너는 뭐가 그렇게 잘
났니 그냥 다른 사람처럼 되면 되지, 하면서 제가 저 자신을
꽁꽁 묶어가지고 사람들의 기대와 나 자신의 기대, 그리고 안
전함, 두려움 이런 감옥 속에 가둬놓고 문을 잠그고 아무렇지
도 않은 것처럼 나와서 이 세상이 원하는 사람으로 살기 시작
했어요. 대학교 들어가면서 그게 되더라고요. 그게 된다는 것
은 어떻게 생각하면 나 자신이 되려고 발버둥치는 투쟁이 끝
났다는 소리죠. 그냥 사회에서 원하는 사람으로 내가 나 자신

을 만들어가면서 저에게는 진정한 즐거움이라든지 기쁨이라든지 흥분이라든지 이런 것들이 조금씩 사라지기 시작했어요.

문학을 하면서 적성에 안 맞더라고요. 나 자신이 어떤 사람인지를 생각하고 고른 적성이 아니고, 너는 글을 잘 쓰니까, 아버지 딸이니까 문학을 해라 하는데, 그냥 별로 하고 싶은 게 없었기 때문에 골랐던 것 같아요. 학교에 대한 열정이라든지 장래에 대한 미래에 대한 열정이 없어지면서 죽음과 같은 권태와 지루함에서 벗어나려고 사랑을 했습니다. 사랑하는 사람과 있을 때, 그 사람과 함께 있을 때 느끼는 느낌, 그게 마치 저에게는 마약과도 같은 것이었어요. 그래서 저는 아이들이 마약을 한다고 생각해요.

제가 청소년 변호사를 할 때 메스암페타민이라는 약에 관련된 사건이 많았어요. 코카인하고 비슷한 거죠. 그런데 코카인은 너무 비싸기 때문에 아이들이 살 수가 없고 오히려 중독성이 약합니다. 이 약은 값이 싸요. 자연에서 추출하는 것이 아니고 화학적으로 만드는 거예요. 그런데 이 약을 아이들이 하기 시작하면 중독이 됩니다. 의사들은 이것을 화학적인 중독이라고 해요. 화학적인 중독이라 하더라도 그 뿌리는 감정에 있다고 저는 생각해요. 이 약을 하면 갑자기 모든 것이 활성화되면서 막 흥분이 되거든요. 그러면서 자기가 힘 있는 것처럼 느껴지고 흥분이 됩니다. 모든 것이 막 살아나는 거죠.

저는 이것이 제가 사랑했을 때 느꼈던 그것과 별로 다를 게 없다고 생각해요. 아이들이 마약을 하는 또 한 가지 이유는 이 것이 신진대사를 촉진시키고 밥맛이 없어지고 잠이 잘 오지 않고 흥분 상태가 계속되면서 살이 빠지기 때문이기도 합니다. 미국 최고의 명문, 공부 잘하는 모범생만 다니는 학교 아이들도 엄마 아빠 모르게 이걸 하는 거예요. 날씬해지려고. 아이들이 그렇게까지 하는 이유는 의사들이 말하는 화학적인 중독보다는 더 큰 공허함, 내가 누구인지 모르는 껍질만 남은 것 같은 공허에 그 원인이 있다고 생각해요. 누구든지 하나님의 생명 안에서 나만의 삶을 살고 싶은 소망이 있습니다. 그런데 그것을 허락하지 않는 그러한 사회가 되어버린 것 같아요. 한국 사회도 그렇고 미국 사회도 그렇고.

이런 아이들이 안타까웠지만 검사 생활을 하는 동안은 개인적으로 그 아이들을 도울 수가 없었습니다. 직장에 가면 즐겁고, 그러니까 승진도 하고 이러면서 많은 재판을 할 때 거의 지지 않는 그런 검사로도 알려지게 되었어요. 그런데 10년이 되어 안정이 되어갈 때 저의 진로를 바꾸는 사건이 생겼습니다.

그때, 친구의 아들이 갱단에 연루되어서 위험한 곳에 갔다가 다른 애들끼리 총싸움이 났는데 그 총알을 맞고 죽었어요. 고등학교 졸업반이었던 아이가. 그래서 제가 잠시 장례식에 갔다가 젊음의집 김기웅 목사님을 만나게 되었습니다. 그분을 보면서 정말 훌륭한 분이다, 하고 느꼈습니다. 어쩌면 저렇게 진짜 자기 인생을 바쳐서 실제적으로 도울 수 있을까 참 신선하게 보였고 좋아보였습니다. 크리스천으로서 저는 당시에 별로 하는 일이 없었기 때문에 제 도움이 필요하시면 저도 여기 와서 아이들에게 QT를 가르치면 좋겠습니다, 하고 연락처를 드렸습니다. 저는 그냥 가끔씩 성경 공부 같은 것 조금씩 시켜주고 나도 커뮤니티 차원에서 뭔가 해야 할 것 같다는 가벼운 마음으로 한 건데요. 김기웅 목사님은 장례식장에서 아이의 부모보다도 더 울고 부모보다 이 아이를 더 잘 알고 있는 거예요.

애가 정말 천국을 갔을까요? 그 아이가 죽었을 때, 엄마의 첫 번째 관심사는 그거죠. 엄마가 애가 교회를 잘 안다녔는데…… 하니 목사님이 아닙니다, 죽기 3, 4개월 전에 저에게 와서 신앙고백을 했고, 많은 것을 물어보고 저와 여러 가지 대화를 나누면서 예수님을 깊이 영접하고 인생을 바꾸고 갱 아이들과도 헤어지고 군대에 가겠다고 했습니다. 엄마가 전혀 모르고 있는 거예요. 혈연도 없는데 정말 저 사람이 저 아이의 아버지가 되어주었구나. 그것을 보면서 그런 사역을 하고 싶다는 열망이 강하게 일어났는데, 나중에 보니 하나님이 저에게 주신 소명이었기 때문에 그랬던 것 같아요. 제가 검사인데,

나도 저걸 하고 싶다는 생각이 왜 들었겠어요. 보통 세상적으로 생각하면. 그런데 내가 살아 있는 이유를 발견할 것 같다는 의지와 상관이 없는 열망이 저에게 솟았기 때문에 저의 연락처를 목사님께 드렸던 것 같아요.

목사님에게서 전화가 왔는데, 제가 괜히 드렸다고 후회를 할 일이 생겼습니다. 이분께서 내가 너무 지금 법적인 도움이 필요한데, 크리스천 변호사가 필요합니다. 좀 도와줄 수 있겠습니까? 하세요. 제가 건강 상태로 휴직을 하고 있었지만 암이 나아 복직하려고 준비하고 있었어요. 이미 절차도 끝났고 다시 돌아가려고 하는 상태였기 때문에, 제가 검찰청에 몸을 담고 있는 동안에는 변호사를 할 수 없거든요. 저는 검사이기 때문에 못 합니다. 다른 변호사를 찾아보십시오 할 때, 이분께서 정말 하나님을 사랑하는 변호사가 필요합니다. 이 아이가 굉장히 급합니다. 그때 저를 좌석처럼 끌어당기는 강렬한 힘이 있었던 것 같아요. 저를 부르시는 하나님의 첫 번째 음성이었죠.

제가 동부에 계신 김원기 목사님이 사랑의교회에 오셔서 하셨던 집회에서 굉장한 도전을 받았던 것이 바로 하나님의 부르심에 대한 메시지였어요. 너는 나를 사랑하느냐? 하는 예수님의 음성을 설교 도중에 들었습니다. 목사님이 그랬습니다. 나름대로 하나님을 사랑하십니까? 여러분은 예수님을 정말 사랑하십니까?

제가 그때 하나님에 대해서 사랑이 생기기 시작했을 때였기 때문에 그래요. 예수님 제가요, 예수님을 사랑합니다, 하는 고백이 제 안에서 터져 나왔습니다. 그때, 내 양을 먹이라는 주님의 음성을 목사님을 통해서 들었던 것 같아요. 나도 주님에게 쓰임받고 싶다는 소망이 생기기 시작했습니다. 그런데 그것이 구체화되기 시작되었던 것 같아요. 내 양을 먹이라 하는 그 말씀이 갑자기 생각이 나는 거예요. 저는 그런데 못 합니다. 죄송해요, 하고 이 두 마음이 나뉘어서 싸우기 시작할 때, 목사님이 이렇게 말씀하셨습니다.

이 아이가 지금 너무 급합니다. 열여섯 살짜리 아이인데, 지금 가 있는 보딩스쿨에서 도망쳤는데 지금 못 찾고 있다고 합니다. 애가 죽을 수도 있습니다, 하는데 갑자기 저에게 내가 만일 정말 예수를 믿어서 한 생명, 열여섯 살짜리 젊은 아이의 인생이 바뀔 수만 있다면 천국에 가서 예수님을 만났을 때, 너는 뭐하다 왔냐? 그러면 한 명의 영혼을, 예수님이 잃어버린 양 한 마리를 찾아왔습니다, 라고 말하고 싶다. 제 안에 있는 강렬한 소명, 하나님이 저 안에 심어놓은 소망이 그때 움직였던 것 같아요. 제 머리로는 안 돼 안 돼 하는데요. 한번 부모님을 만나보겠다고 대답을 하고 말았어요.

그런데 상담을 하려고 해도 사직을 먼저 해야 되거든요. 제

가 10년을 일했기 때문에 거의 걱정할 필요가 없이 2년 안에
는 그분들이 복직이 된다고 말하면서 쉽게 사임 의사를 받아
주었습니다. 그리고 이 사건을 하나만 하고 다시 와서 복직을
하자 했는데 그것이 제 운명을 완전히 바꾸어놓았던 것 같아
요. 저는 몰랐지만 그때 제가 김원기 목사님이 오셨을 때, 주
님 저도 주님의 일을 하고 싶어요. 주님의 양을 먹이는 일을
시켜주세요, 했던 그 기도를 하나님이 들어주시기 시작했던
것 같아요.

제가 인디애나에 가서 그 애를 만나고 나니 이 아이와 제 인
생이 완전히 바뀌어버렸습니다. 저는 하나님의 가족 안에서만
일어날 수 있는, 내 이름으로 두세 사람이 모이면 예수님이 내
가 거기에 있다고 하신 그분의 기적의 현장으로 옮겨지게 된
다는 신앙의 비밀을 그때 처음 깨닫게 되었어요. 그때까지는
제가 기적을 하나도 못 봤거든요. 그런데 제가 처음으로 체험
한 기적은 치유가 아니라 하나의 영혼이 살아나는 구원의 기
적, 그리고 구원으로 인해서 이루어지는 관계 회복의 기적이
었습니다.

예수님의 생명이 들어갔을 때 얼마나 원자폭탄 같은 폭발적
인 사건이 일어나기 시작하는지, 그분의 나라가 이 땅에 임하
는 것을 처음 체험했습니다. 저의 육신과 세상적인 것을 가지
고 거기에 들어갈 수 없기 때문에, 낙타가 바늘구멍으로 들어

가는 과정이 시작되기 때문에 훈련이 시작되었어요. 소명이 저를 좌석처럼 끌어당겼기 때문에 안정이 보장되는 연금, 또 제가 즐기던 검사 생활을, 그리고 익숙한 일상을 떠나게 되었어요. 변호사라는 것은 완전히 새로운 세계인데, 사람들은 자기가 사는 곳에 머물고 싶어 하는 본능이 있잖아요. 그 본능을 제가 주님께 드린 것이고요. 알지 못하는 새 세상으로 발을 딛는다는 두려움을 제가 극복할 수 있었던 것은 본 적도 없는 그 사춘기 남자아이에 대한 끌림이었어요.

그때 우리 아들이 힘든 사춘기를 막 끝내고 하나님이 많은 기도 응답을 해주셔서 감사할 때였어요. 그 아이가 스무 살이 되면서 열여섯, 열일곱 살 때까지 힘들었던 것이 다 극복이 되면서 좋은 학교도 가게 되고 제가 굉장히 감사할 때였기 때문에 우리 아들을 사랑하는 마음이 조금 확장되었던 것 같아요. 그 아이가 정말 우리 아들 같은 느낌, 열여섯 살 때 힘들어했던 우리 아들을 보는 것 같아서. 이 아이를 정말 사랑하고 싶다는 문이 열렸을 때 주님께서 로마서 5장 5절 말씀대로 저에게 성령으로 하나님의 사랑을 부어주시기 시작했습니다.

사람을 나의 사랑으로 사랑할 때, 그 사랑을 통해서 하나님의 사랑이 부어지는 통로가 된다고 생각합니다. 제가 제 아들을 사랑하지 않고, 그 사랑하는 아들이 열여섯, 열일곱 살 때 제 마음이 부서지지 않았으면 하나님의 사랑을 부어주실 틈이 없었을 것 같아요. 내 아들 같은 K를 처음 봤을 때, 이기심으로 돌처럼 꽁꽁 굳어 있었던 제 마음속의 조금 열려 있는 사랑의 통로를 통해서 하나님이 자기의 사랑을 부어주셨습니다. 이 아이를 제가 정말 사랑했어요. 제 아들을 사랑하던 사랑으로 이 아이를 사랑하게 해달라고 했을 때, 주님이 주님의 사랑을 부어주셨습니다. 저의 첫 번째 사역이 시작되었어요.

하나님의 사랑이 부어지는 통로가 되는 것, 저는 그것이 사역이라고 생각해요. 그래서 자기가 부서진 곳, 상처받았던 곳, 그것을 하나님이 치유해주신 곳, 내가 하나님의 사랑을 체험한 곳, 그곳이 하나님의 사역 현장이 된다고 생각합니다. 내가 그 부모님을 봤을 때 그분들이 굉장히 착하고 좋은 분들인데 아들 걱정에 온통 사로잡혀 있는 것을 보면서 제 부모님과 제 자신의 모습을 보는 것 같아서 힘들었어요. 새벽이고 밤이고 교회를 찾아가던 저의 자식 사랑, 그것을 통해서 그들의 고통이 또 전해졌습니다. 아이들과 부모님들을 치유하고 위로하고 하나님의 그들을 향한 사랑을 전해주는 우편배달부가 되는 사역이 그때 처음으로 시작되었어요.

이 아이가 인디애나에서 캘리포니아로 오게 되고 1년 집행유예 그 아슬아슬했던 기간 동안 이 아이를 깊이 사랑하게 되었습니다. 남들은 이 아이의 나쁜 점, 적응 못 하는 점 이런 것들만 보는데 하나님이 저에게 이 아들이 내 아들이다 내가 사랑하는 아들이다 하나님의 사랑으로 이 아이를 보게 해주셨어요. 그랬더니 아이가 정말 창의력이 있고 의리도 있고 그 마음이 황금처럼 깨끗하고 순결하고 정말 사랑이 많은 아이인 거예요.

그런데 이 아이가 자기밖에 생각하지 않는 돌같이 굳은 에스겔서 36장 26절에 나오는 사람들에게 치여서 너무나 상처를 많이 받은 거예요. 하나님이 이 아이의 그런 모습을 저에게 보게 하시면서 제가 이 아이를 이해하고 사랑하게 도와주셨어요. 제가 그 아이에게 그랬어요. 하나님이 너는 정말 사랑이 많은 아이라고 내게 보여주신다. 다른 애들은 다 도망가는데, 너는 다친 친구를 끝까지 도우려고 붙잡고 있다가 이 문제가 생긴 것이 아니냐. 에스겔서 36장 26절에서 말씀하시는 내가 너에게 나의 영을 주고 내가 네게 새로운 마음을 주겠다고 하신 하나님의 약속대로, 너의 부모님이 하나님을 믿었기 때문에 너는 하나님의 아들로 태어난 것 같아. 그래서 사람들의 아들 틈에서 사는 게 힘들었던 것 같아. 그런 걸 나누게 되었어요.

이 아이의 눈이 갑자기 살아나기 시작하는 거예요. 이 아이의 마음, 너무나 부서진 마음, 하나님이 그것을 보여주셨어요. 그러면서 너는 갈렙처럼 여호수아처럼 하나님의 나라에서 만들어진 애인가봐. 그래서 너는 남을 배반하는 게 안 되지. 너는 남을 사랑하지 말아야지, 바보 같은 짓이지, 하면서 사람을 또 믿지. 그 사람을 사랑하지. 그게 하나님의 마음이야. 하나님은 우리가 아무리 상처를 줘도 우리를 또 믿어주시고 또 사랑해주시고, 하나님의 가슴은 하루 종일 부서지시는 가슴이야. 그런데 하나님은 금방 다시 치유가 되시기 때문에 또 그렇게 남을 사랑하실 수 있어. 네가 변하는 것이 아니라 네가 예수님의 능력으로 너의 가슴이 하나님의 가슴으로 바뀌는 거야. 호숫가에 가서 점심을 사주면서 그날 그런 것을 나누었어요.

내 가슴도 그랬어. 내 가슴도 매일 상처를 받았었는데, 그래서 나는 다른 사람처럼 되고 싶었는데, 어느 날 예수님이 내 마음에 들어오시면서 아니야, 내가 내 마음을 너에게 주겠다, 내 마음과 네가 합해지면 된다, 그러면 내가 너의 마음을 보호해줄 수 있다 그러셨어. 예수님께서 내 가슴에 들어오시고 나에게는 구원이었고 내게 새 마음을 주셨어, 그래서 그분의 가슴으로 이제 내가 너를 사랑하잖아. 그분이 너를 사랑하신 것이지. 나는 내 마음으로 너를 사랑할 수가 없어. 그분이 주신 새 마음이야. 내가 나의 사랑을 그 아이에게 고백했어요. 나는 네가 무슨 짓을 해도 너를 사랑해. 왜냐하면 하나님이 너를 사랑하시기 때문에. 그 사랑을 나에게 부어주셨기 때문에.

이 아이가요. 어느 것에도 반응하지 않던, 얼음처럼 찼던 아이의 마음이 녹는 게 느껴지는 거예요. 아이가 저를 보고, 자기는 바보 같은 짓을 했다고 그러는 거예요. 친구가 피 흘리고 누워 있는데 그 아이를 놓고 갈 수가 없었어요. 다들 도망갔는데 K만 붙잡혀서 나쁜 아이가 되어버렸어요. 제가 그 이후에 변호사 일을 시작하면서 갱단 아이들을 많이 접촉했는데요. 이 아이들 중에 정말 모범생, 우리들이 착하다고 하는 아이들보다 더 많은 생명과 사랑이 있는 것을 많이 보았어요.

애네는요, 자기가 사랑한다고 서로 지켜주기로 약속한 자기 형제들을 브라더라고 부르죠. 마치 우리 크리스천들처럼. 자기가 한 약속은 생명을 걸고라도 지킵니다. 제가 어느 날 나중에 하나님이 저를 한 땅끝에서 다른 땅끝으로 옮기셨을 때, 종교 감옥에 갇힌 아이들. 하나님을 정말 만날 수도 없고 그렇지만 세상적으로도 살 수 없는 능력이 없는 신앙생활 속에 갇힌 아이들을 만났을 때, 이 아이들에게 그런 말을 했어요.

너희들 정말 하나님 믿는다고 그러는데 내가 볼 때는 너희들에게는 사랑도 기쁨도 없어. 너희들 사랑한다고 서로에게 고백하면서도 네 친구가 실수해가지고 죄에 빠졌을 때, 너희들 네 몸을 던져서 너의 이웃들을 위해서 정말 몸을 불살라서 중보기도를 하고 그 사람의 실패가 너의 실패라고 생각하고 네가 하나님 앞에서 몸으로 막아서는 그런 크리스천이 정말 있니? 돌아서서 손가락질하고, 와, 쟤가 순결을 잃었대, 쟤랑 놀다가 나도 저렇게 될 것 같다. 쟤랑 놀지 말고 우리 순결클

럽끼리 놀자. 너희들 정말 예수님 그렇게 믿지 마라.

그러면서 제가 그런 고백을 했어요. 내가 변호사를 할 때, 너희가 손가락질하는 인생의 밑바닥이라는 갱단 아이들, 그 아이들을 깊이 사랑하게 된 이유가 그들은 의리가 있다. 아무나 브라더라고 하지 않는다. 그런데 일단 브라더 하면, 너는 형제다, 동생이다 했으면 자기가 감옥을 가더라도 자기 브라더를 지켜주는 의리가 있다. 나는 그것이 사랑이라고 생각한다. 너희들 갱단들만큼도 사랑이 없으면 어떡하니. 그러니까 너희가 갱단들을 전도를 못 하지. 너희들이 가진 것이 그 사람들이 가진 것보다 더 강하고 더 많은 사랑이 있고 나도 저 그룹에 속하고 싶다 해야 그들이 교회에 오지. 그런 말을 한 적이 있어요.

제가 제 마음속에서부터 정말 깊은 회개가, 부모로서의 깊은 회개가 나온 것이 바로 그날 K와의 깊은 대화를 하고 나서였던 것 같아요. 둘이 일주일에 한 번씩 호숫가에 있는 예쁜 식당에서 만나 그냥 얘기했어요. 당시에는 얘가 집행유예 기간이었는데, 옛날 갱단 친구들을 한 번만 만나도 감옥에 가거든요. 얘도 감옥에 가고 싶지 않았겠지만 얘가 다시 너무 외로운 거예요. 얘가 소속감을 느꼈던 유일한 곳이 갱단이었기 때문에 이 아이는 얘네가 너무 보고 싶은 거예요. 또 얘네가 금방 다시 연락을 하기 시작했어요. 그래서 부모님들이 부탁도

했고, 애를 LA로 데려오면서 제가 책임집니다 하고 데리고 왔기 때문에, 저도 굉장히 두려웠어요. 당시 신앙심이 깊지 않았기 때문에. 하나님께 기도도 했지만 또 나도 뭔가 해야 할 것 같은 강박관념이 있었기 때문에 그 아이를 자주 만났습니다. 그런데 그런 것들이 합심해서 선을 이루었던 것 같아요. 이 아이하고 만나면서 깊은 이야기를 하면서 제가 많은 것을 깨달았습니다.

내가 정말 내 아들을 몰랐었구나. 아들하고는 대화가 거기까지 못 갔어요. 나중에 아들이 큰 뒤에 관계는 회복되었지만. 내가 아이에게 상처를 주었구나 하는 것도 몰랐어요. K가 아들의 입장에서 저에게 이야기를 할 때, 아, 정말 나도 내 아들에게 이렇게 해서 상처를 주었구나 하는 것을 깨닫게 되었어요. 그래서 제가 아들에게 전화를 해서 그때 엄마가 네가 정말 금 같은 그런 아이인데 하나님이 너를 정말 하나님의 아들로 만들어주셨는데, 내가 너에게 세상 닮으라고 구박을 했었구나. 사람들이 예수님을 핍박하듯이 내가 너를 핍박했구나. 그 어려운 아이들을 집으로 데려왔을 때, 내가 조금 더 따뜻하게 해줄걸. 나는 네가 자랑스럽다. 너는 정말 하나님의 사랑이 있는 아이야. 미안해. 그런 대화를 하게 해주셨어요.

제가 돈을 벌려고 시작한 것이 아니고 정말 하나님의 사랑으로 그냥 붙잡혀서 청소년 변호사 일을 하기 시작했던 것이 저의 사역의 시작이었던 것 같아요. 너무나 큰 외로움, 허무감이 있을 때, 조금이라도 채워줄 수 있는 것이 있다면 막 끌어당기는 힘이 있는 것 같아요. 그것이 부모님이 아무리 야단을 치고 의지적으로 끊으려 해도 되지 않는 나보다 더 큰 힘, 그것이 유혹인 것을 알면서도 내 안에 그것을 이길 수 있는 힘이 없는 것은 내 안에 있는 공허함, 외로움, 사랑받고 싶은 열망이 너무 큰데 받지 못한 배고픔 때문입니다. 이것이 갱단이든지, 마약이든지, 사랑이든지, 섹스든지, 포르노든지 그것을 채워주는 역할을 하는 것이 있으면, 그것을 도저히 인간의 힘으로는 아무리 두렵게 해도 그것을 끊을 수가 없는 것 같아요.

그런데 그것을 끊을 수 있는 유일한 것이 사랑이라는 것을 하나님이 체험하게 하셨습니다. 저를 통해서 하나님께서 부어주신 하나님의 사랑을 이 아이가 받아들이기 시작했어요. 이 아이는 그것이 인간의 사랑이라고 생각했겠지만. 그것이 어떤 통로로 오든지 간에 저는 모든 사랑은 하나님에게서 온다고 생각하고 사랑에는 파워가 있다고 생각해요. 그래서 사랑 때문에 죽을 수도 있잖아요. 하나님을 믿지 않는 사람들도 사랑을 위해 목숨을 겁니다. 하나님은 사랑이라고 하셨습니다. 사랑은 하나님에게서 오는 거예요. 그런데 그것이 세상적인 정욕과 섞일 때, 그 능력이 떨어지는 것일 뿐이라고 생각합니다. 저희 아들과는 달리 K에게서 제가 받고 싶은 것이 하나도 없었기 때문에, 그래서 더 순수하게 사랑할 수 있었던 것 같아요.

　나는 변호사님 믿어요, 저를 사랑해주신다고 믿어요. 이 아이에게서 그 고백이 나왔을 때, 구원의 통로가 열리기 시작했고 이 아이를 깊이 사랑하면서 저의 영혼도 구원받기 시작했어요. 나의 아들을 놓지 못하던 부분, 큰아들에 대해서 잘못되게 정욕으로 사랑했던 부분. 이런 것들이 저도 치유를 받고 구원받기 시작했어요. 저는 하나님의 관계는 세상의 관계와 너무나 다른 것이, 주는 사람도 없고 받는 사람도 없다고 생각해요. 하나님의 사랑 안에서 맺어지는 모든 인간관계는 내가 준다고 생각했는데, 나중에 보면 그 사람을 통해서 하나님이 저를 너무나 축복하시고 사랑하시고, 하나님은 항상 주는 분이시기 때문에 하나님 안에서 맺어주신 관계는 양쪽이 다 구원을 받고 영광으로 가게 하는 관계라고 생각합니다. 이 아이에게서 제가 너무나 많은 것을 배우고 우리 아들과의 관계도 주님께서 구원해주셨어요. 그것이 바로 사역이라고 생각해요.

　사역은 사역자도 없고 사역 대상도 없고 그냥 두세 사람이 예수님의 이름으로 모이는 관계라고 생각합니다. 그래서 그냥 가정에서 아버지의 역할이 있듯이, 아버지와 어머니의 역할을 하는 것이 사역자이고 자녀의 역할을 하는 것이 사역 대상자일 뿐이라고 생각해요.

　　　　　　　　　　　　　땅 끝 의 아 이 들

그런데 저와 관계가 맺어지기 시작하면서 아이가 저를 신뢰해주기 시작하고 사랑에서 오는 힘이 이 아이에게 내가 변호사님에게 한 약속은 지키고 싶다는 마음을 갖게 해주었던 것 같아요.

우리가 약속한 것은 굉장히 간단했어요. 네가 LA에 와서 내 말만 잘 들으면 너 감옥 안 가게 하나님이 해주실 것 같아. 내가 그렇게 해줄게. 약속을 했어요. 나는 변호사로서 최선을 다하겠어. 네가 해주지 않으면 나는 할 수가 없어. 너와 나는 이제 동지야. 네가 같이 하면 나도 할 수 있어. 하나님과 너와 내가 셋이 하면 하나님이 해주시겠다고 약속을 하셨어.

그런데 네가 총알을 줘야 내가 그것을 가지고 쏠 수 있는 것이거든. 너와 나는 팀이거든. (얘가 갱 멤버니까 이해가 가는 거예요.) 네가 잘못하면 너와 나 둘 다 죽어. 내가 잘못하면 너하고 나 둘 다 죽어. 이제 너와 나는 약속을 지켜야 해. 나는 총을 가지고 있고 쏘는 법을 알거든. 그런데 총알은 네가 줘야 해. 네가 갱 아이들을 다시 만난다든지, 내가 하지 말라는 것을 1년 동안에 하면 우리 둘 다 전사하게 된다. 내가 큰소리 빵빵 치고 너를 데려왔는데, 너한테도 내가 큰소리 빵빵 치고, 정말 변호사로서는 하면 안 되는 약속을 한 거잖아. 내가 너를 감옥에 안 가게 할 힘이 어디 있니. 내가 기도하는 동안에 그런 확신을 주셨기 때문에 내가 내 능력으로 할 수 없는 것을 약속했기 때문에 최선을 다해서 기도하고 내가 할 수 있는 것을 할 거야. 그런데 네가 하지 않으면 나도 전사하게 돼. 그러면 내가 다시 어떻게 변호사 생활을 할 수 있겠니. 나는 내가 약속한 것을 꼭 지켜야 하잖아. 그런데 네가 도와줘야 내가 할 수 있어. 그렇게 우리 둘이 계약을 맺었어요. 약속을 했습니다.

그런데 이 관계가 처음에는 걔도 나를 모르고 나도 걔를 모르니까 계약으로 시작한 관계였어요. 그런데 그 관계가 사랑으로 변하기 시작하면서 우리 둘이 정말 상대방을 위해서 내가 이 사람에게 한 언약을 꼭 지켜주고 싶다는 소망이 저희들에게 임하기 시작한 것 같아요.

내가 애를 감옥에 안 가게 하겠다고 약속한 것은 변호사로서 한 것이 아니었어요. 변호사는 절대 그런 약속을 하면 안 됩니다. 만약에 결과가 잘못되면 큰일 나잖아요. 제가 하나님의 사랑으로 부어진 사랑 때문에 제 마음에 하나님이 그렇게 하실 것이라는 소망으로 믿음이 생겼어요. 믿음으로 사랑으로 사랑 안에서 믿음으로 행하는 갈라디아서 5장 6절 말씀대로 사랑으로 믿음이 힘을 얻고 자라기 시작했어요. 하나님이 저에게 사랑으로 확신을 주셨기 때문에. 이 아이에게 제가 신앙으로 한 약속이었지. 변호사로서, 법조인으로 한 약속이 아니었습니다. 하나님에 대한 믿음으로 한 약속이었지, 제 자신에 대한 믿음으로 한 약속이 아니었습니다.

그런데 처음으로 믿음의 첫발을 딛었는데 너무 무서운 거예요. 빠지면 어떡해요. 저만 빠지는 것이 아니고 얘도 같이 빠지잖아요. 그래서 그때처럼 기도를 열심히 한 때가 없었던 것 같아요. 하나님 제가, 하나님의 뜻으로 한 약속인지 제 마음대로 한 약속인지 모르겠습니다. 저는 하나님의 음성을 듣는 훈련이 아직 안 되었기 때문에, 예수님의 부름 같아 발을 내딛었는데 이미 물 위에 서 있습니다. 제가 빠지는 것은 괜찮은데 얘가 빠지면 안 되니까 저를 좀 구해주십시오, 하고 제가 한 약속 때문에 예수님께 기도를 드리면서 저의 믿음이 자라기 시작했고요. 이 아이에게도 이 아이의 모든 것을 파괴하던 약점, 인간에 대한 사랑의 굶주림에서 나왔던 그 모든 행위에서 구원받을 수 있는 능력이 주어지기 시작했던 것 같아요. 신앙의 소명으로 부르심을 받은 우리 둘이 같이 했기 때문에 할 수 있었던 거예요. 저 혼자서는 일어날 수가 없는 일이 일어난 거죠. 그런데 변호사를 하면서 보니까 마약보다 더 못 이기는 것이 사랑에 대한 환상에서 못 벗어나는 거예요. 이 아이가 예수님의 사랑으로만 예수님의 사랑 안에서 만난 관계 안에서만 이것이 채워질 수 있지. 인간을 의지하지 않게 하고 갱단 아이들 의지하지 않게 해주시옵소서 하고 제가 정말 엎드려서 밤에 기도하고 있는데, 새벽에요. 전화가 왔어요. 얼른 그 전화를 받았습니다.

깨어 있기 때문에 받았죠. 다른 날 같으면 제가 하루 종일 일하고 저녁에 돌아와 아이들하고 시간을 보내면 아주 녹초가 되기 때문에 저는 열시에 전화를 끄고 자야 되거든요. 아침에 또 일어나서 일을 해야 하기 때문에, 제가 풀타임으로 일하고 풀타임으로 아이를 기르는 아주 힘든 때였기 때문에 그때 전화가 켜져 있던 것 자체가 기적이었던 것 같아요. 제가 전화기를 끄는 것을 잊고 가족이 잔 다음에 엎드려서 기도하고 있었어요. 전화가 울리는데 제가 전화를 받았어요. K였어요. 변호사님, 나 너무 미안합니다. 잘못했어요. 저를 용서해주세요. 제가 가슴이 덜컥 내려앉는 거예요. 왜. 너 어디 있니 지금? 너 밖에 나가면 안 되잖아. 집행유예 기간 동안에는 열시면 나가면 안 되잖아. 얘가 막 저에게 너무 기운 툭 떨어지는 소리로 그러는 거예요.

'제가 변호사님하고 약속을 지키려고 너무 노력을 했거든요. 제가 그 약속을 깼어요.' 그래서 '왜? 지금 어디 있니' 그랬더니. '너무 보고 싶어서 그냥. 한 번만 만나서 내가 지금 너네들 다시 못 만나지만 너네들 사랑 안 해서 그러는 것이 아니다. 내가 의리를 깬 것이 아니다. 그것을 말하고 싶어서 차도 없고 엄마 아빠가 못 나가게 하니까. 와서 커피숍 앞에서 나를 좀 데려가라고 그랬어요. 얘네가 너무 멀리서부터 오는 거니까. 제가 여기 엄마 모르게 막 뛰어나와서 서서 기다렸거든요.

그랬더니 얘네가 나보고 기다리라고 그러고 몇 시간을 안 오는 거예요. 얘네가 내가 생각했던 것처럼 나를 사랑하는 것이 아니잖아요. 나는 세상에서 사랑해주는 사람이 하나도 없잖아요.' 얘가 갑자기 그러는 것이에요. '아니야, 엄마 아빠가 너를 얼마나 사랑하는데…….' '저를 사랑해주는 사람은 아무도 없는데, 변호사님이 나를 사랑해주나 해서 전화했어요. 근데, 그 것도 이제는 놓친 것 같아요. 약속을 어겼으니까.'

제가 그 애에게 말했어요. 'K야, 하나님은 너를 사랑하서. 예수님은 너 잘못해도 괜찮아. 네가 약속한 것 네가 약해서 어긴 것을 알아. 그냥 잘못했어요 하면 그날로 용서해주시는 분이 예수님이야. 그러니까 나도 그렇게 할 수 있는 거지. 이제 그 약속을 지킬 수 있는 힘을 예수님이 주실 거야. 내가 네게 한 약속도 예수님이 지켜주시지 않으면, 능력 주시지 않으면 내 힘으로 지킬 수가 없어. 걱정하지 마. 나는 실망하지 않아. 나는 여태까지 네가 약속을 지켜줘서 너무 고마워. 나도 못 지킬 약속이야 그게. 사람의 힘으로 지킬 수 없는 약속이야. 네가 정말 네 의지로 최선을 다했는데, 네 의지로 안 되는 부분이 있잖아. 그것은 예수님께 맡기자 같이. 나도 내 능력으로 안 되는 부분이 있잖아. 그거 예수님에게 맡기자. 그리고 K야, 네가 몰라서 그렇지 네 엄마 아빠가 정말 너를 사랑한다' 하면서 제가 제 아들과 저의 관계를 이야기했어요. '내가 내 아들을 위해서라면 죽을 만큼 아들을 사랑했는데, 걔도 네 나이 때는 내가 자기를 사랑하지 않는다고 믿었어. 왜 그랬냐면 내가 잘못한 거야. 걔가 원하는 방법으로 걔를 사랑해주지 못하고 자꾸 내 틀에 맞추려고 했어. 그런데 그때는 몰라서 그런 거야. 너희 엄마 아빠도 네가 원하는 것이 무엇인지를 모르고 그것을 해줄 수 있는 능력이 없어서 그런 거야. 내가 정말 엎드려서 기도했을 때, 내 눈을 열어서 이 아이를 보게 하고 사랑하게 하지 않았으면 우리도 똑같은 관계가, 단절된 관계가 지금까지도 갔을 거야. 너희 어머니 아버지도 예수님의 사랑으로 능력으로 너를 보게 할 수 있는 그 은혜를 달라고 우리 기도하자. 그리고 네 눈도 먼 거야. 네가 눈뜨면 우리 아들이 눈뜬 것처럼 어머니 아버지가 나를 사랑했구나, 보게 될 거야.' 내가 유진이와 나와의 관계를 나누기 시작했을 때, 이 아이의 마음이 열리기 시작했어요. '아빠는 나를 미워해요.' '아니야, 아빠는 너를 미워하지 않아. 나에게 변호해달라고 의뢰할 때, 우리 아들을 정말 살려주십시오. 너무나 간절히 매달려서 내가 검찰청까지 그만두고 변호사 일을 맡은 거잖아. 너희 아버지의 사랑에 내가 감동이 되어서 인디애나에 간 거야. 너희 아버지 널 정말 사랑한다. 너와 네 아버지 사이를 갈라놓은 죄의 사슬을 끊으려고 예수님이 오신 거야.'

나의 간증을 통해서 이 아이와 아버지를 갈라놓은 악한 죄들의 사슬이 부서지기 시작했어요. 요한계시록 12장 11절에서 그랬죠. 악한 자들을 어떻게 이기냐면 예수님의 보혈의 능력과 우리 입의 간증과 우리 생명을 두려워하지 않는 순교, 매일매일 죽는 순교에서 나오는 그 능력이 악한 자를 이기게 한다 그랬어요. 그때, 저는 정말 아기고 초보자였기 때문에, 어떨 때는 되고 안 되고 그랬는데 그래도 가끔씩이라도 예수님과 접촉이 되면 이런 예수님의 능력이 나오는 거예요. 그래서 악한 자들이 끊어지더라고요. 악한 자들의 능력은 다른 것으로는 끊을 수가 없습니다. 십자가의 예수님의 보혈과 그 보혈을 체험한 나의 간증. 그것으로 생명이 들어옵니다. 그래서 이 아이가 예수님을 다시 영접했습니다. 얘는 모태신앙이었는데, 그 갱단과의 관계에서 이 아이를 구하려는 부모님과의 갈등, 그게 쌓여서 얘가 그 하나님의 사랑을 잃어버린 것 같아요.

그래서 얘가 크리스천 보딩스쿨을 갔습니다. 매일같이 너는 예수님을 영접했냐 하나님을 사랑했냐 이런 것을 대답 안 하면 벌을 주는 학교인데요. 얘가 처음 열네 살에 갔을 때에는 너는 예수님을 믿는 구원을 받은 사람이냐 했을 때 예스라고 했더라고요. 구원받았던 아이였는데, 나중에는 얘가 너무나 상처를 받아서 반항 때문에 아니다라고 체크했더라구요. 밥도 안 주고 영화도 못 보게 하고. 그러면 점점 하나님에 대한 미움이 생기고, 그래서 잠깐 하나님에게서 떠났던 것입니다.

그러나 한번 하나님의 자녀가 되면 항상 하나님의 자녀였어요. 한번 구원받은 사람은 지옥 끝까지 가서라도 찾아오라는 하나님을 그때 제가 다시 만났습니다. 아버지의 사랑을 다시 만났어요. 그러면서 얘가 재영접하면서 육신의 아버지와의 관계도 회복되었습니다. 얘가 법정에서 아버지를 보지 않으면 아버지가 나와서 우시는 거예요. 변호사님, 쟤가 나하고 얼굴도 눈도 안 마주치네요. 아버지가 너무도 아들을 사랑하고 이 아이도 너무나도 착한 아이인데 그 사이를 갈라놓은 그 뒤에 마귀의 세력, 이런 것에 제가 분노하기 시작했어요. 그러면서 저들의 관계를 회복시켜주십시오. 아버지와 아들과의 세대의 갈등을 풀어줄 수 있는 예수님 보혈의 능력을 제가 믿습니다. 기도하고 중보하기 시작했습니다. 주님의 그 관계를 아름답게 회복해주셨습니다.

청소년 사역. 90퍼센트가 중보의 사역이에요. 중보 안에서 예수님에게 가서 탄원하고 이 아이들을 데리고 안고 십자가 앞으로 가는 것이에요. 중보(intercession)라는 것은 둘 사이를 걷는다는 뜻입니다. 둘 사이를 왔다 갔다 걸어 다니면서 끊어진 관계를 맺어주는 것. 예수님이 하나님과 우리 사이에 중보자가 되셨듯이 세상과 하나님 사이를 걸어 다니며 기도할 중보자들을 지금도 하나님은 찾고 계십니다. 역대하 7장 14절에서 말씀하셨습니다. "내 이름으로 일컫는 내 백성이 그들의 악한 길에서 떠나 스스로 낮추고 기도하여 내 얼굴을 찾으면 내가 하늘에서 듣고 그들의 죄를 사하고 그들의 땅을 고칠지라." 그것이 중보기도입니다. 그래서 예수님이 이 아이들에게 그 피 묻은 손으로 만져주실 때까지 기도로서 이 아이들을 품고 죽어가는 아이들을 안고 예수님에게로 가서 가슴에 아이를 안고 '내 아이가 지금 귀신이 들렸습니다, 예수님' 하면서, 예수님을 찾아가서 모든 반대의 벽과 저항을 깨고 돌파를 해서 예수님과 일대일로 만나게 하는 그것이 중보예요.

예수님을 만나기만 하면 그 순간에 모든 세력이 끊어짐을 믿고 예수님을 찾아가는 야이로처럼 수로보니게 여인처럼 예수님 못 만나게 못 오시게 접속이 안 되게 하는 모든 방해 세력과의 영적 전쟁이 시작되었습니다. 어떤 방해는 아이에게서 오기도 하고 부모에게서도 오기도 하고 어떤 때에는 내 안에서 오기도 하고 더 이상 하고 싶지 않은 지친 마음이 들 때도 있고, 또 바깥적인 제도나 법이라는 것에서 올 때도 있지만 제가 체험한 것은 갈라디아서 6장 9절 말씀처럼 포기하지만 않으면 반드시 열매를 맺는다는 것입니다. 선을 행하는 것은 하나님을 믿는 것이에요. 딴 것이 없습니다. 믿고 기도하는 것. 그 선을 행하되 네가 끝까지 낙심치 않으면 반드시 열매를 맺는다는 것. 그 성경 말씀을 정말 믿습니다.

제가 중간에 포기했을 때에는 실패할 때가 있었어요. 어떤 때에는 아이들이 싫다고 도망갈 때도 있었어요. 백 퍼센트라고 말할 수는 없어요. 그렇지만, 포기하지 않고 끝까지 아이들을 안고 예수님의 사랑으로 중보를 했을 때에는 정말 하나님은 약속을 반드시 지키시는 신실하신 하나님이라는 것을 저는 그때 법정에서, 감옥에서 했던 청소년 사역 동안 눈으로 보고 체험했습니다.

2002년부터 지금까지 제가 9년 동안 많은 청소년 아이들을 만났습니다. 어떤 때는 죽음 직전에서 어떤 때는 벼랑 끝에서 어떤 때는 이미 떨어져서 피 흘리는 아이들, 어떤 때는 정말 숨이 다 끊어지기 직전, 아니면 숨이 끊어졌다가 이제는 죽음밖에 남지 않은 아이들, 이런 여러 가지 만남을 통해서 자꾸만 그 과정 안에서만 제가 만날 수 있는 중보의 능력, 내 정욕이 섞이지 않은 예수님이 내 안에서 하시는 중보의 능력과 나의 이웃의 아이를 내 아이처럼 사랑하게 하시는 하나님의 사랑의 능력, 이 두 가지를 저는 기적으로 체험했어요. 사람의 힘으로, 나의 힘으로는 절대로 할 수는 없는, 제가 배운 변호사의 능력으로는 절대로 할 수가 없는, 홍해를 가르시고 땅끝까지 자기의 자녀를 찾아가시는, 자기의 아이들을 찾아오시는 하나님의 사랑의 기적의 능력을 그때마다 체험하게 하셨어요. 그래서 죽은 자가 살아나고 눈먼 자가 눈을 뜨고 갇힌 자가 풀려나오는 그러한 기적들을 제 눈으로 보고 입으로 증거하게 허락해주셨습니다. 믿는 자에게는 이런 표적이 따르리라고 말했습니다.

표적은 사랑의 하나님, 능력의 하나님에게로 데려가주는 사인판이라고 생각해요. 인간이 하나님을 알게 되는 것, 그것보다도 큰 기적이 없죠. 어떻게 인간, 피조물이 창조주를 압니까. 사람들은 그 기적을 보았지만, 기사를 보았지만, 모세는 하나님의 길을 보았다고 했어요. 모세가 하나님을 봤어요. 알았어요. 또 아브라함은 하나님의 친구가 되었다고 했습니다. 다윗은 하나님의 마음에 합한 자라고 했어요. 하나님을 사랑하면 알 수가 있는 거예요. 그것이 얼마나 굉장한 기적입니까? 하나님을 아는 것이 영생이라고 하는데, 그 하나님을 알고 싶어서 우리가 하나님을 진심으로 찾으면 그분은 우리가 찾으리라고 말씀하셨어요.

예레미야서 29장 13절 "너희가 진심으로 나를 찾고 찾으면 나를 만나리라." 믿음은 수동적인 것이 아닙니다. 반드시 하나님이 나를 만나주실 것이라고 믿고 앞으로 계속 찾아 걸어 나가는 것입니다. 사랑은 계속 그렇게 믿고 찾을 수 있는 힘을 줍니다. 우리는 사랑하는 자만을 그렇게 끝까지 믿을 수 있는 것입니다. 사람이 하나님을 찾기 위해서 걸어가는 믿음과 예배, 순례길, 성화의 길, 구석구석에 하나님이 사인판을 주십니다.

처음 사인판이 제일 중요하죠. 여기로 들어와라. 그 많은 길

중에 이 길이 진짜 길이다. 그것이 구원의 처음 영접하는 사인판입니다. 영접했을 때, 하나님의 자녀 되는 권세를 주시고 그때 내 마음이 변하면서 예수님이 정말 부활하셨다, 이분이 나의 주님이시다 고백을 할 수 있는 기적이 바로 사인입니다. 어떻게 그게 옵니까. 우리가 그런 고백을 할 수 있겠어요.

그렇지만 그때부터 내가 정말 하나님을 알게 되는 마음만큼씩 그곳에는 기적의 사인판들이 저는 반드시 있어야 한다고 생각해요. 내가 정말 여기까지 왔구나. 하나님이 이렇게 정말 하나님이시구나. 그런데 내가 이만큼 하나님을 아는구나. 그리고 또 다음에 그다음 사인판, 영광에서 영광으로 영광에서 영광으로 글로리 투 글로리. 이것은 제 눈에서 비늘이 떨어지면서 예수님을 보게 되고 제 몸이 없어지면서 제 안에서 육신이 죽으면서 내 안에 있는 그리스도를 점점 더 보게 되고 따르게 하는 것입니다.

성경에서 믿는 자에게는 이런 표적이 따르리니라고 했어요. 네가 병든 자에게 손을 얹고 기도한즉 나으리라, 예수님이 거짓말을 한 것이 아니라면 병이 나아야 말씀이 이루어집니다. 제가 성령 사역을 할 때, 이상하게 하나님을 믿지 말고 말씀 위주로 하십시오. 그런 말씀들을 가끔씩 듣습니다. 그러면 제가 말씀 위주로 합시다. 말씀에서 뭐라고 말씀하셨습니까? 제자들, 사도들이 한 말도 아니고 예수님이 한 말씀대로 신앙생활을 해야 하지 않겠습니까라고 대답합니다. 예수님이 말씀하셨습니다. 우리의 예수님, 절대로 실패가 없고 실수가 없는 하나님이 성령의 감동으로 쓰였다고 하는 이 성경책, 이 성경책에서 가장 진수인 붉은색으로 쓰여 있는 예수님의 말씀, 예수님이 제자들을 모아놓고 직접 이렇게 말씀하셨습니다.

이미 죽음을 이기시고 부활하시고 영광의 몸으로 다시 오신 예수님께서, 그 입에서 나온 말입니다. 믿는 자에는 표적이 따르리니 너희에게 능력과 권세가 사인으로 표적으로 나타나리라. 사도적 사역이에요. 그것이 아닌 다른 사역이 저는 있을 수 없다고 생각합니다. 예수님이 그렇게 말씀하셨기 때문에. 너희들은 땅끝까지 가서 내 증인이 되라 말씀하셨습니다. 너희에게 성령이 임하리니 오직 너희가 권능을 받고 너희들이 예루살렘, 유대, 사마리아, 땅끝까지 가서 내 복음을 전하라고 말씀하셨어요. 다른 것은 섞지 말고 내가 한 말만 전하라고 하셨어요. 이렇게 하면 더 낫겠다. 이 문화에 들어가면 이게 낫겠다. 사람들이 거기다 막 섞어서 만든 사람들의 복음이 아니라, 내 복음을 전하라고 말씀하셨어요.

예수님의 복음은 하나님의 나라가 이 땅에 임한다는 약속입니다. 하나님의 나라의 모든 능력과 권세가 복음의 증인인 우리들에게도 똑같이 임한다는 약속이세요. 나를 믿는 자는 내가 한 것을 할 것이고 나보다 더 큰 것도 할 것이라고 요한

복음 14장 12절에서 말씀하셨어요. 너희들이 나가 두루 전파할 때 내가 함께 역사하여 그 따르는 표적으로 복음을 확실히 증거하겠다고 마가복음 16장 20절에서 약속하셨습니다.

이것은 주님께서 직접 기적과 치유를 행하셔서 전파되는 복음이 사실이라는 것을 직접 입증시켜주시겠다는 약속입니다. 예수님께서 이렇게 말씀하셨어요. 그것이 복음입니다. 인간적인 두려움, 인간적인 상식, 인간적인 지혜, 그것들에 치여서 완전히 기적이 사라져버린 종교는 사인판이 없어져버린 고속도로처럼 사람들을 잘못된 목적지로 몰고 갈 수 있습니다. 내가 매일같이 기도하고, 매일같이 교회를 가도 10년 전에 있었던 내 믿음, 지금도 아직 그대로 있고 10년 전에 있었던 그 약함, 질병들이 이런 것들이 하나도 달라지지 않는 우리들의 능력 없는 기독교 생활 안에서 우리들의 자녀들이 그것을 보고 다 떠나요. 사랑의 능력도 없고 치유의 능력도 없고 회복의 능력도 없는 교회를 어린아이들은 순수하기 때문에 이건 가짜야, 우리 임금님은 벌거벗었어 하고 소리칩니다.

우리 아들이 저를 보고 엄마, 엄마가 믿는 하나님은 가짜야. 나 그런 하나님 안 믿을 거야 했을 때, 사실 제가 하나님을 믿지 않았어요. 하나님의 능력을 믿지 않았습니다. 제가 믿은 것은 교양과 인간의 어떤 틀에다가 하나님의 좋은 점을 섞어서 제조해놓은 붕어빵 같은 모조품 종교였지, 그때 저에게는 하나님의 능력이라는 것이 믿어지지도 않았고 믿고 싶지도 않았어요. 사랑도 없었고 능력도 없었어요. 이 아이가 하나님을 떠나면서 저에게 위기감을 주었기 때문에 제가 하나님을 찾기 시작했어요. 너희들이 나를 진심으로 찾으면 네가 나를 만나리라, 주님께서 말씀하셨습니다. 저는 그것이 진짜 회개라고 생각해요.

내가 여태까지 했던 편안한 방법대로 운전하던 나의 인생을 돌아보고 아, 이게 안 되겠다, 나는 이제 하나님에게로 돌아가야 되겠다 돌이키는 것, 하나님을 믿어야 되겠다고 믿음으로 돌이키는 것. 이것이 저는 회개라고 생각해요. 제가 그렇게 회개한 이후에 예수님의 일을 주님에게 하게 해달라고 기도했습니다. 예수님이 저와 함께 가주시겠다고 약속하신 것을 믿고 사역을 시작했어요. 네가 내 복음을 전하면 내가 너와 함께 가면서 너에게 없는 나의 능력으로 기적과 회복을 행하시겠다는 약속. 마가복음 16장 16~20절 말씀을 저는 섞인 것 없는 어린 아이 같은 믿음으로 믿기로 작정하고 땅끝으로 주님의 아이들을 만나러 가기 시작했습니다. 거기에서 저 자신도 만나고 제 아들도 다시 찾아왔습니다.

부활하신 예수님이 제자들에게 마지막으로 마태복음 28장 19절에서 너희는 가서 모든 족속으로 제자를 삼으라고 했습니다. 너희들이 땅끝까지 가서 제자를 삼아라. 우리가 제자를 삼으려면 먼저 제자가 되어야 하잖아요. 제자는 예수님을 아는 사람이에요. 예수님에게서 직접 훈련을 받을 사람들이에요. 예수님의 사랑이 내 안에 있고 예수님 희생의 혼적이 내 손바닥에, 내 가슴에 새겨진 십자가가 있는 사람들이에요.

성령이 임하면 너희들이 권능을 받는다, 사도행전 1장 8절에서 예수님이 하신 말씀이에요. 누가가 예수님이 하신 말씀을 그대로 적은 거예요. 그러면 너희들이 그 권능을 받았을 때, 네가 성령이 임해서 나와 네가 하나가 되었을 때, 내가 너희들과 함께 갈 때, 그때 너희들이 땅끝까지 나와 함께 가서 복음을 전하리라고 말씀하셨습니다.

예루살렘, 유대, 사마리아, 땅끝까지 가서 복음을 전하리라. 예수님이 그렇게 제자들에게 하신 그 약속을 지금도 주님께서 우리에게 똑같이 말하고 있기 때문에 성령을 받은 자마다 그것이 가장 큰 소명이라고 말하죠. 이제부터 너는 군인이다 가서 싸워라, 그 음성을 듣는 것이 저는 성령을 받은 모든 사람에게 한 번씩 반드시 있어야 하는 사건이라고 생각합니다.

저에게는 그것이 2002년에 시작이 되었어요. 제가 땅끝에 가서 처음 만난 아이, 하나님의 소중한 아이 K를 만났을 때, 예수님이 저와 함께 가셨기 때문에 사람의 힘으로는 할 수 없는 그러한 기적들이 일어나기 시작했어요. 그래서 이 아이가 끊기 힘들다고 하는 갱 아이들과의 관계를 끊고 새 삶을 시작할 수 있었어요. 네 힘으로 하니까 안 되지? 네, 안 된대요. 하고 싶지? 하고 싶대요. 이 약속만은 자기가 정말 지키고 싶대요. 그러면 너 기도해. 예수님에게 도와달라고 해. 나도 같이 기도해줄게. 그렇게 해서 우리가 같이 기도하기 시작하고 부모님에게 그랬어요. 부모님들 아무리 밤새 아이들을 지켜도 당신들의 힘으로 아이가 지켜집니까? 안 되죠. 안 된대요. 그 엄마가 그날 얘가 뛰어나갔는데, 미친 것처럼 차를 타고 쫓아가서 아이를 주차장에서 숨어서 기다리고 그랬다고 해요.

그런데 그것이 아이를 돌이킨 것이 아니에요. 이 아이들이 오다가 타이어가 펑크가 난 것이에요. 그런데 얘네가 야, 귀찮다, 가스 값도 아깝다, 그냥 가자. 전화 한 통 안 하고 돌아가버린 거예요. 그래서 얘네가 나를 정말 사랑하는 게 아니구나 깨닫게 되고, 그래서 돌아온 거지요. 제가 얘를 문 앞에 가서 스물네 시간 지킨다고 그게 되겠습니까? 변호사 실력으로 법률 상식으로 아무리 겁을 준다고 해도 안 됩니다. 얘는 외롭고 사랑이 필요한 아이기 때문에 안 돼요. 그렇지만 우리가 하나님께 기도를 하면 하나님이 모든 상황을 합력해서 구원을 이루십니다. 그러니까 같이 우리 기도합시다. 아버지와 어머니와 제가 새벽기도에 가서 기도를 하고 자신도 마음을 열기 시작하고 그러면서 집행유예가 온전하게 끝날 때까지 다시 유혹이 오지 않았어요. 그리고 이 아이도 자기를 도와주시는 예수님의 손길을 느끼게 되고 지금은 아버지와의 관계도 완전히 회복되었어요.

내가 아무리 해도 안 되는 것이 있다는 것을 인정할 때 그때 진정한 기도가 시작되는 것이에요. 내가 할 수 있는 것은 기도하지 않습니다. 그런데 할 수 없을 때 기도합니다. 아무리 문명이 발달하고 능력이 있다 해도 내가 할 수 없는 것들이 있어요. 할 수 없는 것들 안에서, 하나님만이 할 수 있는 것들 안에서 우리가 내가 할 수 없는 것들을 하시는 하나님, 홍해를 가르시는 하나님, 기적의 하나님을 만납니다. 기적만 좇아다니지 말라 사람들이 그래요. 치유만 좇아다니지 말라 그러는데요. 기적만을 보고 기적을 행하시는 하나님의 얼굴을 찾지 않는다면 할 수 없는 거죠. 그런 사람이야 어떻게 하나님이 구원을 할 수 있겠습니까?

그러나 하나님은 내가 할 수 없는 불가능 안에서 만납니다. 나는 기적을 행할 수 없는데 기적을 행하시는 하나님. 나는 치유할 수 없는데 치유하시는 하나님. 나는 사랑이 안 되는데 사랑하게 하시는 하나님. 용서가 안 되는데 용서하게 하시는 하나님. 도저히 회복이 안 된다고 포기했는데 관계를 회복하시는 하나님. 이 하나님을 더 알고 싶다 하는 배고픔이 생길 때 구원의 삶이 시작됩니다. 예배의 삶이 시작됩니다. 내가 이해할 수 있는 사건 안에서만 하나님을 믿을 거야, 고집을 부리는 동안에는 그곳에서 그냥 맴돌이하는 수밖에 없어요.

제가 믿게 된 것은 하나님만이 하실 수 있는 기적을 행하셨을 때 제가 그것을 내 눈으로 목격했을 때부터입니다. 그러고도 아, 됐다, 내가 원하는 것이 이루어졌으니까 나 이제 하나님 필요 없다, 하고 물론 도망갈 수 있었어요. 손을 보여주세요. 손을 보고 만날 나는 하나님 손만 원해요. 기복신앙으로 하나님 손 보여주세요만 하는 사람들 때문에 기적의 하나님 자체를 부인해버릴 수는 없는 것입니다. 너는 땅끝까지 가서 내 증인이 되라 했는데, 보지 않았는데 내가 어떻게 증인이 됩니까. 남의 말을 듣고 하는 증언은 법정에서 채택도 안 해줘요. 내 이웃 사람이 그러는데 저 사람이 저 사람을 죽이는 것을 봤대요. 그것은 증거로도 채택이 안 돼요. 미국에서는 그것을 'heresay'라고 합니다. 증언의 효력이 없어서 채택해주지 않습니다.

내 안에 십자가의 흔적이 있어야 되고 사람으로서는 할 수 없는, 하나님으로서만 할 수 있는 사랑의 기적, 용서의 기적, 치유의 기적, 회복의 기적이 있어야 그것을 가지고 땅끝까지 가서 증언을 할 수 있는 거예요. 믿는 자에게는 이런 표적이 따르리니 죽은 자가 살아나는 기적, 병든 자가 회복되는 기적, 갇힌 자가 풀려나고, 다리 저는 자가 일어나서 걷는, 찬양하지 못하는 자가 일어나서 찬양하고, 용서하지 못하던 자들이 일어나서 용서하고, 의사가 고치지 못한다고 하는 불치병이 고쳐지는 표적들이 예수님의 복음을 믿는 자에게는 따라야 합니다. 성경 말씀이 사실이라면.

　저는 기도의 힘이 없이는 K가 결코 변화할 수 없었다는 것을 믿습니다. 아버지 어머니도 기도의 힘을 더 믿게 되었습니다. 너무나 불가능한 상황까지 갔었을 때에 모든 것이 순식간에 회복되는 것이 저희들이 함께 기도하기 시작할 때 이루어졌기 때문에, 그래서 우리가 주님 안에 있으면 열매를 맺는데 그 열매는 부인할 수 없다고 했어요. 성령의 열매는 회복입니다. 성령의 열매는 사랑입니다. 성령의 열매는 희락이에요. 성령의 열매는 평강입니다. 이런 열매들이 반드시 진정한 성령의 사역에 따른다고 생각해요. 정말 종신형을 받아야 하는 범죄에 연루되었던 아이가 그 자리에서 풀려나는 기적도 있었고, 기적 속에서 하나님 안으로 돌아왔습니다. 남들이 이게 어떻게 된 거냐, 이런 일은 있을 수가 없다 하는 자살 직전까지 갔던 아이들이 우울증의 감옥에서 풀려나고 아버지 어머니를 미워하고 아버지와 어머니도 그 아이를 미워하는 미움의 감옥에서 풀려나는 그런 현장에서 예수님이 하시는 일들을 제가 눈으로 너무 많이 보았고요. 저와 같이 기도해주시고 동역하신던 분들도 함께 보았습니다. 집행유예 기간에 또 총을 사서 재범으로 걸렸을 때에는 집행유예를 줄 수 없다고 법에 쓰여 있어서 감옥에 갈 수밖에 없는 불가능의 벽을 향해 한 아이가 조심스럽게 믿음의 첫발을 떼었을 때 정말 있을 수 없는 일들이 일어나 얘가 원하는 학교로 대신 가게 되는 기적들이 일어납니다.

그러면 안 되는 애들은 어떡하냐? 믿음이 없어서 그러냐. 하나님은 왜 그 아이는 해주고 다른 애는 안 해주냐. 사람들이 좋은 일이 일어나면 기적을 보고, 우리 형제들에게서 만일에 저런 홍해를 가르는 기적이 일어났다면 나에게도 일어날 수 있겠구나, 같이 즐거워하고 기뻐해주는 것이 아니라 인간적인 생각으로 부정적인 말들을 합니다. 저에게는 그것을 변론할 능력도 없고 하나님이 하신 일을 사람의 말로 자꾸 변명을 하다보면 그냥 사람과 사람과의 싸움밖에 안 돼요. 제가 성경을 다 이해한다고 말하지 않습니다. 그런데 성경을 믿었더니 기적이 일어나더라고요. 예수님이 전하라니까 그냥 전했더니 바뀌더라고요. 기적의 현장에서 예수님을 만난 사람들의 인생이 완전히 바뀌더라고요. 내가 믿는 예수 그리스도의 이름으로 명하여 이르노니 내게 있는 예수 그리스도의 이름으로 일어나 걸어라. 미문의 거지가 그 자리에서 일어나 걸었습니다(사도행전 3장 6절).

당시에 다리 저는 자에 거지가 그 사람 하나밖에 없었겠어요. 그런데 왜 그 사람만 고쳐주냐고 할 수는 없는 거 아니에요. 그날따라 예수님의 성령을 받은 예수님의 제자가 그곳을 지나가다가 성령의 인도함으로 그 사람과 예수님이 만난 것이에요. 그래서 그날 그 사람이 일어나서 걸은 것이에요. 예수님이 하신 일을 보고 듣고 증거하라고 주님께서 말씀하신 것을 믿고, 예수님 저와 함께 해주세요. 기도하고 예수님이 해주실 거라고 선포하고 저와 함께 그것을 같이 믿는 사람들이 두세 사람이 모여서 예수님의 이름으로 같이 중보하고 그랬을 때, 예수님이 그곳에 나타나시는 체험을 하는 것이 저는 가장 성경대로의 복음이라고 믿습니다. 우리의 삶을 정말로 변화시켜 주고 싶어서 이 땅에 오신 예수님, 자기의 몸 된 교회가 두세 사람이 모여서 예수님을 증거하는 곳에는 항상 나타나시는 예수님. 그 예수님은 어제나 오늘이나 영원토록 동일하시다고 했습니다(히브리서 13장 8절).

예수님을 땅끝까지 전하라고 하셨을 때, 사람의 힘으로 감옥에서 그 땅끝에서 찾아오셔서 자기의 자녀들을 미움과 세상의 감옥에서 풀어주시는 예수님을 제가 만났습니다. 이곳에 사람의 달변이나 어떤 인간을 설득할 수 있는 인간의 언어로 책을 쓰려하는 게 아니라 나는 내가 만난 하나님, 기적의 하나님, 십자가의 예수님을 통해 만난 그 하나님의 능력을 전하고 싶습니다. 우리들의 믿음이 사람들이 하는 사람들이 만들어내는 종교가 아니라, 하나님의 능력이 있기를 원합니다.

땅 끝 의 아 이 들

어저께 실패했다고 하더라도 오늘 다시 믿고, 내일 또다시 믿고 하면 어떤 때에는 그 기도가 하나님이 원하시는 성령의 기도로 예수님이 그 자리에 나타나셔서 많은 일이 일어나는 때도 있고요. 어떤 때에는 하라는 대로 다 했는데, 모든 것을 다 했는데 당장 나타나지 않고 기다리게 하시는 때도 있습니다. 어떤 때는 기다리고 기다리다가 그냥 죽음에 이르는 수도 있어요. 그렇지만 저는 그것들을 보고 눈에 보이기 때문에 믿는 것이 아니라 믿으라고 하셨으니까 믿습니다. 하나님이 말씀하셨으니까 믿는 거예요. 그런데 기도하는 사람들마다 다 나았고 제가 기도하는 사람들마다 감옥에서 나왔다고 말한다면 얼마나 그것이 위험하겠어요. 그래서 저는 눈으로 보이는 응답이 없는 그런 것들도 허락하셨다고 생각해요. 응답이 바로 없으면 믿음을 포기하고 떠나는 사람들도 있지요. 예수님만 바라보고 내가 그 예수님 말씀만 믿고 따라갈 때, 십자가를 따라갈 때, 이 말씀이 정말 사실이군요, 복음이군요, 하는 간증이 나의 입이 아니라 나의 삶을 통해서 생기기 시작하는 것, 그것이 저는 구원의 열매라고 생각해요.

교회를 떠나서 요가, 뉴에이지 같은 것에 빠지는 아이들. 예수님이 저와 함께 가시기만 하면 예수님이 저의 입을 통해서 말씀하시고, 저의 손을 통해서 만져주시는 것을 보았어요.

하나님께서 저를 아프리카, 오스트레일리아, 푸에르토리

코, 일본, 중국, 이스라엘 등 많은 나라로 보내셨습니다. 정말 지리적으로도 땅끝인 오스트레일리아가 얼마나 멉니까. 이스라엘, 비행기를 캘리포니아에서 그렇게 오래 타고 갈 수가 없었어요. 지리적으로도 땅끝으로 이제는 하나님께서 보내주시는 것 같아요. 보내시는 곳마다 그곳에 있는 하나님의 자녀, 회개하고 구원받고 하나님의 자녀의 삶을 시작하는 그런 아이들을 너무나 많이 만나게 해주시면서 하나님께서 제 안에 있었던 그 모든 의문을 풀어주셨어요. 하나님, 나는 이것이 선같이 보이지 않습니다. 하나님, 왜 우리 아들이 살아나지 못했습니까? 저는 아직도 하나님에 대한 많은 의문이 있어요. 그렇지만 그 의문 속에서 하나님께서 나는 선한 하나님이라, 나는 너를 사랑한다, 나는 너를 목적을 가지고 만들었다, 나는 네 아들을 목적을 가지고 만들었다, 모든 사람은 목적을 가지고 태어나는 나의 아들이고 딸이다. 땅끝까지 내가 너를 그곳으로 보내면 너는 나와 함께 가겠느냐. 나는 나를 담고 갈 나의 몸이 필요하다, 나의 손이 필요하다, 나의 눈이 필요하다. 너는 나와 함께 내 아이들을 찾으러 가주겠느냐. 하나님께서는 저의 질문들에 항상 그렇게 대답하세요.

하나님, 우리 아들이 왜 죽었어요. 거기에 대해서는 대답을 해주시지 않으세요. 그러나 하나님의 대답은 나는 너를 사랑한다. 네가 그것을 믿느냐. 주님은 항상 그렇게 제게 대답을 하십니다. 제가 그러면 네, 아버지. 아버지가 저를 사랑하시는 것을 믿습니다. 눈에 보여주셨기 때문이 아니라 저의 아버지이시기 때문에, 하나님은 선하시다는 것을 제가 믿기 때문에 제가 믿습니다. 하나님을 알게 해주세요 하고 기도합니다. 하나님은 영생을 주고 싶어 하십니다. 우리를 사랑하시기 때문에, 우리가 달라고 하는 모든 것이 하나님이 주시고 싶어 하는 영생에 비하면 쓰레기이기 때문에, 잠시 그것들을 주지 않으시고 또 나에게서 가져가시는 거예요. 나에게서 하나님이 가져가시는 것들은 모두 씨가 됩니다. 그래서 그것을 예배로 하나님에게 드리면 그 씨가 땅에 떨어져서 내가 예배자로 다시 태어날 때, 이 세상과 죄와 사망이 건드릴 수 없는 영원한 열매, 영원한 씨, 영원한 생명으로 돌려주십니다.

저희 아들이 그때 다시 살아났다고 해도 그 아이가 어떤 인생을 살다가 어떻게 죽었을지는 저는 몰라요. 그렇지만 지금 제가 하나님이 살려주실 수 있었는데, 왜 안하셨습니까. 마리아와 같은 처절한 질문을 끌어안은 채로, 하나님을 사랑하고 믿는 마음으로 땅에 엎드려서 그분을 경배할 때 부활의 예수님 안에서 그 아이를 다시 만나게 하십니다. 다시는 죽음이 건드릴 수 없는 곳, 미움이 건드릴 수 없는 곳, 예수님이 예비하신 내 아버지의 집에서 쉬고 있는 우리 아들을 다시 만났을 때에는 영원토록 다시 헤어질 수 없는 그런 만남으로 다시 만나게 하셨습니다.

그런데 다시 만난 그 아이 안에는 제가 처음에 놓지 않으려고 보내지 않으려고 움켜쥐고 있었던 씨 하나가 아니라 나무가 있었고 내가 알지 못했던 더 많은 씨들이 있는 그 열매들이 몇 백 개, 몇 천 개가 있었어요. 그 안에서 이 아이들을 만나고 사랑하고, 그리고 예수님의 그 아이들을 만져주시는 손을 보고, 그리고 그분의 얼굴을 그 아이들 안에서 또 만나고, 그것이 저에게는 사역이 아니라 내 아들이 떨어진 곳에 핀 많은 아름다운 의의 나무들과의 만남입니다. 예수님께서 너희들이 다산 돌로, 하나하나가 살아 있는 돌로 나의 성전이라고 했어요.

오스트레일리아와 아프리카에 갔을 때 그리고 또 중국에 갔을 때 만난 사람들이 한 가족이 되고 한 몸이 되면서 하나님의 집을 지어가는 것이 바로 사랑으로 만나 하나 되는 축복입니다. 가족이 하나밖에 없었는데, 제 아이들만 사랑했는데, 이제는 똑같은 사랑으로 너무나 많은 아이들을 품을 수 있게 되었습니다. 저에게는 이제 못 견디겠는 의문도 없고 걱정하는 것이나 두려운 것이나 가지고 싶은 것, 모든 것이 많이 정리가 된 것 같아요. 우리 아이가 죽을 때, 유진이의 엄마로서 나도 죽었지만, 그것으로 끝나는 것이 아니라 내가 유진이를 사랑하던 사랑으로 다른 아이들을 사랑할 수 있다면, 내가 다시 부활한 것이라면 우리 유진이도 죽은 것이 아니라 다시 그 아이들 한 명 한 명 안에서 부활하는 것이라는 것을 주님께서 보여주신 것이고요. 아들을 잃은 것이 아니라 수백 명의 소중한 주님의 자녀를 주신 것을 깨닫게 해주셨습니다. 그래서 오늘도 그 아이들을 만나러 또 다른 땅끝으로 예수님과 떠납니다.

9

마지막 추수 소리

"너희는 넉 달이 지나야 추수할 때가 이르겠다 하지 아니하느냐
그러나 나는 너희에게 이르노니
너희 눈을 들어 밭을 보라 희어져 추수하게 되었도다."

— 요한복음 4장 35절

여기 한 쌍의 부부가 있습니다. 여자는 사랑을 안 해준다고 자꾸 불평을 하고 남편은 자기가 할 수 있는 만큼 최선을 다하는데도 자꾸 불평을 하니까 이제는 해달라는 것도 안 해주고 심술까지 생기고요. 그렇게 서로가 사랑의 언어를 이해하지 못했기 때문에 결혼생활이 깨지기 직전까지 갔어요. 이 집 아이가 엄마 아빠가 너무 싸우니까 집에 가기 싫다는 거예요. 다시 옛날 갱단으로 돌아가고 싶은 유혹이 있다고 해요. 하나님이 저에게 제 경험을 바탕으로 해서 부인을 이해할 수 있도록 남편을 도와주라는 거예요. 저는 여자니까 여자로서 받은 상처들이 있잖아요. 그리고 그것을 표현할 수 있는 표현력이

있잖아요. 성령님을 의지하면서 갔습니다. 남편이 너무 속상해하지만 이 여자는 고마워할 줄을 모릅니다. 남편은 이렇게 말하더군요. "내가 정말 내 인생을 다 바쳐서 가정을 위해서 일하고, 아침이면 일어나서 집안 청소 다 해주고, 차고 청소도 해주는데 맨날 왜 내가 자기를 사랑하지 않는다고 합니까. 이 여자는 줘도 줘도 끝이 없습니다. 그래서 아무것도 안 해주고 싶습니다." 이분이 굉장히 부인에게 상처를 많이 받은 거예요. 제가 하나님 도와주세요 하면서 말씀을 나누기 시작했습니다.

'하나님을 만나게 되고 치유를 받으면 대화를 할 수가 있게 되거든요. 커뮤니케이션이 돼요. 자기를 알기 때문에 남에게 자기를 알려줄 수가 있어요. 사랑의 언어가 다 달라요. 제 친구 중에 이런 사람이 있어요. 자기는 선물을 받아야 사랑을 받는 것 같다, 그러니 깜짝 놀라게 선물을 해주면 좋겠다. 이 여자는 건강했기 때문에 그렇게 남편에게 가르쳐줄 수가 있었다고 그래요. 남편이 결혼기념일과 생일, 밸런타인데이, 세 번 꼭 챙겨서 꽃을 보내주고 가끔씩은 데리고 나가서 저녁도 사주면서 아무렇지도 않게 복잡하던 문제가 다 해결이 되었어요.'

남편은 속으로 '아, 이제부터 이 여자는 다른 불평거리를 찾겠구나'라고 생각했대요. 그러면서도 속는 셈치고 부인이 원하는 대로 해주었더군요. 그것도 부인이 생각한 것보다 풍성하게요. 부인이 일하는 직장에 줄기가 긴 비싼 장미꽃 서른 송이를 보낸 거예요. "사랑한다"는 고백이 담긴 예쁜 카드와 함께요. 그 순간 부인은 완전히 감격했지요. 그러면서 남들은 생일 선물을 받는데, 자신은 아버지가 너무 바빠서 아무것도 챙겨주지 않았다며, 몇 십 년간 같이 살면서도 남편이 몰랐던 이야기를 하더라고요. 부인의 이야기를 듣자 남편은 "내가 그걸 몰랐어. 미안해"라면서 사과를 했고, 두 사람은 서로의 상처를 보듬어주고 치유했어요. 그러면서 모든 문제가 너무나도 쉽게 해결되었답니다.

예수님이 "나를 본 자는 나의 아버지를 보았다"라고 했어요. 우리가 하나님을 볼 수가 없기 때문에, 영이신 하나님을 볼 수가 없기 때문에, 몸으로 육신으로 이 세상에 오신 예수님인데. 예수님이 하신 행동들을 보면 우리가 하나님을 얼마나 오해했었나를 깨닫게 됩니다. 율법이라는 것은 모든 커뮤니케이션, 관계가 단절된 상태에서 하나님이 서신을 보낸 거예요. 이미 쓰인 계명이 죽음을 가져온다고 했어요. 그런데 하나님 입에서 바로 나오는 따끈따끈한 말, 지금, 오늘 주시는 말, 이것은 우리에게 생명을 가져온다고 하셨어요(고린도후서 3장 6절). 요한복음 5장 25절 말씀에서 마지막 때, 그 하나님의 아들의 음성을 듣는 자는 살아나리라 했어요. 모든 죽음과 단절에서 회복시키려고 주님이 오셔서 처음 하신 것이 치유였어요. 치유는 사랑의 표현이에요. 우리는 몸을 가진 인간이기 때문에, 우리가 원하는 것을 해주시는 것이 사랑이라면 그 아픈 자에게 지금 병을 고쳐주시는 거 외에는 다른 것이 없거든요. 에스겔서 36장 26절에서 나오는 돌 같은 마음을 제하여버리고 내가 나의 마음과 내 영을 넣어준다 했는데, 마음이 어느 정도 열려야 주님이 들어오시거든요. 나병 환자가 그러죠. 내가 당신이 하나님의 아들인 것을 압니다. 당신이 하실 수 있다는 것도 믿겠습니다. 보았기 때문에. 그런데 나 같은 사람도 치유해주십니다. 당신이 나를 사랑하십니까? 사람을 사랑한다, 인류를 사랑한다가 아니라 정말 나를 사랑하십니까. 계속 묻는 거지요. 사랑에 대한 믿음이 없었던 거예요. 이 사람은 너무나 스스로에게 자신이 없고. 몸이 부서지고 깨지는 상처 속에서 하나님이 나도 사랑해주셔서 나에게도 기적을 주실까 의심이 자꾸 생기는 거예요. 그런데 예수님이 '내가 원한다' 하시고 이 나병 환자를 만져주셨어요. 사람들이 얼마나 이 사람을 피했겠어요. 문둥병은 전염병이기 때문에, 죄의 상징이죠. 구약에서는 나병 환자들은 성전 근처에 가지도 말고 제사도 참여 못 하고 거룩한 것들로부터 분리되게 했어요. 우리가 쓰여진 것들을 그대로 받아들이고, 그것 이상의 영적인 계시나 계속되는 대화가 없으면 죽은 종교가 되어버립니다. 관계가 단절된 상태에서 쓰인 계명(의문)을 받아들이는 것은 죽음을 가져온다고 했어요.

예를 들어볼까요? 딸을 굉장히 사랑하던 아버지가 계셨어요. 딸도 아버지를 매우 존경하고 잘 순종했지요. 그런데 열 살 때 아버지에게 받은 편지가 딸에게 있어요. 그 편지에는 "너 길을 건널 때 조심하고, 항상 아빠 손 꼭 잡고 걷자. 집 앞의 길이 너무 위험하니까 절대로 혼자 걷지 말고 말이다"라고 적혀 있어요. 당시 집 앞이 굉장히 차들이 많이 다니는 번화로 였다면, 이런 아버지의 편지는 자식을 향한 아버지의 지극한 사랑의 표현이라고 말할 수 있겠죠. 하지만 20년이 지나 성인이 되어서 한적한 동네에 이사를 간 후에도 아버지의 말씀에 순종해야겠기 때문에 아버지의 손을 잡지 않고서는 절대 길을 건너지 않는다 생각해보세요. 게다가 아버지께서 돌아가시기까지 했다면요. 그 사람의 인생이 어떻겠어요? 그러면 그 사람의 인생이 힘들 뿐만 아니라 남들은 뭐 그런 이상한 아버지가 있느냐, 왜 네게 길을 건너지 말라 했느냐, 하며 이상한 아버지가 되겠죠.

때가 바뀌어서 하나님의 사랑을 직접 보여주려고 하나님의 아들을 보내시는 은혜의 시대가 시작이 되었는데, 그 사람들이 예수님을 나병 환자를 만졌다고 핍박하고 안식일에 고친다고 핍박하고, 왜 그랬겠어요. 그것이 하나님을 정말 몰랐기 때문에 그런 거예요.

　이사야서에서 하나님이 내 백성이 나를 모른다고 그랬어요 (이사야 1장 3절). 잘못된 열정으로 인해서 그들이 죽음에 이르는 것을 아주 괴로워하셨습니다. 그래서 호세아서에서도 내 백성이 나를 모르므로 망하는도다 말씀하셨습니다. 하나님께서 예수님을 살아 있는 편지로 보내셨어요. 예수님이 오신 것은 사랑의 메시지였습니다. 살아 있는 하나님의 사랑의 메시지. 내가 너희들을 이렇게 사랑한다. 너희들의 고통이 나에게 아무렇지도 않은 게 아니다. 네가 나에게로 오면 나는 너를 고쳐주고 싶은 하나님이라. 나에게 예배와 믿음으로 다가오라. 회개하고 나에게 돌아오라는 것은, 하나님에 대한 잘못된 생각부터 고치고 하나님을 알라는 뜻이에요. 그런데 여태까지는 하나님을 알 수가 없었어요. 하나님과 우리가 단절되었었고, 거룩하신 하나님이 죄인과 함께 있을 수가 없고 보여주실 수도 없었어요. 모세는 하나님의 길을 아는 사람이라고 하셨어요. 노아는 알았어요. 온 인류 중에서 한두 명밖에는 하나님을 알지 못했어요. 그런데, 하나님이 이제는 이 모든 사람에게 하나님을 알게, 보여줄 수 있게 하기 위해서, 하나님의 길을 보여주시기 위해서, 길이신 예수님을 보내신 거예요. 모세는 하나님의 길을 알았지만 사람들은 하나님의 기적밖에 못 봤다고 했어요. 그런데 예수님은 그 하나님의 길을 보여주시려고 직접 하나님이 육신을 입고 오셨어요. 그분이 여기서 3년 동안 사시면서 하신 일은 치유였어요. 많은 것들이 치유였어요. 물론 오병이어의 기적처럼, 지금 우리의 배고픈 것을 채워주시기도 하고 죽은 과부의 아이도 살려주신 적도 있지만 대부분이 치유였어요. 만져주시는 예수님의 손길이 바로 하나님의 손길인데, 손으로 만져준 순간에, 그 나병 환자가 모든 것에서 단절이 돼서 죄 때문에 받던 모든 고통에서 치유를 받습니다. 예수님은 나병 환자가 만져주면 그 사랑을 믿을 것이라는 것을 아셨어요. 그 사람에게 필요한 사랑의 언어는 만져주는 것이라는 것을 아셨어요. 그분이 그 더러운 고름이 나오는 나병 환자를 어떤 제사장보다도 거룩하신 하나님의 아들, 자신의 손으로 따뜻이 만져주셨어요. 예수님이 손을 직접 뻗으셔서 나병 환자를 건드린 것이 율법을 깨뜨리는 것처럼 보였어요. 나병 환자를 건드리면 부정해진다고 모세가 적은 율법을 어기는 행위로 보였어요. 예수님이 보여주시고 싶었던 것은 살아계신 하나님의 사랑이 이 세상에 어떤 것보다도 강하고, 그것이 율법을 완성한다는 것이었어요. 율법이라는 것은 단절된 상태에서 우리가 너무 악하게 살 때, 하나님을 알 수가 없는 우리에게 하나님이 주실 수 있는 최선의 사랑의 표현이었어요. 그러나 이제는 하나님과 우리가 사랑으로 연결될 수 있다는 것을 예수님은 보여주러 오셨습니다. 미국이 우리를 도와

줬을 때 레이션 박스를 주잖아요. 그것은 미국이 우리를 불쌍하게 여겨서 단절이 된 상태에서 도와준 거죠. 우리가 만약 합병이 되어서 하나가 된다면 우리가 미국 시민이 될 수만 있다면 그렇게 할 필요가 없죠. 동정으로 주는 레이션은 다 가져다 버려야 되는 거예요. 그것은 온전한 사랑의 표현이 아니기 때문에. 예수님이 이제는 사랑의 표현으로 오셨는데, 이 사람들이 알지 못했어요. 예수님이 하나님의 사랑에 대해서 알려주기 위해서 이 사람들이 알 수 있는 언어로 표현한 것이 치유였어요. 저는 그것이 지금도 하나도 다르지 않다고 생각해요. 지금 꽃이 필요한 아내에게 계속해서 형이상학적인 이야기를 아무리 해도 소용이 없어요. 이 여자는 꽃을 받아야 사랑받는 느낌이 드는데 말이에요. 암에 걸려 죽어가는 사람 중에도 정말 지적이고 형이상학적인 것으로 자기의 고통을 모두 뛰어넘고 하나님의 사랑과 연결이 될 수 있는 사람이 물론 있겠죠. 모세처럼 노아처럼 그런 특별한 사람이 없다는 것은 아니에요. 그런데 대부분의 사람들은 그것이 안 돼요. 저는 그것이 안 됐어요. 하나님이 직접 보여주시고 만져주시지 않으면 저는 하나님이 사랑하신다는 것이 느껴지지 않았기 때문에, 사랑이 믿어지지 않는데, 다른 어떤 믿음도 거기서 일어날 수가 없어요. 내가 지금 이렇게 아픈데, 내가 아픈 게 하나님에게는 상관없다면 내가 그분이 아무리 능력이 있고 거룩하신 분이라고 해도 어떻게 그분의 사랑을 믿겠습니까. 사랑을 믿을 수가 없는데 어떻게 다른 것을 믿어요. 갈라디아서 5장 6절에서 믿음은 사랑으로서 역사한다고 했습니다. 사랑을 통해서 믿음이 생겨나고 역사합니다. 그것이 아닌 것은 종교적인 허식이라고 생각해요. 하나님이 나를 사랑하신다는 것을 믿지 않으면서 하나님을 내가 믿는다고 하는 것은 저는 거짓말이라고 생각해요. 사랑이 모든 것의 시작이고 모든 것을 이기고, 모든 것을 참게 하는 사랑이 있어야 나의 믿음이 쓰러지지가 않아요. 그래서 진짜 사랑이 아니고, 진짜 사랑해서 생기는 진짜 믿음이 아니고, 종교적으로 두려움에서, 하나님을 믿는 척하는 믿음은요 진짜 큰 시련이 닥치면 무너져요. 모든 것을 참지 못해요. 그래서 진짜 부활의 하나님 기적의 하나님을 끝까지 만날 수가 없어서, 성숙하지 못해서 자라지 못해요. 어린아이가 자라지 못해서 계속 아기인 채로 있는 그런 병이 실제로 있다고 그러더라고요. 그러면 완성될 수가 없죠. 믿음도 똑같아요. 서른 살, 마흔 살인데 아기처럼 젖 빨고 기저귀를 갈아줘야 한다면 어떨까요? 태어나기는 했지만 자라나지 못하는 믿음은, 완전히 기형아처럼 되기 때문에, 온전한 믿음의 성장, 장성한 분량까지 자라지는 못합니다.

예수님께서 치유를 해주실 때는 치유가 목적이 아니었어요. 하나님이 너의 고통을 무시하는 분이 아니다. 하나님은 너의 고통을 치유하지 못하는 능력 없는 분이 아니다. 하나님은 너를 사랑하신다. 그것을 우리가 알아들을 수 있는 언어로 말씀하신 것이 치유였어요. 나병 환자에게 손을 얹고 문둥병을 고쳐줄 때, 저는 그 나병 환자가 하나님의 사랑을 느끼면서 치유되었다고 믿습니다. 예수님의 보혈을 믿음으로써 나에게 치유가 임할 때, 그때 하나님과의 커넥션이 이루어지는 거예요. 내가 그분이 나를 사랑하는 것을 믿으면 그때부터 그 믿음을 통해서 내가 장성할 수가 있어요. 예수님처럼 자라날 수가 있어요. 예수님의 장성한 분량까지. 저는 하나님의 사랑을 나타내는 손이 되라고 우리 몸 된 교회에게 안수라는 것을 주었다고 생각합니다. 예수님께서는 너희가 병든 자에게 손을 얹은 즉 나으리라 하셨어요. 기름을 바르고 손을 얹고 기도하면 나으리라. 왜 손을 얹어야 병이 낫습니까? 백부장의 그 믿음을 얼마나 기뻐하셨어요. 예수님이 저 믿음이 가장 큰 믿음이라고 좋아하셨습니다. 그렇다고 해서 너희는 왜 백부장처럼 되지 못하느냐 하고 어렵게 복음을 만들지 않으셨어요. 너는 왜 내게 귀찮게 구느냐. 백부장 봐라, 그냥 믿지 않느냐, 내가 말 한마디만 하면 다 된다는 것을 너는 믿지 못하냐 이러시지 않으셨어요. 그 사람들을 끌어안고 손을 얹고 같이 그 안에서 그 사람들이 믿음이 생길 수 있게 도와주셨어요. 그것이 저는 사랑의 언어라고 생각해요. 그것이 사랑의 표현이라고 생각해요. 그 사람 수준에 내려가 그 사람들이 듣는 말을 해야 사람들이 알아듣잖아요. 치유는 사랑의 언어였어요. 내가 너희들을 이렇게 사랑한다. 나의 아버지는 나와 똑같다. 지금 하나님이 육신으로 오실 수 있다면, 이렇게 하실 것이라고 보여주신 거예요. 사랑을 보여주신 거예요.

제가 어느 집회에 갔을 때 굉장히 힘들어하는 가정이 있었는데, 성령의 인도로 아버지와 딸이 앞으로 나와서 치유받는 기회가 생겼어요. 저는 아이 아버지에게 아이를 사랑한다고 말해주기를 권유했어요. 그러자 아버지는 굉장히 쑥스러워하면서 내가 너 사랑하는 거 알잖아, 성숙하고 아름다운 대학생 딸에게 말하자 그 말을 들은 딸은 어린아이처럼 갑자기 "몰라 아빠, 나는 몰라 아빠, 아빠가 나를 사랑하는 것을 내가 어떻게 알아? 내게 말해줘야지, 아빠 나한테 사랑한다고 말해준 적이 없잖아"라고 울면서 소리를 치는데, 저도 놀라고 아이도 놀라고 아버지도 놀라고 거기 있는 모든 사람이 충격을 받았어요. 그러다 갑자기 여기저기서 젊은 아이들이 울기 시작하고 아버지 어머니도 울기 시작하는 성령의 역사가 있었는데요. 이게 얼마나 오랫동안 단절되어 있었는지 우리가 몰랐던 걸 보여주는 거예요. 말을 안 해주면 모른다는 것을 하나님은 아셨어요. 그래서 하나님을 보여주시려고 예수님이 오셨어요. 예수님이 오셨을 때, 예수님을 보고 하나님을 믿은 자마다 모두 병이 나았어요. 예수님에게 와서 하나님 나를 사랑하신다면 나를 고쳐주셨으면 좋겠습니다. 겨자씨만 한 믿음으로 자신의 소원을 가지고 와서 예수님께 예배하면서 당신이 하나님의 아들이라면 당신 아버지인 하나님이 나를 고쳐주시는 능력이 있다고 우리 선조들이 그러던데, 그러면 그분이 나를 사랑해주시는 분입니까. 나를 고쳐주십시오라고 기도하자 예수님이 병을 고쳐주셨을 뿐만 아니라 내가 너를 이렇게 사랑한다며, 그 사랑을 보여주었어요. 그들의 병이 나았을 때, 어떤 사람들은 병이 낫자 도망갔지만 열 명의 나병 환자 중에, 한 명은 "아, 저분이 하나님의 아들인데 나를 사랑하시는구나. 내가 이 하나님을 알고 싶다"라면서 다시 예수님에게 돌아와서 예수님께 엎드려서 경배했어요. 저는 이 치유 사역이 없는 교회는 세상을 하나님과 연결시킬 수 없다고 생각해요. 하나님을 모르고 하나님을 모르는 사람에게 가서 하나님이 당신을 사랑해서 독생자를 주셨습니다. 아무리 말해도 안 믿습니다. 그 사람과 내가 무슨 상관이 있습니까. 지금 우리 집은 쑥대밭이라 아내와 내가 매일 싸워서 지옥 같은데, 아이들은 나가서 마약을 하는데, 나는 지금 너무너무 허리가 아파서 책상에 한 시간도 앉아 있을 수가 없기 때문에 일을 못하는데, 당신이 사랑한다는 하나님은 어디에 있습니까? 하나님이 나를 사랑하신다면 왜 나를 안 고쳐주십니까? 그것이 당연한 것이라고 생

땅 끝 의 아 이 들

각해요. 그 사람들을 욕할 게 하나도 없다고 생각해요. 내 안에 예수님이 있는데, 당신을 지금 만나고 싶어 하십니다. 내가 당신에게 손을 얹고 기도해도 되겠습니까. 내가 믿는 예수 그리스도의 이름으로 명하노니, 내가 믿는 예수의 피의 능력으로 내가 명하노니, 이 고통은 떠나갈지어다. 우리가 그들에게 다가가 기도해줄 때, 마치 베드로가 거지 앞에서 내가 믿는 예수의 이름으로 명하노니 일어나 걸으라 했을 때 일어나 걸었던 것처럼 그들이 일어나 걷는다면, 통증이 사라진다면 그때 사랑의 메시지가 전해지고 영혼 구원이 일어나는 그것이 온전한 치유의 사역이라고 생각해요. 지금 내가 형제님을 고쳐준 게 아니에요. 지금 내 안에 있는 예수님이 하나님의 사랑을 보여주신 것입니다. 예수님이 이것을 보여주시려고 오셨습니다. 우리에게 능력을 주셨습니다. 일어나 걸으십시오. 가서 하나님을 이야기하십시오. 치유에 따르는 이 메시지가 저는 복음이라고 생각합니다.

치유 없이 메시지만 있다면 사람들은 믿지 않아요. 메시지 없이 치유만 하면 사교하고 다를 게 하나도 없어요. 바울과 베드로가 자기에게 절하는 사람들을 얼마나 기절하며 말립니까. 아닙니다. 이것은 내가 아닙니다. 내 안에 있는 예수의 능력입니다. 십자가에 죽으시고 부활하신 예수님밖에 없습니다. 그분이 당신을 사랑하십니다. 그분을 믿기만 하면, 그분이 여러

분들에게 영생을 주십니다. 이것이 진정한 복음이에요. 진정한 복음의 메시지는 치유의 능력과 병행되어야 합니다. 치유와 기적의 능력 없이 말만 하는 것은 사람들이 믿지 않아요. 복음의 능력이 없어요. 능력이 없는 사역을 3년 하고 나서, 제가 예수님의 능력 없이는 저는 정말 이들을 회복시킬 수 없습니다 하는 고백이 제 입에서 나왔을 때, 그때부터 예수님이 저를 사역자로 훈련을 시키기 시작하셨어요. 그것은 사랑 안에서 성숙해지는 과정이에요. 그것은 연인들밖에는 이해를 못해요. 극단적인 표현을 하자면 그것은 남녀 간의 사랑처럼 아름답고 비밀스러운 것이에요. 부부가 결혼해서 성생활을 하는 것은 정말 아름다운 것이에요. 남편이 아내만을 사랑하고 아내가 남편만을 사랑한다는 것은 말로 끝나는 것이 아니라 '데몬스트레이션'으로 이어지죠. 서로 터치하고 키스하고 손잡고 그리고 가장 마지막 가장 능력 있는 터치가 서로 하나가 되는 성행위라고 생각해요.

하나님은 절대로 섹스가 나쁘다고 하지 않았어요. 하나님이 주신 가장 강렬한 쾌감을 느낄 수 있는 터치는 남편과 아내 사이의 결혼이라는 울타리 안에서 일어나는 사랑의 행위예요. 그것은 하나님과 우리와의 마지막 사랑까지도 상징하는 것이에요. 남편과 아내로, 하나님의 신부로 우리를 부르셨다고 했어요. 사랑은 미스터리예요. 사랑의 길을 걸어가는 것은 미스

터리예요. 예수님의 하나님과의 사랑. 끝까지 순종하는 사랑은 우리가 이해할 수가 없어요. 우리가 예수님의 신부가 되면 예수님의 모든 것을 우리에게도 체험하게 하고 싶어 하세요. 사랑하니까. 그래서 예수님을 알고 예수님도 우리를 알고 예수님을 만지고 예수님도 우리를 만지고, 진정한 친밀감을 원하세요. 그런데 그것을 남들이 보면, 그 사역자가 부활의 능력을 갖기까지 겪어야 하는 십자가의 길을 사람들이 보면서 하나님을 무섭다고 오해할 수가 있어요. 사랑이 있으면 그 길을 걸어갈 수가 있어요. 사랑만이 부활에 이르는 믿음으로 우리에게도 십자가로 나아가게 되는 거예요. 그것을 우리에게 주십니다.

처음 만져주시는 치유, 터치를 체험하고 나면 우리를 위해서 죽으시고 부활하신 예수님과 사랑의 순례가 시작됩니다. 치유만 좇아다니는 사람은 어떻게 할 수가 없어요. 구더기 무서워서 장을 못 담글 수는 없죠. 미국 속담으로 하면 목욕물이 더럽다고 아기까지 버리냐고 그러죠. 지금 우리 교회가 목욕물이 더럽다고 아이를 버리고, 구더기가 무서워 장을 못 담그는 상태라고 생각해요. 그래서 치유가 없고, 기적이 없고 진정한 복음이 없다고 생각해요. 바울은 "내가 여기에 온 것은 사람의 말로 설득하러 온 것이 아니라 하나님의 능력을 보여줌으로써 예수님의 십자가밖에는 말하지 않기로 작정했다"라고 했죠. 그것이 능력 있는 복음을 전하는 비밀이라고 생각해요. 이 세상 사람들은 하나님의 터치를 느낄 수 없는 나병 환자들이에요. 제가 그랬어요. 제가 나병 환자였어요. 아무리 하나님이 사랑한다 해도 믿지 않았어요. 남들은 다 사랑해도 나는 사랑하지 않을 것이라 생각했어요. 예수님이 나를 만져주셨을 때, 사랑의 터치를 느낄 수 있었던 그 문둥병이 나았어요. 그 사랑을 믿기 시작하면서 다른 병들도 나았어요. 이러면서 그때, 예수님의 터치를 전하는 손이 되고 싶다. 예수님의 발이 되고 싶다 하는 그런 소망이 생기면서 하나님 저를 사역자로 써주세요, 하는 소원이 제 마음에 생겼어요.

『다섯 가지 사랑의 언어』라는 책이 있는데요. 저는 정말 치유가 하나님의 사랑의 언어라고 생각해요. 하나님이 우리에게 맞추어서 우리의 언어를 아시기 때문에, 우리에게, 우리가 알아들을 수 있는 말로, 내가 너를 사랑한다 하는 사랑의 표현이라고 생각해요.

귀신 들린 사람들이 병을 다 고쳐요. 능력 있어요. 아프리카에 가면 무당들이 개구리를 갈아서 만든 이상한 것들을 먹으면 임신이 안 된 여자들이 임신이 돼요. 임신한 여자에게 저주를 하면 2, 3년씩 아이가 안 나오는 기적이 일어나요. 기적 자체는 마귀가 모방할 수가 있어요. 그러나 기적을 통해서 전해지는 사랑의 메시지, 예수님의 십자가의 메시지, 기적과 함께 보여주는 하나님의 메시지는 마귀가 흉내 낼 수 없고, 흉내 내고 싶어 하지도 않아요. 그것은 마귀의 영역이 아니에요, 하나님만이 가지고 있는 영역이에요. 그것을 우리 교회에 주셨어요. 그 보배를 우리 질그릇에 담아주셨어요. '너는 가서 나의 몸이 되어서 내가 했던 사역을 해라. 가서 배가 고픈 자들을 먹이고, 갇힌 자들을 풀어주고 병든 자들을 고쳐주고, 죽은 자들을 살려주어라. 그리고 하나님이 세상을 이토록 사랑하사 독생자를 주셔서 그분이 여러분의 죄를 십자가에서 지고 죽으시고 부활하셨기 때문에, 아픈 사람이 지금 일어나서 걷는 것입니다. 암이 나은 것입니다. 이 복음을 전하라.' 이것은 마귀가 건드릴 수 없는 영역이에요. 십자가의 부활은 못 건드려요. 그런데 그들이 교회에서 빼앗아간 것이 있어요. 구더기를 생기게 해서 장을 못 담그게 만들었어요. 구정물로 목욕탕을 채워서 아기까지 버리게 했어요. 그것이 우리 아이들이 교회를 10년, 20년씩을 다니고도 대학 들어가자마자 떠나는 이유예요. 그것이 오랫동안 신앙생활을 했어도 가정이 파괴되고, 교회 안 이혼율이 세상의 이혼율보다 1퍼센트도 적지 않다는 현실의 비극이에요.

우리는 구체적으로 만져주는 것을 원하는 육신이 있는 사람이에요. 예수님이 육신을 가지고 오셨다는 것을 거부하는 것이 적그리스도의 영이라고 했어요. 우리가 육신이 있는 사람인데 자꾸만 영적인 것으로만 충족하라고 하니까 그것이 사랑으로 느껴지지 않는 거예요. 정말 살아 계신 하나님이 우리를 성령 안에서 진짜로 우리의 몸에 터치해주시고 아픈 부위에 손을 얹어서 안수하서 낫게 해주시는 체험이 교회에서도 도적질당했어요. 파괴되었어요. 죽어버렸어요. 왜요, 죽이고 파괴하고 훔치는 자는 도적이에요. 마귀예요. 예수님이 도적은 훔치고 파괴하려고 하지만 나는 너희들에게 풍성한 삶을 주려고 왔다고 하셨어요. 사도행전 10장 38절에서 "나사렛 예수에게 성령과 능력을 기름 부으사 그가 두루 다니시며 선한 일을 행하시고 마귀에게 눌린 모든 사람을 고치셨다"고 했어요. 18년 동안 허리가 굽었던 여자에게 회당에서 이렇게 말씀하셨어요. 종교 지도자들이 "이래서 안 됩니다. 저래서 안 됩니다. 하지 마십시오. 치유하시지 마십시오" 하니까, "아브라함의 딸인, 하나님의 존귀한 자녀인데 18년씩이나 마귀에 꽁꽁 묶여 있는데 너희들은 아무렇지도 않느냐, 왜 너희들은 분노하지 않느냐, 너희는 사랑이 없다" 그렇게 말씀하신 거예요. 우리가 하나님의 사랑을 체험으로 깨달을 때, 진정한 구원이 옵니다. 그 이전에는 모두 종교예요. 종교는 사람을 구원하지 못해요. 십자가에서 보여주신 부인할 수 없는 하나님의 사랑, 그 사랑을 깨닫고 우리가 받아들일 때, 사랑 안에서 그분을 믿을 때, 그 때 구원이 일어납니다. 그것을 도와주라고 하나님이 교회를 만들었어요. 체험한 자들이 증인이 되어 나가라고 우리에게 체험을 주셨어요. 예수님의 생명 안에 있는 자들이 예수님의 손으로 만져서 생명이 그 안으로 들어갈 때, 죽음의 영들이 떠나가 질병이 떠나는 것을 눈으로 보고 그들이 하나님이 살아 계신 것뿐만 아니라 우리를 사랑하신다는 것을 보여주라고 주님께서 우리에게 권세를 주셨어요.

하늘과 땅의 권세를 너희에게 주노니 너희들이 땅끝까지 가서 제자를 삼아서 무엇을 하라는 거예요. 하나님의 사랑을 가르치라는 거예요. 내가 하나님의 사랑을 체험하지 않고 깨닫지 못하고 남들에게 가서 전할 수 있겠어요? 그러니까 교회에 사랑이 없는 거예요. 싸우고 용서하지 못하고 목사님을 저주하고 장로들이 설교를 못 하게 하는 그런 일들이 왜 일어나요. 살아 계신 하나님을 만나는 체험이 없어서 그래요.

복음은 사랑이에요. 하나님이 이 세상을 이토록 사랑하사, 우리들이 알아들을 수 있는 사랑의 언어로 자기 독생자, 가장 귀중한 것을 희생 제물로 주셨어요. 보여주셨어요. 그리고 그분이, 이곳에 오셔서 이 땅 위에 사시면서 보여주셨어요. 3년 동안. 아이들이 오면 안아주시고, 아픈 자들이 있으면 고쳐주시고, 가난한 자들에게 소망과 복음을 전해주시고, 아들이 죽은 과부에게 아들을 살려서 돌려주시고 너희들도 가서 나처럼 하라고 말씀하셨어요. 예수님의 기적이 우리의 손을 통해서 그들에게 전해질 때, 그것이 사랑의 메시지로 전해져야 진정한 복음의 능력이 나타납니다.

너무 기적에만 치중하게 되면 사랑의 메시지를 전하지 못해요. 두 가지가 밸런스가 안 맞는 부분이 들어왔기 때문에, 처음에는 기적, 이적, 치유 위주로 하다가 하나님의 사랑과 연결이 안 된 사람들이 기적과 이적만 따라다니다가 너무나 많은 상처를 받았어요. 저는 그분들이 사교가 아닌 정말 하나님의 사랑으로 시작했던 분들이었다고 생각해요. 그런데, 그분들이 중간에서 사랑의 메시지를 잃어버렸어요. 하나님의 능력의 손을 쫓아다니기 시작했어요. 그러다가 사람들의 유혹에 빠져서 자기가 구세주라고 믿기 시작하였을 때, 그것이 사교로 변하는 거예요. 어떤 사람들에게라도 일어날 수 있는 일이라고 생각해요. 그래서 주님이 그렇게 혹독한 훈련을 시키시는 거예요. 십자가에 가자, 그러는 거예요. 내가 십자가에서 완전히 죽어지기 전에는 나도 모르게, 나에게 주시는 그 능력 때문에 사람들이 나를 사랑하는 사랑, 사람들이 나를 높여주는 명예에 빠지지 않을 수가 없거든요. 사람은 약하기 때문에, 그래서 매일같이 주님께서 십자가에 가자, 하고 우리에게 고난을 허락하시는 거예요.

저는 그 하나님께 감사드립니다. 하나님이 그렇게 해주지 않으신다면 제가 계속해서 사랑의 복음 메시지를 전할 수 없다는 것을 제 자신이 알아요. 예수님의 십자가뿐입니다. 계속 돌아가도록, 그 첫사랑으로 돌아가도록 하나님이 저희를 거기서 떠나지 못하도록 도와주십니다.

빌립보서 1장 6절에서 우리에게 선한 일을 시작하게 하신 그분이 마지막 날까지 우리를 지켜주신다고 하셨어요. 그래서 이루신다고 하셨어요. 바울의 확신은 거기에 있었지 자기 자신에게 있지 않았어요. 그 하나님이 너희들의 몸과 육과 영을 끝까지 보전하시리라고 데살로니가전서 5장 23절에서 말씀하셨어요. 구원을 이루신다고 말씀하셨어요. 구원을 이루시는 분은 하나님이세요. 내가 못 해요. 하나님의 사랑을 믿는 믿음으로 정말 이해가 되지 않아도 그냥 따라가기만 하면 하나님이 나를 사람들이 원하는 사랑의 언어로 하나님의 사랑을 표현할 수 있는 하나님의 제자로 만드십니다. 그리고 구원이 끝날 때까지 우리를 지키십니다. 자기가 선택한 자들을 끝까지 지켜주신다고 하셨어요. 그 능력 안에서 주님과 함께 동행하다보면 믿는 자에게는 기적이 따른다고 했고, 치유가 따른다고 했어요.

사람들이 원하는 것은 고통에서 나오는 거예요. 죽음의 공포에서 벗어나는 거예요. 그들이 원하는 것은 하나님이 자기를 사랑한다는 것을 구체적으로 보는 거예요. 그런데 예수님이 없으시기 때문에 그들이 기적을 보지 못해요. 예수님이 그 현장에 나타나시면 그들이 원하는 모든 것을 해결하실 수 있는 사랑과 능력이 있어요. 그들에게 하나님의 사랑을 전할 수 있는 사랑의 언어가 그분에게는 있어요. 예수님을 닮은, 십자가에서 죽은 예수님의 교회가 세상을 향해 그 사랑을 보여주는 능력으로 나아가기를 그분은 원하십니다. 말씀 안에는 살아 계신 하나님의 능력이 있어요. 하나님이 그렇게 말씀하셨어요. 행함이 없는 믿음은 죽은 믿음이라고 하셨어요. 하나님의 능력으로만 내가 진정한 복음을 전할 수 있다고 하셨어요. 그것이 하나님의 말씀이에요. 진정한 하나님의 말씀이 교회에 돌아오길 원해요. 믿는 자에게 따르는 많은 표적과 기적은 우리를 위한 것이 아니라 상처 때문에 불신 때문에 하나님의 사랑을 믿지 못하는 사람들을 위한 것입니다. '하나님이 저를 사랑하시는데 안 믿어집니다. 저를 좀 도와주세요. 구해주세요.' 제가 몸부림쳤을 때 하나님이 하나님의 사람들을 보내주셨어요. 그분들이 말씀으로, 안수로, 자기들이 만난 하나님을 저에게 사랑으로 전해주셨어요. 그때 하나님의 교회 몸 된 교회를 통해서 제가 기적을 체험하면서 아이의 자폐가 낫더라고요. 제 암이 낫더라고요. 눈이 다시 떠져 보이더라고요. 그래서 "아, 하나님이 나를 정말 사랑하시는구나" 믿었을 때 온전한 구원이 이루어지기 시작했던 것 같아요. 그리고 그 사랑을 좇아서 제가 예수님을 좇아서 십자가를 질 수 있고 하나님이 이

땅 끝 의 아 이 들

렇게 나를 사랑하시는데, 내가 이렇게 좋아하는 하나님이 나를 보고, 십자가를 지라고 그러면 좋은 거겠지 하는 믿음이 생겼어요.

제가 하나님의 사랑을 믿게 되었기 때문에, 하나님이 보여주셨기 때문에, 자신이 있었기 때문에, 제 아들에 대해 기도했는데도 죽었을 때, 저는 사랑을 의심하지 않았어요. 혼돈은 왔지만, 상처는 왔지만 제가 이길 수 있는 힘은 나를 만져주셨던 하나님에 대한 기억이었어요. 내 암을 고쳐주시고 내 아이를 고쳐주시는 내 하나님, 나에게 나쁜 일을 하시겠나. 이게 나쁜 일이 아니겠지. 믿음을 저에게 주셨어요. 예수님의 몸 된 교회가, 예수님의 성령을 따르며 세상이 알아들을 수 있는, 사랑의 언어로, 치유로, 기적으로 세상으로 나아가야 된다고 생각해요. 젊은 아이들은 사랑을 보여주지 않으면 믿지를 않습니다. "너희가 가서 복음을 전하라. 그러면 내가 직접 표적으로 말씀을 확실히 증거하겠다"고 예수님이 마가복음 16장 20절에서 약속하셨습니다. 그 복음은 너무나 간단해요. '하나님은 모든 것을 다 버리고 가장 큰 아픔을 겪으실 때까지 우리를 사랑하십니다. 그 하나님이 왜 그 예수님과 함께 우리에게 모든 좋은 것을 주지 않으시겠습니까? 형제님의 병을 고칠 수 있습니다. 형제님의 안타까운 상황을 주님께서 고치실 수 있을 뿐만 아니라, 고치고 싶어 하십니다.' 이렇게 하나님을 그들이 알아들을 수 있는 사랑의 언어로 통역해서 알려주는 것, 이것이 교회의 진정한 사명입니다.

하나님이 당신을 사랑해요. 당신의 문제를 해결해주고 싶어 하세요. 그 아들을 믿기만 하면, 그 아들이 당신 삶의 주인이 되기만 하면, 하나님과 연결이 이루어지기만 하면, 지금 있는 이 불의와 고통과 마귀가 다스리는 세상에서 하나님이 다스리는 천국으로 여러분들이 이민 가실 수 있습니다. 이것이 복음이에요. 내가 그 복음을 정말 선포하면 예수님은 오세요. 오셔서 내가 할 수 없는 일들을 하세요. 그러면 나는 지금 병이 나아야 하는데, 정말 예수님을 믿으면 병이 낫습니까? 복음이 전파되는 것을 그 사람이 믿고 그렇게 기도를 하면, 그 기도하는 마음이 들면 마음의 문이 열리면요. 예수님이 그분에게 가서 그분을 만지세요. 가자, 쟤를 만지자. 네 손 좀 빌려달라. 주님이 만지세요. 그러면 그분 병이 나아요. 나와 같이 가서, 쟤한테 너 어저께 힘들 때, 네가 이런 기도를 했지? 내가 네 기도를 들었어. 그런데 네가 나를 모른다, 내가 너를 사랑한다. 가서 말해주자. 내 입이 돼라. 그러면 주님이 보여주시는 분에게 가서, 그대로만 전해주면 그것이 그 사람이 그때 알아들을 수 있는 유일한 사랑의 언어예요.

예수님만이 우리들 마음 안에 있는 사랑의 배고픔, 갈증 그것을 직접 말씀하실 수 있는, 우리에게 우리의 언어로 말씀하실 수 있는 성령의 능력이 있으신 분이세요. 그분이 우리와 함께 가시며 사역하십니다. 수가의 여인을 만났을 때, 수가의 여인이 알아들을 수 있는 사람의 언어로 말씀하셨어요. 니고데모에게는 니고데모가 알아들을 수 있는 말로 하셨어요. 나병 환자에게는 그가 알아들을 수 있는 치유의 언어로 나병 환자를 고쳐주셨어요. 과부에게는 과부가 알아들을 수 있는 사랑의 언어로, 아무런 믿음도 요구하지 않으시고 그냥 죽은 아들을 일방적으로 가서 살려주셨어요. 베데스다 연못에서 이 사람에게 물어보면 신앙의 고백을 할 능력이 없다는 것을 아셨기 때문에, 주님께서 가서 너 낫고 싶으냐, 그가 대답할 수 있는 것으로 물어보셨어요.

저는 교회가, 지금의 사역자들이 예수님처럼 되었으면 좋겠어요. 믿을 수조차 없는 상처받은 세상에 가서 하나님이 이렇게 사랑하세요. 그 사람들이, 믿음의 고백을 하기도 전에, 하나님의 사랑으로 치유를 보여주시는 베데스다 연못의 예수님 같은 그런 교회가 되었으면 좋겠어요. 바디매오가 소리 지를 때, 멈추어 서는 예수님과 같은 교회가 되었으면 좋겠어요. "이런 곳은 가지 마라, 우리 아이들 물든다, 가지 마라" 하는 교회가 아니라, "너희들 안에 있는 자가 이 세상에 있는 자보다 강하다. 네 안에 있는 예수님이 이 안에 있는 세상보다, 세상에 있는 어떤 악한 영보다 더 강하다. 네가 구원 받았어. 그럼 네 안에 예수님이 있어. 네가 나아가서 빛이 되어서 어둠에 가서 저들을 빛으로 사랑으로 이겨라" 하고 세상을 향해서 걸어나가는 그런 교회가 되었으면 좋겠어요.

'너희들이 내가 한 것을 할 것이고 나보다 더 큰일도 할 것이라' 이렇게 말씀하셨어요. '내가 모든 권세를 주니, 너는 나가라. 땅끝까지 가라. 가서 복음을 전하라. 나의 아버지가 너희들을 이토록 사랑하사 나를 보내서 그 사랑을 직접 너희들에게 너희들이 알아들을 수 있는 언어로 보여주셨고 십자가에서 너희들 대신 죽을 때까지 너희들을 사랑하셨고, 그 사랑은 지옥의 권세, 사망의 권세도 잡아놓을 수 없는 폭발하는 다이너마이트 같은 파워가 있어서, 지옥 권세를 깨뜨리고 나를 부활하게 하였다. 너희들도 사랑으로 부활하라. 너희들도 사랑으로 부활해서 이 세상으로 나가, 땅끝까지 나가라. 그리고 문둥병을 삼켜버리고, 암을 삼켜버리고, 가난을 삼켜버리고, 죽음을 삼켜버리고, 하나님의 사랑의 능력으로 나를 그들에게 직접 보여주고 복음의 메시지를 전하라. 주님의 소원을 들어드리는 교회가, 우리가 되었으면 좋겠어요.

가는 곳마다 같이 가주겠다고 하신 약속 하나만 믿고 저는 예수님이 가시고 싶어 하는 교회에 제가 왔다고 믿기 때문에, 그러면 예수님이 오시겠지 하는 단순한 어린아이 같은 믿음으로 복음을 선포합니다. 저는 아무 능력이 없고 저는 무섭고 두

땅 끝 의 아 이 들

렵고, 남들에게 맞서고 그들이 싫어하는 것을 못 하는 마음이 약한 사람이에요. 예수님이 책임지세요 하고 그냥 갑니다. 아이들이 살아나야 되잖아요. 그러면 예수님이 나타나시는 수밖에 없습니다. 복음을 전하면 예수님이 나타나신다고 저는 믿어요.

같이 사역하시는 분들이 예수님을 체험적으로 만나고, 아버지의 사랑을 체험적으로 깨닫고 하나님을 너무 사랑하고 믿고 신뢰하는 것. 그것밖에는 없는 분들이거든요. 예수와 예수가 십자가에 죽으신 것과 그래서 그 보혈의 능력으로 하나님을 아버지로 만난 그 사랑의 체험에서 나오는 기쁨, 평강, 예배, 이런 것들이 있으신 분들, 저희들이 예수님이 사랑하시는 아이들, 그 땅끝의 아이들을 찾아서 예수님이 원하시는 곳에 갑니다. 그러면 그곳에서 처음에는 문이 잘 안 열릴 수가 있어요. 그렇지만 백 퍼센트 주님께서 문을 열어주십니다. 요한계시록 3장 7절, 이사야서 22장 22절, 다윗의 열쇠. 그 열쇠는 예수님의 보혈을 통해서 하나님을 사랑하는 예배자들에게 하나님이 주시는 약속입니다. 반석 위에 교회를 세우리니 지옥의 권세가 절대로 이 교회를 이기지 못한다고 하셨어요. 지옥을 닫고 천국을 여는 열쇠를 주셨다고 하셨어요. 그것이 다윗의 열쇠예요. 하나님이 문을 여시면 사람이 닫지 못합니다. 하나님이 문을 닫으시면 사람이 열지 못합니다.

저의 지난 2006년부터 시작된 성령 사역, 치유 사역, 주님께서 가라고 해서 가기 싫은데도 갔어요, 사실은. 제가 한국 교회를 너무나 잘 알기 때문에. 치유 사역, 성령 사역 하기 싫었어요. 그런데 하나님이, 예수님이 가자고 해서 싫다고 할 수가 없었기 때문에, 예수님을 너무나 사랑하기 때문에, 십자가를 지는 심정으로 예수님을 따라갔어요. 그런데 거기서 예수님을 만났어요. 사역 안에서 정말 자기 말씀을 지키시는 예수님, 그때마다 나타나시겠다는 말. 항상 지켜주시는 예수님을 만나서 다른 사람들보다 제가 더 은혜를 받았어요. 그게 제 사역이에요. 예수님이 가자는 곳에 따라가서 예수님이 하는 것을 구경하는 것. 2006년에 헤븐 온 어스, 이 땅 위에 천국이라는 사역을 랜디 목사님과 시작하고 하나님께서 내가 한국 교회를 사랑한다, 내가 한국에 가고 싶다. 예수님이 그러셨을 때, 제가 안 됩니다 예수님. 랜디 목사님은 대학 안 나오셨어요. 다른 분을 통해서 갑시다. 예수님이 몰라서 그렇죠. 한국 교회는 한국 교회만의 그런 게 있잖아요. 그런 것을 다 어찌 무시할 수 있습니까. 제가 예수님하고 싸웠어요. 아니다, 나는 내 아들 랜디와 한국에 가고 싶다. 예수님이 그러셨어요. 정말 답답하시네요 예수님. 못 해요. 제가 못 합니다. 내가 언제 너보고 하라 그랬냐. 내가 한다. 너는 기도해라. 아무리 해도 믿어지지 않는데, 내가 사랑하시는 예수님이 가보고 싶다니까. 가서야

땅 끝 의 아 이 들

겠다니까. 가실 수 있다니까. 그냥 사랑하는 연인이 별을 따올 수 있다고 해도 믿는 것처럼 그렇게 믿는 거예요. 사랑하니까. 그래서 정말 저는 싫은데 그 기도를 시작했어요. 망신당할 게 뻔한데, 거부당할 게 뻔한데, 왜 하필이면 대학을 안 나온 하와이 대머리 목사님을 모시고 가라 그러시나. 신학대학 나온 사람이면 성령 사역을 해도 내가 쉬울 텐데. 왜 이렇게 어려운 일을 시키시나 하면서도 저는 예수님을 너무 사랑했기 때문에 그냥 하시는 말을 믿고 기도했어요. 주님의 뜻이 이루어지기를 원합니다. 주님의 뜻이 이루어지소서. 홍해를 가르고, 철문을 깨고, 빗장을 꺾으시는 이, 출애굽기 하나님을 제가 만났어요. 하나님이 하시니까 되더라고요.

예수님은 하나님의 사랑의 메시지입니다. 예수님이 나타나시는 곳마다 하나님의 사랑이 우리가 보고 듣고 이해할 수 있는 사랑의 언어로 나타납니다. 저는 기적과 치유가 하나님의 그것을 보지 않으면 믿을 수 없는 세상 사람들에게 우리가 진짐이라고 생각해요. 예수님이 너희들이 내가 한 사역을 하라고 보여주셨습니다. 우리가 세상의 언어로 하나님의 사랑을 전달하면 그들에게 복음의 능력으로 성령이 임하시는 것이 보여져야 한다고 생각해요. 성령은 바람입니다. 그 바람이 내 몸에 왔을 때 닿아서 느껴져요. 그 바람이 불면 다른 것들이 막 움직입니다. 움직이는 것이 사인이에요. 성령이 무엇인지를 우리 눈으로, 우리 몸으로 체험하고 보여주시려고 오신 것이 예수님입니다. 그 예수님이 지금은 우리들 안에 계세요. 주님께서 너희들이 가서 전하라 한 것은 너희들이 가서 보여주라는 것입니다. 저는 성령의 열매가 진정으로 구원된, 진정으로 하나님의 사랑을 깨달은 영혼들이라고 생각해요. 주님께서 시작하시고 주님께서 끝내시고 주님께서 주관하시는, 저는 그런 성령 사역을 하고 싶어요. 그래서 다른 잘못된 성령 사역으로 상처받았던 모든 영혼이 다시 온전한 하나님의 복음 안으로 돌아와 교회가 그렇게 다시 치유되면, 예수님의 신부로 주님이 우리를 어디든지 보내십니다. 우리가 일꾼이 되어 나아가면 마지막 추수, 이 세대, 어느 역사상에도 없었던, 젊은 아이들 몇 십만, 몇 백만 명이 한꺼번에 하나님의 나라로 들어오는 그 마지막 추수를 주님께서 주시겠다고 약속하셨어요.

저에게 몇 번이나 스타디움에 꽉 찬 아이들을 보여주셨습니다. 스타디움에 어떤 젊은 아이가, 장난하는 것같이 주님에 대한 복음을 간단하게 전하는데, 이 스타디움에 하나님의 영광이 구름처럼 임하면서, 치유가 일어나는 비전을 저에게 1997년에 보여주시고 2005년에도 보여주시고 최근에도 자주 보여주세요. 저는 그때 우리 아들이 저렇게 커서 훌륭한 부흥강사가 된다고 보여주시는 비전인 줄 알았어요. 그 꿈을, 그 비전을 1997년에 봤으니까요. 지금 열아홉 살이 된 우리 아들이 다섯 살 때였으니까 14년 후인 이제야 깨달은 것입니다.

하나님이 제게 그것을 보여주신 것은 이 아이들 세대에 주님께서 하시는 큰일을 보여주시는 것 같아요. 이 아이들에게 주님이 요엘서 2장 28절 말씀처럼 주의 영을 물 붓듯이 부어주실 것입니다. 제가 봤던 젊은 아이가 한 아이가 아니고 그 세대를 상징하는 것이라고 저는 생각합니다. 그러면 하나님에 대한 예배 안에서 하나님의 온전한 사랑에 대한 믿음과 장성한 분량의 깨달음과 사랑 안에서 이 아이들이 자라날 수만 있다면 그 아이들의 세대가 주님을 예배할 때, 하나님이 보여주시는 영광을 보기 위해서 사람들이 가득 스타디움을 채울 것이라고 생각합니다. 그것이 예수님이 말한 마지막 추수라고 생각해요. 지금 한국 교회의 아이들이 주님께서 부르신 세대라고 굳게 믿습니다. 그 아이들이 이 세상에 나아가서 하나님이 여러분들을 사랑하십니다 하는 복음을 전할 때 주님이 직접 안수해주셔서 모든 사람이 병이 낫고 흑암의 세력이 쫓겨가고 이 땅에 부흥이 임할 것입니다. 하나님의 사랑이 하나님의 언어로 하나님의 치유로 이 세상에 전파되는 마지막 추수 소리가 들립니다.

10

열 번째 간증

내 신앙의 돌기념비

"그 모든 백성이 요단을 건너가기를 마치매 여호와께서 여호수아에게 말씀하여 이르시되 백성의 각 지파에 한 사람씩 열두 사람을 택하고 그들에게 명령하여 이르기를 요단 가운데 제사장들의 발이 굳게 선 그곳에서 돌 열둘을 택하여 그것을 가져다가 오늘밤 너희가 유숙할 그곳에 두게 하라 하시니라. 여호수아가 이스라엘 자손 중에서 각 지파에 한 사람씩 준비한 그 열두 사람을 불러 그들에게 이르되 요단 가운데로 들어가 너희 하나님 여호와의 궤 앞으로 가서 이스라엘 자손들의 지파 수대로 각기 돌 한 개씩 가져다가 어깨에 메라. 이것이 너희 중에 표징이 되리라. 후일에 너희의 자손들이 물어 이르되 이 돌들은 무슨 뜻이냐 하거든 그들에게 이르기를 요단 물이 여호와의 언약궤 앞에서 끊어졌나니 곧 언약궤가 요단을 건널 때에 요단 물이 끊어졌으므로 이 돌들이 이스라엘 자손에게 영원히 기념이 되리라 하라 하니라. 이스라엘 자손들이 여호수아가 명령한 대로 행하되 여호와께서 여호수아에게 이르신 대로 이스라엘 자손들의 지파의 수를 따라 요단 가운데에서 돌 열둘을 택하여 자기들이 유숙할 곳으로 가져다가 거기에 두었더라."

― 여호수아 4장 1~8절

저는 서른두 살까지 예수님을 안 믿었기 때문에 예수님을 믿고 나서 지난 15년 동안 공부 못하는 애들이 시험 보기 전에 벼락공부하는 것처럼 하나님이 저를 벼락공부시키셨어요.

1992년에 예수님을 영접하자마자 4개월 만에 성경이 뭔지 교회에나 겨우 출석하는 아기 교인이었을 때 암이라는 선고를 받았어요. 3월에 예수님 영접하고 7월에 갑상선암이라고 했는데, 호르몬 암이기 때문에 절대로 완치가 될 수 없다고 의사 선생님이 말씀하셨습니다.

그때부터 암이 두 번 재발했어요. 1992년에 암 수술을 받고 예수님에 대해서 알고 싶다 하는 목마름이 생겼을 때인 1996년에 암이 재발했어요. 하나님께 굉장히 화가 나서 하나님 믿으면 복 받는다고 하더니 난 지난 5년 동안 좋은 일이 하나도 없네요, 그런 생각을 하며 불평하고 있었을 때 하용조 목사님이 LA에 오셨어요. 그래서 제가 하용조 목사님을 너무 좋아하기 때문에 목사님을 뵙고 싶어서 찾아갔었어요.

목사님이 설교를 하시는데 아프다고 하시더라고요. 목사님도 아프시나 그러면서 쳐다봤어요. 그런데 얼굴이 제가 세상에서 봤던 어떤 얼굴도 아닌데, 그때 저에게 다가왔던 것이 평안, 평화. 저분은 아프신데 저렇게 평안하실까? 나는 화가 나서 죽겠는데, 이상하다. 그분을 쳐다봤어요. 그때 목사님이 주신 말씀이 고린도후서 12장 9절 말씀이죠.

'내 은혜가 네게 족하도다.' 저는 그 말이 무슨 뜻인지 이해하는 데 10년이 걸렸어요. 무슨 뜻인지도 모르는데 하나님 말씀 들으면 그냥 좋은 거 있죠. 그 말씀이 저한테 그렇게 좋았어요. 저분이 어떤 분인가. 어떤 분이시기에 그분의 은혜면 다 족하다고 할까. 그리고 어떻게 저렇게 고백할 수 있을까. 병이 나으신 것도 아닌데. 제가 그래서 하나님에 대해서 호기심을 갖기 시작했어요. 병도 낫고 싶었지만 하나님을 알고 싶었어요. 하용조 목사님이 말씀하시는 그 하나님. 그 은혜라면 모든 것이 다 족하다고 고백할 수 있는 그분을 만나고 싶었어요.

1999년에 또 암이 재발했을 때 저는 그냥 죽을 때까지 계속 그렇게 재발하면서 살아도 괜찮겠다, 그렇게 포기한 상태였어요. 저에게 7년 동안 하나님이 주신 은혜가 많았기 때문에, 하나님의 사랑에 푹 빠져서 그냥 하나님만 계시면 아파도 좋고, 다 좋아요. 그렇게 생각하고 제가 제 병에 대한 기도를 거의 하지 않았어요. 아플 때만 특별히 만져주시는 하나님의 사랑이 있거든요.

저희 어머니가 여자 형제만 다섯이에요. 셋째 딸이기 때문에 아파야 할머니가 관심을 보여주셨대요. 그래서 저도 하나님이 제가 아프기 때문에 특별히 사랑해주시는 부분들이 있다고 생각해서 낫고 싶다 하는 열망이 별로 없었어요. 그래서 기도도 잘 안 했어요.

그런데 어떤 일이 일어났냐면, 제가 아이가 넷인데, 제 둘째 아이 얘길 하는 걸 부모님이 별로 좋아하지 않으시는데요. 하나님이 저한테 너무 귀한 아들을 주셨어요. 진성이가 유치원에 들어간 게 1997년이니까 제가 암이 세 번째 재발한 2년 전이었어요. 이 아이가 학교 갈 때까지는 문제가 있는 것을 전혀 모르고 그냥 예뻐하며 길렀는데, 유치원을 들어갔더니 첫 애와 다른 거예요. 선생님께 야단맞는 빈도가 심한 거예요. 그래서 이 애가 천재인데 몰라보나보다 그렇게 생각을 하고 유치원 졸업할 때까지는 거의 신경을 안 썼는데, 수업을 받을 수 없을 정도로 심해지니까 더 이상 현실을 부정할 수 없는 상태가 되어서 의사 선생님들한테 데리고 다니기 시작했어요.

지난 10년 동안 얼마나 많이 울었는지 울지 않고 잠이 든 적이 거의 없었던 것 같아요. 밤에 자려면 어떡하나, 아침에 일어나면 어떡하나. 감사합니다가 아니라 걱정으로 자고, 걱정으로 하루를 시작하는 그런 긴 기간이 시작됐어요. 제가 아픈 거하고 아들이 아픈 게 다르더라고요. 저는 하나님의 비밀을 다 알지 못하지만 제가 저를 사랑하는 것하고 타인을 사랑하는 게 다른 것 같아요. 제가 아픈 것은 하나님의 은혜로 족한데, 아이가 아픈 것은 도저히 견딜 수가 없더라고요.

저 아이가 아픈 것도 하나님의 은혜로 족합니다, 하는 고백은 아직도 할 수가 없어요. 저 아이는 나아야 돼요. 하나님께 매달릴 때, 저는 아파도 괜찮아요. 그래도 저 아이는 좀 고쳐주세요, 하고 기도했어요. 지난 10년 동안 매일 그렇게 울면서 기도했어요. 아이가 괴로워하는 모습을 옆에서 보기가 너무 힘들었어요.

어느 날 예수님이 그래서 내가 왔다. 내가 볼 수가 없어서 왔다. 그 말씀을 저에게 주셨어요. 예수님 본인이 고통당하시는 것은 얼마든지 견딜 수 있으시지만, 예수님이 사랑하시는

땅 끝 의 아 이 들

저나 예수님의 자녀들이 고통당하는 것은 보실 수 없어서 치유하러 오신 예수님을 제가 만났습니다. 그것이 논리적으로 이해가 가지 않아요. 그렇지만 그냥 만났어요. 그 예수님을 만났어요. 그리고 무조건 믿기로 했어요. 제가 아팠을 때는 사람들이 "아마 집사님을 하나님이 사랑하셔서 성숙하게 하려고 하시나봐" 그러면 "그래, 성숙하게 하려고 하시나보다" 그게 그냥 받아들여졌는데, 아이가 아픈 것은 받아들여지지 않더라고요. 누가 와서 무슨 얘기를 해도 무식한 엄마의 신앙은 못 말리는 신앙이에요. 제가 수로보니게 여인의 이야기를 읽으면서 펑펑 울었는데, 정말 성숙하지 않아도 좋고, 개라도 좋고, 고쳐주세요, 우리 아들 좀. 그 기도밖에는 나오지 않았어요. 학교를 못 다니고 친구가 하나도 없고. 그런 아이를 둔 엄마의 심정은 말로 설명할 수 없거든요.

제가 원했던 것은, 하나님의 손이었어요. 하나님은 능력 있으신 분이니까. 예수님이 채찍에 맞으므로 우리 아이가 나았다고 약속해주셨으니까 능력 있으신 하나님 약속 지키세요. 막 떼를 썼어요. 제 암에 대해서 기도할 때는 제가 그렇게 기도를 못 했는데, 아이 기도 할 때는 복잡하게 기도할 수가 없었어요. 왜냐하면 나아야 되니까, 나아야 되는데 제가 이 이야기 저 이야기 복잡하게 하다보면 안 나을 것 같아요. 그래서 그냥 말씀만 붙들었어요. 예수님 채찍에 맞음으로 다 나았다고 했으니까 그대로 믿었어요. 그리고 예수님을 죽은 자 가운데서 살리신 하나님의 영이 내 안에 있다니까 그 하나님의 영이 예수님을 살리실 수 있으면 영 죽을 우리 몸도 살리신다는데 그럼 우리 아들 살려주세요. 믿을게요. 그렇게 믿었어요. 그리고 의심이 들어올 때마다 저는 생각을 안 하기로 결정했어요. 생각이 들어오면 복잡해지니까 그때마다 치유에 대해 써놓은 말씀들을 얼른 가서 다시 읽었어요. 주님 제가 믿겠습니다. 우리 아들 나은 것 믿겠습니다. 2천 년 전에 주님 십자가에 돌아가셨을 때 우리 아들 이미 나았다고 하셨으니까 저는 믿겠습니다. 그렇게 무작정 무식하게 믿기 시작했어요. 그런데 아이가 나은 게 아니라 제 암이 나았어요.

제가 우리 아이 때문에 40일 금식을 했어요. 네 번째로 학교를 옮겨서 특수학교를 갔는데 그 특수학교 선생님이 저를 불러서 이 아이에게 약을 먹이지 않으면 도저히 학교에서도 다룰 수 없으니까 약을 먹이라고 얘기했을 때 하나님과 약속한 게 있었기 때문에 약을 먹일 수는 없었어요. 하나님이 전도서 말씀을 주셨는데, 구부러진 것을 너의 힘으로는 펼 수 없다고 하시는 하나님의 음성을 들었습니다. 오렌지카운티에는 비싸고 좋은 의사들이 많아요. 혈우병 걸렸던 여인처럼 저희 남편과 제가 둘이 맞벌이해서 열심히 번 돈을, 돈이 있으면 뭐하겠어요, 아이가 학교를 못 다니는데. 그래서 정말 12년 동안 너무나 많은 시간과 돈을 들여 의사를 쫓아다녔는데, 한 달 정도 약을 먹고 나더니 아이에게 없던 증세가 생기는 거예요. 우울증 증세가 생기더라고요. 절대로 우울하지는 않던, 너무 활발하고 말을 많이 하고 말을 안 들었던 아이였는데, 의사한테 얘기했더니 그게 약 때문에 일어나는 후유증 중에 하나라며 우울증 약을 드리겠습니다, 하는데 제가 겁이 나더라고요. 그러면 우울증 약을 먹고 다른 것이 생기면 또 다른 약을 주겠다는 소리잖아요. 한 아이가 약을 몇 개나 먹을 수 있나요, 하니까 그 아이가 다니던 말덴이라고 오렌지카운티에서 가장 좋다는 특수교육 학교였는데, 그 학교에 다니는 아이 중 그 의사가 돌보는 아이들이 모두 약을 7~9개씩 먹는다고 얘기해서 너무 충격을 받았어요. 그 아이들이 칵테일이라고 한데요, 같이 먹어야 하기 때문에. 그래서 제가 와서 울고불고 기도할 때 주님께서 전도서 말씀을 주셨어요. 구부러진 것을 네가 펼 수 없고, 없는 것을 네가 채울 수 없다(You can not count what is missing, you can not straighten what is crooked).

그 'crooked'이란 말이 있죠. 구부러졌다는 말이 제가 어디서 들은 것 같아서 성경을 찾다보니까 예수님이 굽은 길을 곧게 하셨다라는 구절을 찾았습니다. 그러면 굽어진 것을 내 힘, 사람의 힘으로 펼 수 없으면 예수님이 펴주세요. 저는 약을 안 먹이겠습니다, 하고 약속했거든요. 그리고 1년 동안 그

학교에 아이를 보내면서 얼마나 구박을 받았는지 몰라요. 나중에는 저한테 전화를 하지 않고 저희 남편한테 전화를 하더라고요. 내가 너의 아이뿐만 아니라 부인도 걱정이 되는데 둘 다 병원에 데리고 가라고. 마지막에 다섯 번째 학교에, 공립학교에서 제일 특수교육이 좋다고 해서 아이를 그 학교에 넣었어요.

아이가 사춘기가 시작되는 나이인데, 특수 자폐증이기 때문에 보는 것을 그대로 흉내 내요. 그래서 특수학교에서 옮긴 이유 중 하나가 자폐증이 심한 애가 있으면 자폐증 증상이 그대로 나타나고 옆에 있는 아이를 그대로 흉내를 내기 때문이었어요. 그래서 특수교육 학교를 보내니까 좋지가 않더라고요. 그런데 정상적인 학교에서는 받아주질 않고, 제가 많은 크리스천 스쿨을 쫓아가서 울며 이 아이는 말씀으로 치유를 받아야 하는 아이니까 좀 받아달라고 했을 때 받아주고 싶지만 그런 교육 시설이 되어 있지 않고 인건비가 너무 들어서 안 된다고 거부했기 때문에 저도 굉장히 상처가 많았어요.

어떻게 할지 모르고 있을 때, 2005년 9월에 새 학기는 시작되고 1년 동안 공립학교에 보내니까 말투부터 하는 것을 그대로 흉내 내니까 하루는 멀쩡하다가 그다음 날은 쌍욕을 하다가 이 아이가 저를 너무 걱정시키는 거예요. 저희 남편과 의논 중에 저희 남편이 그러면 어떻게 했으면 좋겠냐. 나는 대책이 없다, 그래서 저는 기도하는 도중에 하나님이 하와이로 가라는 마음을 주셨는데, 얘랑 하와이 좀 보내줘. 그랬더니 저희 남편이, 나는 어떡하고, 그래서 몰라, 그냥 나 좀 보내줘. 거기 가면 나을 것 같아, 했어요.

그러니 저희 남편이 더 이상 물어보지 않고 모든 절차를 다 밟아서 보내줬어요. 제가 하와이 간 지 1년 반 정도 되었거든요. 저는 하나님이 왜 하와이 가면 고쳐준다고 하셨는지 몰랐어요. 거기 가면 나을 것 같다는 막연한 마음을 주셨는데, 딴 걸 붙잡을 게 아무것도 없었기 때문에 하나님 음성이겠지 하고 갔어요.

그랬는데 2005년 9월에 하와이 땅에 발을 딛는 그 순간부터 여태까지 주님께서 너무나 많은 기적을 체험케 하셨어요. 첫날부터 거의 하루도 하나님의 손길을 체험하지 않고 지난 날이 없는 것 같아요. 교회를 인도하시고 너무 좋은 미국 부부 목사님이 하시는 크리스천 스쿨로 인도하셨는데, 안 받아주신다고 해서 제가 그냥 막 울어버렸어요. 저희가 지금 특수교육 아이는 자리가 없습니다, 하는데 제가 사모님 아흔아홉 마리 양 놓고 한 마리 찾으라고 그러셨는데, 여기 제가 한 마리 데리고 왔는데, 얘 좀 받아주세요. 그랬더니 그분이 우시면서 어떻게 해봅시다 하고 시작한 것이 1년 동안 기도와 몸싸움을 같이 해주셨어요. 그 사모님이 저와 같이 짊어주시고, 같이 울어주시고 같이 기도해주시고, 그래서 지금 1년 반이 지났는데, 저희 아들이 자폐 증상이 전혀 없어요. 주님께서 완전히 고쳐주셨습니다.

하나님이 제 암은 너무 쉽게 고쳐주셨거든요. 하나님 바디매오도 눈 낫고 싶다니까 낫다는데 저도 고쳐주세요, 했는데 그다음 날로 불치라고 했던 암이 완전히 나았어요. 믿으면 병 낫는 게 정말 쉬운 거구나, 몰라서 그동안 못 써먹었구나. 그래서 한 1년 동안 눈에 뵈는 게 없었어요. 누가 아프다고 하면 내가 기도해줄게, 하루면 돼. 그런데 저희 아들이 그러고 나서 5년을 더 안 나았는데 이 5년 동안 완전히 혼돈의 시기였어요. 내 암은 이렇게 쉽게 고쳐주셨는데 왜 내가 간절히 기도하는데 우리 아들은 안 고쳐주실까.

그런데 그 기간 동안 아이가 나아야 하기 때문에 다른 걸 보지 않고 모르겠을 때마다 성경 구절 펴고 주만 바라봤어요. 예수님만 바라봤습니다. 예수님 고쳐주신다고 하셨죠. 다른 데로 눈이 가려고 하면 얼른 예수님한테로 눈을 돌리고 돌리고, 그 투쟁이 저에게는 가장 힘든 투쟁이었던 것 같아요. 다른 사람의 말을 듣지 않고 의사의 말을 듣지 않고, 선생님 말 듣지 않고 예수님 하신 말만 붙잡고 혼돈의 시기를 지냈습니다. 왜 기간이 길어졌냐고 하면 저는 잘 모르겠어요. 그 기간에 왜 하와이에서 고쳐주셨는지 잘은 모르겠어요.

그런데 그 기간 동안 제가 받은 게 너무 많아요. 첫째는 정말 예수님이 치유하시는 분이라는 것, 나를 사랑하시는 분이라는 것, 예수님밖에는 이 세상에 소망이 없다는 걸 깨닫고 나니까 너무 좋더라고요. 이제는 예수님 손 가지고는 만족이 안 돼요, 예수님 얼굴을 좀 봐야 되겠어요. 아침마다 새벽이면 아이 때문에 기도하는 것이 아니라, 잠깐 스쳐 가신 예수님 손길, 저 고쳐주셨을 때, 우리 아이 고쳐주셨을 때 흘낏 본 예수님 손길 갖고는 제가 목이 마르고 배가 고파서 신앙생활을 할수 없으니까 예수님 얼굴 보여주세요, 하고 아침마다 일어나서 예수님 얼굴 찾고 QT 하고 하나님 말씀 보는 게 너무 좋아졌어요.

그런데 하와이에서 갑자기 눈을 못 보게 됐어요. 하나님 하시는 일들이 어떤 때는 정말 머리로는 이해 안 갈 때가 많거든요. 저는 하와이에 오라고 해서 온 걸로 알고 있었는데, 아이들 셋을 길러야 하는데 갑자기 눈이 안 보이니까 눈앞이 깜깜하더라고요. 안과에 갔더니 제가 고도근시인데 망막의 시력이 떨어져서 운전을 할 수가 없게 됐어요. 그래서 아이는 나아지지 않고 남편은 전화하면 자꾸 하와이 가면 낫는다더니 애는 어때? 하고 물어보고, 저는 눈은 안 보이고 그런 기간이 1년 동안 계속되었는데 그 기간 동안 제가 정말 십자가의 예수님을 만난 것 같아요. 그때는 예수님이 없다고 생각하면 더 이상

살 수 없는 상황까지 갔거든요. 예수님 살아 계시죠? 저 고쳐주실 거죠? 우리 아이 고쳐주실 거죠? 아침마다 일어나서 예수님한테 기도드리고 하루를 시작하고 1년 동안 눈을 못 보면서 아이들 셋을 어떻게 길렀는지 지금도 모르겠어요. 그런데 도와주는 사람들을 보내주시고 그때그때 은혜를 베풀어주셔서 1년을 견뎠거든요.

1년이 지나면서 제가 그 고백을 처음으로 이해했어요. 내 은혜가 족하다. 예수님만 있으시면 되겠네요. 우리 아이도 예수님만 계시면 되겠고, 저도 눈이 없어도 눈이 잘 보일 때보다 예수님 깊이 만나고 나니까 오히려 깨닫는 것도 많고 예수님만 있으면 되겠어요, 하는 고백을 제가 작년 크리스마스 때 했어요.

저희 아버님이 1월에 오셨는데 부엌에 들어가서 설거지를 못 해서 딸그락딸그락하는 것을 보시고 너무 마음이 상하셔서 어떻게 하실 줄 모르더라고요. 그래서 제가 나는 안 나아도 되지만 아버지 때문에라도 나아야겠다는 생각이 다시 들었어요. 그때 하나님이 저에게 주신 마음이 치유는 저 때문만이 아니라 제가 우리 아이를 봤을 때 얘가 치유받지 않으면 나는 못 견디겠다, 그렇게 간절한 마음이 들었던 것처럼 저희 아버지는 저를 보시면 우리 딸을 고쳐주세요 하는 마음이 간절하겠구나 생각하니까 사명감을 가지고 나아야겠더라고요. 제가 불편해서가 아니라 아버님을 위해서라도 눈이 나아야겠다. 그래서 하나님께 여태까지 한 번도 드렸던 적이 없는 기도를 드렸어요.

하나님, 표지판은 길 잃은 사람한테 필요한 거지 지금 서울 안에 사는 사람한테는 서울 앞으로 15km 그런 거 필요 없잖아요. 저는 이제 기적 별로 필요 없어요. 기적 없어도 하나님 살아 계신 것 알고, 하나님 너무 좋아서 그냥 이 세상에서 사는 게 천국에서 사는 것과 똑같다고 생각하며 살고 있거든요. 하나님이 매일 눈물 씻겨주시고, 애통하는 것도 없고, 곡도 없고 평안이 있으니까.

그런데 하나님 저 좀 나아야겠어요. 하나님이 이렇게 좋은 분이라는 걸 제가 말로 아무리 설명을 해도 믿지 않으시는 우리 부모님들, 우리 주위의 사람들, 하나님 표지판 좀 보여주세요 그렇게 기도를 드렸어요.

그랬는데 우리 어머니 아버지가 미국 의사들이 실력이 없는 것 같으니까 한국에 와서 고치자. 아무래도 미국 사람들 손이 커서 수술 같은 것 잘 못한다. 한국 외과의사처럼 수술 잘하는 의사 없다고 하셔서 저를 거의 강제적으로 납치하다시피 한국에 데리고 오신 거예요. 그래서 서울대학병원 가서 제가 매일 검사를 받으면서 수술을 해야 되나 어떻게 해야 되나 걱정을 했어요.

10일 동안 머물면서 의사 선생님들이 계속 진찰한 결과가 나온 것이 제가 망막이 완전히 나아서, 그저께 안과 의사 선생님이 신경질을 내시더라고요. 망막이 찢어졌던 적이 없는데요. 찢어졌었는데요. 그렇게 옥신각신하는데 의사가 영어를 너무 빨리해서 못 알아들으신 거 아닙니까 그러시더라고요. 그래서 어제 목사님과 점심 같이할 때 그 말씀을 드렸어요. 그냥 영어 못 하는 무식한 여자라고 생각하는 게 나을까, 아니면 자초지종을 얘기해서 정신이 돈 사람이라고 생각하는 게 나을까. 그래서 제가 그냥, 그래요? 하고 말았어요. 왜냐하면 저도 너무 깜짝 놀랐거든요.

제가 하나님을 믿는다고 하지만 기적을 하나씩 주실 때마다 저는 하나님에 대해서 그 경외로움을 어떻게 표현을 못 하겠어요. 암을 고쳐주시고 아이의 자폐증을 고쳐주셨는데 눈은 안 나을 것 같더라고요. 참 이상하죠? 눈은 망막이 찢어졌으니까 어떻게 다시 붙겠어요. 그런데 의사 선생님들이 붙었다고 하는 순간, 제 믿음 없음을 용서하소서, 하면서 정말 제가 아직도 그 소식이 잘 소화가 안 돼요. 이틀이 됐는데 아직도 믿어지지 않거든요. 저희 아버님이 너무 좋아하시고 하 목사님과 그 말씀을 나눴더니 준비도 안 했는데 갑자기 오라고 하셔서, 제가 너무 길어졌습니다.

제가 미국에 살 때는 어머니 아버지가 안 계시니까 마음 놓고 하고 싶은 것을 다 했는데, 여기 오니까 나이가 쉰이라도 딸은 딸이잖아요. 그래서 엄마 아빠가 무서워서 제가 하고 싶은 일을 다 할 수 없는데, 그중의 하나가 저희 어머니는 제가 간증하는 거 싫어하세요. 왜냐하면, "네 얘기나 해라. 애 얘기는 왜 하냐?" 그렇게 말씀을 하시는데, 할머니시니까, 손자 걱정을 하시는 거예요. 그래서 제가 오늘 아침에 어머니에게 그렇게 말씀드렸어요. "제가 우리 아들 얘기 하는 거는, 제가 하고 싶어서 하는 게 아니고, 제가 그걸 나누지 않을 자유가 없다고 생각하기 때문에……" 저에게 하나님이 얼마 전에 주신 말씀이 있어요. 너무나 은혜받은 말씀이라서 같이 나누고 싶은데, 여호수아 4장 1절~8절까지 읽을게요.

온 백성이 요단 건너기를 마치매 여호와께서 여호수아에게 일러 가라사대 백성의 매 지파에 한 사람씩 열두 사람을 택하고 그들에게 명하여 이르기를 요단 가운데 제사장들의 발이 굳게 선 그곳에서 돌 열둘을 취하고 그것을 가져다가 오늘 밤 너희의 유숙할 그곳에 두라 하라. 여호수아가 이스라엘 자손 중에서 매 지파에 한 사람씩 예비한 그 열두 사람을 불러서 그들에게 이르되 요단 가운데 너희 하나님 여호와의 궤 앞으로 들어가서 이스라엘 자손들의 지파 수대로 각기 돌 한 개씩 취하여 어깨에 메라. 이것이 너희 중에 표징이 되리라. 후일에 너희 자손이 물어 가로되 이 돌들은 무슨 뜻이뇨 하거든 그들에게 이르기를 요단 물이 여호와의 언약궤 앞에서 끊어졌었나니 곧 언약궤가 요단을 건널 때에 요단 물이 끊어졌으므로 이 돌들이 이스라엘 자손에게 영영한 기념이 되리라 하라. 이스라엘 자손들이 여호수아의 명한 대로 행하되 여호와께서 여호수아에게 이르신 대로 이스라엘 자손들의 지파 수를 따라 요단 가운데서 돌 열둘을 취하여 자기들의 유숙할 곳으로 가져다가 거기 두었더라 (여호수아 1:1-8).

　제가 오늘 여러분들에게 전하고 싶은 말은 저의 인생의 요단강 한가운데에서 제가 가지고 나온 돌들에 대한 것입니다. 요단강은 죽음을 상징하잖아요. 광야 생활이 끝나고 가나안 땅 들어가기 전에, 요단강을 건너가야 가나안 땅에 들어갑니다. 그런데 요단강은 건너는 것이 그렇게 재밌는 곳이 아니에요. 왜냐하면, 강이니까…… 하나님이 처음에 홍해를 갈라주실 때는 쫙 갈라놓으시고 마른 데를 지나가라 하셔서 힘들지 않게 모세 따라 다들 건너갔는데, 요단강 건너는 것은 한 발을 내딛을 때마다 딱 그만큼만 물이 갈라지는 것이기 때문에 열 발자국 뗐다고 해서 열한 발자국째가 쉬워지는 게 아니거든요. 안 갈라지면 어떻게 해요? 제가 지나온 15년을 생각하면 하나님이 건너라고 해서 요단강 앞에 서긴 섰는데 안 갈라질 것 같은 거예요. 믿음이 없어서…….

언약궤는 있는데, 그 언약궤를 따라서 한 걸음 뗄 때마다 이번에는 안 갈라질 것 같은 두려움이, 죽음처럼 저에게 엄습해오는 그 기억들이, 제가 사실은 잊어버리고 싶은 기억들이 많거든요. 특히 우리 아이와 관련된 기억들은 너무 아팠기 때문에 잊어버리고 싶어요. 그리고 좋은 얘기만 하고 그런 얘기는 안 하고 싶거든요. 그런데 하나님께서 이 말씀을 통해서 '너 그 요단강 한가운데서 그 돌을 취하여 기념비를 쌓아라'라고 말씀하셨습니다. 그 강을 건너갈 때, 가운데가 제일 깊잖아요. 그런데 가운데 깊은 데서 한 발을 디뎠는데 물이 안 갈라지면 죽잖아요. 저에게 그 체험들을 주님께서 하게 하셨을 때, 저는 그 얘기는 이제 묻어놓고, '그 얘기는 하지 맙시다' 그러고 싶어요.

그런데 주님께서는 저에게 그 가운데서만 가져올 수 있는 돌, 요단강 가운데서 마치 금방 죽을 것 같은 그 두려움 안에서 있는 거라고는 언약궤 하나밖에 없는, 그때 저의 모든 것, 저의 절망, 저의 외로움, 두려움, 그런 것들을 잊어버리는 것이 아니라 오히려 그것들을 가지고 나와서 기념비를 세우라 하세요. 왜요? 내 여호와, 내가, 그때 그 물살을 네가 지나갈 때, 어떻게 물을 갈랐는지를 기억하라는 것이죠.

주님께서는 그 물을 한 번도 약속을 어기지 않으시고 매번 갈라주셨습니다. 한 발 한 발 뗄 때마다 너무나 신실하게, 정말 안 갈라질 것 같은데, 이번에는 정말 안 될 것 같은데……
그래서 그 돌을 취하는데 강을 지나갈 때는 그 돌을 가지고 나가라고 하면 말을 안 들어요. 왜냐하면, 지금 강 건너기도 힘들어 죽겠는데, 한복판에 있는데, 기념비를 세우기 위해서 돌을 가지고 나가라고 하면, 그 명령을 지킬 수 없는 너무 약한 사람인 것을 아시기 때문에, 그때는 내버려두셨는데, 언제 명령을 하시냐면요, '온 백성이 요단 건너기를 마치매……' 제가 요단 건너기가 몇 달 전에 마쳐졌기 때문에, 정말 힘들게 건너갔는데, 건너가고 나니까 너무 좋더라고요. 그래서 승리의 하나님, 치유의 하나님, 우리 아이 고치신 하나님, 내 눈 고쳐주신 하나님, 주님을 찬양합니다! 저는 그 찬양을 주님이 원하신다고 생각했는데, '다 건너왔으면 다시 들어가서 너 제일 힘들 때, 제일 절망했을 때, 나밖에는 없었을 때, 그 한가운데 있는 돌들을 가서 도로 가지고 와라' 주님께서 그렇게 말씀하셨어요.

그래서 제가 가장 힘들었던 그때를 다시 기억하고, 가서 하나씩 하나씩 그 돌들을 가지고 나오기 시작했습니다. 그래서 그걸 가지고 기념비를 만들라고 하셨어요. 기념비를 만들어서 나의 자녀들에게, 나를 아는, 내가 사랑하는 자매님들, 내 주위에 있는 사람들에게 나의 하나님이 얼마나 신실하시고,

너무나 좋으시고, 능력 있는 하나님이신지…… 전하라고 하셨어요. 요단 강물을 가른다는 것이 하나님이 아니면 하실 수 없는 일이잖아요. 그것은 기적이잖아요. 저는 기적이 없이는 기적을 믿지 않고는 살 수 없는 곳으로 주님께서 저를 보내셨던 것에 감사합니다. 제가 광야 생활에서 너무 힘들었을 때, 만일 하나님말고 의지할 수 있는 것이 하나라도 있었다면, 저는 절대로 요단강을 건너지 않고 광야에서 살았을 것 같아요. 거기도 괜찮으니까. 오늘 저처럼, 기적의 하나님을 찾지 않고는 견딜 수 없는 상황까지 가지 마시고, 그냥 정말 하나님밖에는 없고, 예수님밖에는 없다는 그 비밀을 제가 가지고 나온 돌들을 보고 믿으시기 바랍니다. 제가 그 돌을 가지고 나오는데 굉장히 힘이 들었거든요. 여러분들은 보시고 쉽게 건너가시기를 원하는 게 저의 소원입니다.

　저는 신앙생활을 예수님을 만나려고 시작했던 게 절대 아닙니다. 제가 말씀드렸듯이 예수님 만나서 잘 살아보려고 교회를 간 거예요. 그런데 제가 너무 아프니까 처음엔 치유해주시는 예수님을 찾아다녔어요. 치유를 찾아다녔습니다. 그런데 치유를 찾아다니다가, 예수님이 제가 믿음이 없는데도, 제가 정말 자격이 없는데도 하신 약속 때문에, 십자가에서 해놓으신 그 치유가 이루어졌다는 사실을 제가 믿기만 하면, 처음엔 고쳐주셨어요. 금방금방 고쳐주셨어요. 빨리 안 고쳐주시면 도망갈 것 같으니까, 기도하면 그 자리에서 고쳐주시는 기적들을 많이 행해주셨어요. 제가 새벽기도 때도 간증했지만, 저는 의사 선생님이 저에게 '호르몬 암이라는 것은 절대로 완치가 될 수 없습니다' 이렇게 1992년에 선고를 내렸습니다. 갑상선암인데, 사람의 인체에 호르몬이 자라잖아요. 그러니까 그것이 자라면서 또 어느 수치까지 되면 또 방사능으로 치료를 받고, 또 하고…… 그래서 '매년 한 번씩 검사를 하지 않는 것은 자살행위입니다' 이렇게 저에게 겁을 확 주셨는데요.

제가 그 암 때문에 별로 기도하지 않았는데도 그냥 어느 날 예수님이 그렇게 복잡하게 치유해주시는 분이 아니고, 맹인 바디매오가, 걸인 바디매오가 시끄럽게 구니까 멈춰 서시더라. 그럼 나도 시끄럽게 굴어야겠다, 멈춰 서시니까 그다음에 오셔서 어려운 신학적인 것 물어보는 것이 아니라, "너, 뭘 원하니?" 이렇게 물어보시더라. 물어보시면, 대답만 하면 되겠다. 그리고 무슨 용서 못 할 시어머니라든지, 같이 교회 다니는 집사님 미워했거나 하면 빨리 다 회개하고, 주님 앞에서 자복하고 또 깨끗하게 된 후에 내가 너를 고쳐주겠다, 하신 것이 아니고, 주님께서 그냥 "뭘 원해서 시끄럽게 구냐?" "저 눈 뜨고 싶어요." "그래? 그럼 네 믿음대로 되라." 제가 그 말씀을 보고 너무나 용기를 얻었어요.

그래서 그때가 딱 10년째 매년 암 검사를 받았을 땐데요. 암

검사를 받으면 6주 동안 일어나지를 못하거든요. 굉장히 힘들어요. 호르몬이 완전히 없어져야만 검사를 받을 수 있기 때문에 운전도 못 하고, 아이들도 못 기르고 굉장히 힘이 드는데도 그 10년 동안 한 번도 "주님, 나 이 병 좀 고쳐주세요" 하는 기도를 안 했어요. 못 했어요. 저는 치유를 받으려면 신앙을 A학점을 받아야 고쳐주시는 줄 알았거든요. 그래서 "나는 안 돼" 하고 포기를 하고 살았었거든요.

그런데 제가 2002년 크리스마스 때, 또 검사를 받으려고 아이들과 격리되어서 호텔 방에 들어가 있는데, 그날 들었던 말씀이 바디매오였어요. 그래서 그 상황 속에 들어가서 똑같이 생각을 하라고 해서 제가 바디매오로 변장을 하고, 예수님이 오시는 길목에 앉아 있다고 상상을 했어요. 예수님이 지나가시는데 제 마음에 어떤 마음이 드냐면 '정말 멈춰 서주실까. 지금 바쁘신데, 힘드신데……' 십자가 지러 고난주간을 시작하는 바로 그때, 여리고성을 지나면 예루살렘이잖아요. 예루살렘 입성하기 바로 직전에 제자들에게 '나 십자가에서 죽으려고 간다' 그래서 제자들이 너무나 슬프고 너무나 겁이 나고, 그래서 분위기가 굉장히 장엄하고 슬픈 분위기라고 성경에서 말하고 있죠. 사람들에게 스트레스가 굉장히 많이 쌓인 상태인데, 저도 일을 해봤지만 제가 지금 너무 힘들고 제가 지금 지어야 될 짐이 너무 클 때는 누가 와서 기도해달라고 한다든지 상담해달라고 하면 귀찮더라고요. 제가 너무 힘이 드니까 그냥 건성으로 듣게 되고, 전화도 자동응답기로 돌려놓고 보통 사람들이 그렇게 하잖아요.

제가 예수님의 입장을 생각해보니까 예수님이 십자가를 쉽게 지셨다고 저는 생각하지 않아요. 겟세마네 동산에서 우리와 똑같이 "이것 꼭 내가 마셔야 되는 거 아니면, 능력 있는 나의 아버지, 이것 좀 치워주세요. 이거 안 하고 싶어요. 고난 중에서도 이런 고난은 제가 피해갔으면 좋겠습니다." 예수님이 솔직하게 기도하셨던 것을 보면, 땀방울이 피가 되도록 그렇게 기도하셨던 것을 보면, 가벼운 기분은 아니셨을 거라고 저는 믿어요. 죽으려고 들어가는 그 성 앞에서 얼마나 외로우셨겠어요, 얼마나 기가 막히셨겠어요. 제자들이 그걸 이해하는 것도 아니고, 그런데 맹인 거지가 눈치도 없고 아무것도 모르면서, 예수님이 지금 어떤 상황인지 모르면서 그냥 자기 생각만 한 거잖아요. '난 지금 눈을 떠야겠다. 저 사람이 병 고친다더라.' 예수님을 깊이 사랑하고 예수님의 십자가에 동참하려고 하는 성숙한 교인 같은 분들이 아니고, 그냥 그때 그 사람의 상태는 너무나 긴박한 상태였던 것 같아요.

그런데 예수님이 꾸짖지 않으시고, 멈춰 서주셨다는 것이 저는 너무나 믿어지지 않고 너무나 감사했어요. 제자들이 "시끄럽게 굴 때가 아니다, 지금은 십자가를 지러 가는 때다. 지

땅 끝 의 아 이 들

금은 너무나 우리가 괴로운 때니까 네 문제 가지고 오는 것은 절대로 하면 안 된다" 하고 꾸짖었을 때, 예수님께서는 그 제자들이 꾸짖는 것을 제지시키시고, 그 시끄럽게 구는 맹인에게, "쟤, 뭐가 굉장히 필요한 모양인데 데려와라" 저는 그 예수님이 너무 좋아요.

저에게 그때는 이 성숙할 수 있는 힘이 없었어요. 아플 때는 성숙하던 사람도 어린애같이 되는 거 아세요? 너무 병을 오래 앓으면, 긴 병에 효자 없다고 하잖아요. 다 섭섭하고 다 아니꼽고, 듣는 말마다 상처되고, 다 귀찮아요. 주님이 그걸 아셨어요. 그래서 저에게 제가 딱 감당할 수 있는 만큼의 믿음만 요구하셨다는 것이 저는 참 감사해요. 그래서 제가 "주님 저좀 고쳐주세요" 했을 때, " 민아야, 너는 내가 지금 십자가 지고 가야 하는 거 모르니? 너 같이 갈래?" 그런 말씀하셨으면 도망갔을 텐데, "너는 뭐가 필요하니?" 자기 말씀 하시지 않으시고, 저를 바라보신 주님…… 제가 너무 철이 없었기 때문에 저는 주님의 얼굴에 수심이 있는지, 걱정이 있는지 보이지 않았어요.

아픈 사람의 두 번째 특징, 자기밖에 안 보여요. 내 고통이 너무 클 때는 옆에 있는 사람이 보이지가 않아요. 굉장히 이기적으로 변해요. 제가 그랬어요. 그래서 그냥 "주님 나 이거 필요해요. 주세요" 이것밖에는 저는 주님께 드릴 게 없었어요.

그런데 주님께서는 저를 긍휼히 여기시고 불쌍히 여겨주셨어요. 제가 "주님, 너무 힘들어요. 아이가 셋인데 1년에 6주씩 이렇게 누워 있으면, 저 힘들어요. 저, 이거 이제 안 하고 싶어요." 저의 신앙고백은 딱 여기서 끝났어요. "저 이거 귀찮아요. 안 하고 싶어요. 이거 좀 가져가주세요."

그런데 예수님께서 "내가 가져가줄 수 있다고 믿어줘서 고맙다. 나는 네가 나한테 와서 좋다. 내가 가져갈 테니, 나에게 달라." 주님께서 저의 모든 고통을 그냥 가져가주셨어요. "네 믿음대로 되리라." 뭐 대단한 믿음이에요? "저 힘드니까, 이거 예수님 가져가세요." 그런데 예수님이 너무 기뻐하셨어요. "아, 얘가 이제는 나를 믿어줘서 나한테 오는구나. 의사한테 뛰어가더니, 친구에게 뛰어가더니 힘만 들면 전화 붙들고 몇 시간씩 있더니 얘가 이젠 나한테 왔네." 그렇게 좋아하시더라고요. 그래서 그러고 잤어요. 제가 뭐 굉장한 기도를 한 게 아니니까 나을 거라는 생각도 별로 안 하고 잤는데, 그다음 날 아침에 검사 결과가 수치로 나오거든요. 수치가 어느 정도까지 가면 방사능 치료를 받아야 하고 넘어가지 않으면 1년이 넘어가는 그런 해를 10년을 보냈는데요. 전화를 하니 의사가 보통 "수치가 얼마입니다. 이렇게 합시다" 이렇게 말하는데, "좀 있다 다시 전화를 해보십시오" 이렇게 얘기를 했어요. 그래서 제가 '되게 나쁘게 나왔나보다' 짐을 싸기 시작했어요. 제가 믿

땅 끝 의 아 이 들

음이 그렇게 좋았어요. 병원에 들어가면 일주일 동안 아이를 또 못 보니까 병원 갈 준비를 시작하면서, 아이들 픽업 부탁하고, 그냥 울었어요. 제가 방사능 치료를 세 번 받았기 때문에 그것이 네 번째인데 너무 힘들고 구역질나고, 아이들을 못 보는 것이 가장 힘들고, 그때 저희 아이가 말을 참 안 들어서 남한테 부탁하기조차 힘든 아이였는데, 그 상황이 저는 너무 힘들어서 기도해놓고는 그냥 짐 싸면서 울고 있는데 전화가 다시 왔어요. 그래서 제가 "수치가 얼마예요?" 하니까 그 의사가 "수치가 없어요." 그래서 제가 "그게 무슨 소리예요?" 그랬더니 "저도 이해가 가지 않는데, 암을 앓았던 흔적이 하나도 없어요" 이렇게 말을 했어요.

여기 지금 아프신 분 중에 정말 치유가 필요하신 분 있으면, 제가 용기를 드리려고 말하는 건데요. 제 믿음 수준이 딱 맹인 바디매오 수준이었는데, 주님께서 야단도 안 치시고 꾸짖지도 않으시고, 그냥 하루 만에 너무나 쉽게 제 병을 고쳐주셨어요. 그것도 완치를 시켜주셨어요.

그때 그 미국 의사가 저에게 "There is no trace" "흔적도 없습니다" 했던 말을, 저는 아주 힘들 때, 정말 문제가 해결되지 않을 것 같을 때마다 "흔적도 없습니다" 그 말을 저에게 해요. "민아야, 흔적도 없었잖아. 생각나지? 너를 괴롭히던 이집트 백성들이 지금 다 어디 있냐?" 내가 흔적도 없이 없애주리라,

주님께서 약속하셨던 것처럼, 저에게 그 10년 동안 그렇게 저를 지긋지긋하게 괴롭히던, 의사가 절대로 없어지지 않는다고 보장하고 장담했던 암세포들이 흔적도 없이 사라졌다는 것, 제가 눈을 뜨고 찾아봐도, 의사가 현미경으로 또 쳐다보고, 또 쳐다보고, 믿어지지 않아서 세 시간 후에 다시 전화를 했는데, 세 시간 동안 그걸 들여다보고 있었을 거 아니에요? 흔적이 없대요. 그래서 저는 그때 정말 하나님이 살아 계시고, 하나님의 하시는 일은 나의 상식과 나의 지식으로 절대로 이해할 수 없는 부분이 있다는 것을 체험하고 깨닫게 되었습니다.

기적은 우리가 그 기적을 추구하는 목적이 아니라, 그냥 시작이에요. 기적을 체험했을 때, 하나님과의 관계가 시작된다고 저는 생각합니다. 왜냐하면 하나님은 기적의 하나님이시고, 전능하신 하나님이시기 때문에 내가 어떻게 하다 실수를 해서든지, 아무튼 바디매오처럼 시끄럽게 굴다 어쩌다가 운이 좋아서 예수님의 은혜를 받았든지 기적을 체험하는 순간, 그때부터 정말 하나님을 경외하는 마음, 하나님에 대한 갈망, 하나님에 대한 사랑이 구체적으로 생길 수 있는 길이라고 저는 생각합니다.

그런데 그것이 없이도 얼마든지 하나님을 사랑하시는 분들이 있어요. 그런 분들에게는 그렇게 대단한 드라마가 없어도 되니까, 저는 없다고 생각해요. 제가 아는 정말 존경하는 많은 집사님들 중에 고요하게, 평탄하게 주님을 정말 사랑하면서, 그렇지만 남이 아무도 모르는 주님만을 향한 열정, 주님만을 향한 활화산 같은 사랑이 타오르는 분들을 제가 특히 온누리교회 다니시는 분들 중에 많이 아는데요, 저는 그 신앙이 목적이라고 생각하기 때문에, 그런 분들이 "저도 집사님처럼 나도 기적도 좀 체험하고……" 그런 말을 할 때마다 제가 "기적은 믿음이 없는 사람한테 필요한 거지, 집사님한테는 필요 없어요" 그런 말을 하곤 했어요.

저는 정말 그렇게 생각해요. 저에게 그런 기적을 행해주셨기 때문에 저의 견고한 입장들, 제가 예수님과 대적해서 높아졌던 모든 높은 것, 논리적으로 사고하고 분석할 수 있다고 생각했던 저의 이성들이 깨어지는 데는 그런 기적이 필요했습니다. 그 의사가 '흔적도 없다'고 말하는 순간에 제 안에 가지고 있었던 선악과, 나는 무엇이 옳은지 그른지 하나님만큼 안다고 생각했던 교만이 깨어졌어요. 나는 그렇게 할 수 없는데, 하나님은 하시는구나. 의사는 못 하는데, 하나님은 하시는구나. 하나님만이 하실 수 있는 게 있구나. 제가 그것을 깨닫는 순간부터 저는 그 하나님이 너무너무 알고 싶어졌어요. 그 하나님이 너무너무 보고 싶어졌어요. 그래서 하나님이 목마르기 시작했어요.

저는 기적이 하나님을 바라는 사랑의 시작이라고 생각합니다. 제가 참 좋아하는 성경이 아가서거든요. 아가서에서 '나의 신부여, 나의 누이여' 그러면 저는 눈물이 팍 나와요. '하나님이 나를 이렇게 사랑하시는구나. 저도 하나님 사랑해요.' 그 고백을 할 때마다, '내가 너를 어느 만큼 사랑하느냐 하면, 나의 사랑은 죽음보다도 강하고, 나의 너를 향한 질투는 음부보다도 강하다.' 무서운 말씀인데, 하나님이 저를 얼마나 사랑하시는지 죽음보다 강한 사랑, 지옥에 갔다 와도 끊기지 않는 정말 영원히, 영원히 식지 않고 타는 불처럼 저의 사랑을 원하시는 하나님의 질투가 저는 너무나 좋아요. 제가 딴 데를 잠깐만 보려고 하면, 못 보게 하시는 하나님이 너무 좋아요. 사랑하는 사람끼리는 그렇게 해야 하잖아요.

제가 어떤 사람을 봤냐면요? '우리 남편을 나는 너무 사랑하기 때문에 우리 남편이 원하면 그냥 나하고 해결되지 않는 문제를 그냥 얘기하는 여자 친구 한 명 정도는 있어도 괜찮아.' 이렇게 쿨하게 나오더라고요. 저는 절대로 안 돼요. 여자 친구가 뭐야, 남편이. 절대로 안 되죠. 우리 남편은 나만 바라봐야죠.

하나님이 저에게 '너는 나만 바라봐라. 왜냐하면 내가 심술이 있는 하나님이라서가 아니라, 나빠서가 아니라, 나는 너를 너무 좋아하기 때문에 나는 네가 딴사람 보는 거, 견딜 수가 없다' 그래주실 때 제일 좋아요. 그래서 딴 데 쳐다보다가 혼나면 너무 좋아요. 아! 내가 또 딴 데 쳐다봤구나. 하나님 미안해요. 하나님만 바라볼게요. 그게 비밀이거든요? 연인 간에 비밀이라는 거 있죠? 연속극 같은 거 보면, 남자한테 막 야단 맞으면서 여자가 좋아하는 것 보면 이상하잖아요? '난 네가 없으면 안 된단 말야!' 이러면은 여자들이 '아, 시끄러워, 왜 소리질러' 그러지 않잖아요? 아, 이 남자가 정말 나를 사랑하는구나, 내가 없으면 이 사람은 안 되는구나, 내가 잘못했구나, 내가 이 사람 마음에 상처를 줬구나.

저에게 하나님이 어떤 고난을 통해서 제 눈길이 딴 데 가 있는 것을 '확' 하나님에게로 다시 끌어 잡아당길 때마다, 그때마다 저에게 신앙적인 변화가 일어났던 것 같아요. 이제는 정말 그거 안 볼게요. 이제는 정말 그쪽 안 쳐다볼게요. 제가 하나님만 쳐다볼게요. 그러고 나면 하나님이 저의 인생에서 주인이 되시고 임재하시기 때문에, 하나님의 왕국이 저의 인생에 임하시기 때문에, 주기도문처럼 그분의 나라가 나에게 임하시기 때문에 모든 것을 더하시리라고 약속하신 회복과 치유는 그냥 따라오더라고요.

그래서 제가 하와이 간 것이, 저에게 있어서는 가장 전환점이 되는 사건이었기 때문에 제가 여러분들에게 이야기를 잘못하면 너무 이상하게 하나님을 믿는다고 할까봐 저에게는 그냥 제가 혼자 가지고 있었던 비밀이었는데, 오늘은 여러분들이 이해해주실 것 같아서 그냥 얘기하기로 했어요.

제가 춘향전을 굉장히 좋아하는데요. 춘향이는 걱정을 안 해요. 굉장히 여유가 있어요. 그리고 막 때리고 그래도 막 노래하고, 그럴 수 있는 게 춘향이가 이 도령을 너무 믿기 때문에, '지가 가면 어디로 가겠나. 나를 그렇게 좋아하는데, 오겠지. 그분은 반드시 오셔' 그 춘향이의 여유, 그게 믿음이잖아요. 그런데 이 도령이 없어지지 않았으면 춘향이의 그 사랑이 나타나지 못하는 것처럼, 기다리는 기간이 없으면 그 믿음이 온전해지지 않는다는 것을 제가 배웠어요. 그래서 '그러면 믿자. 그런데 언제까지 믿느냐면 오실 때까지. 우리 아이 나을 때까지 나는 믿을 거다. 10년이 걸리든지 20년이 걸리든지.' 저에게 있어서 신앙의 전환점이 되었던 그때부터 저는 치유를 체험한 순간에 주님을 찬양하기 시작하고, 기쁨이 온 게 아니라 이제부터 나는 그냥 무식하게 하나님을 믿겠다. 나는 세상 사람들 하는 말 안 들을 거다 하면서 승리를 선포하기 시작했어요.

그렇잖아요. 이사야서 53장에서 하나님의 리포트 전하신 것을 우리가 믿으면 기적이 일어납니다. 제가 애를 데리고 병원에 가는 것을 그만둬버렸어요. 갔다 오면 기분이 나쁘거든요. 그들이 전한 것을 듣고 나면 하나님이 전한 것이 들리지를 않아요. 귀는 우리가 들을 수 있는 것이 한계가 있기 때문에. 그래서 제가 아이를 데리고 여기저기 쫓아다니던 것을, 우선 발을 딱 끊었어요. 그리고 하나님이 전한 것만 듣겠다. 하나님이 어떻게 전하셨나. 제가 성경을 찾기 시작하면서 그때 그 한 해 동안에 제가 이 성경에 나오는 치유의 말씀을 얼마나 많이 읽었는지, 읽고 안 믿어지면 또 읽고, 남이 뭐라고 그러면 집에 가서 또 읽고, 얘는 안 낫는다고 그러면 집에 가서 얘는 나았대. 그러고 또 읽고, 그 하나님의 말씀을 바라보기 시작하니까 그때부터 저에게 평안이 오기 시작했어요. 그래서 찬양이 나오기 시작하더라고요. 그런데 그러면 끝난 거예요.

우리 지금 힘든 때, 너무너무 힘들 때만 할 수 있는 찬양이 있거든요? 그 찬양이 마귀가 제일 싫어하는 거예요. '쟤 지금 울어야 되는데 왜 노래해. 기분 나빠' 그러고 가버려요.

제가 그 비밀을 2년 전에 깨달았어요. 그래서 하와이 가기 바로 직전에 힘들면 그냥 막 '우리 아이를 치유해주신 주님 감사합니다. 전 주님이 굉장히 좋아요' 하고 찬양하기 시작했어요. 사람들이 저에게 '나은 다음에 간증을 해라. 보기가 안 좋다'라고 말했지만 나은 다음에 하면 너무 늦어요. 그때부터 제가 간증을 하라고 하면 '우리 아이는 나았습니다' 간증을 하기 시작했어요. 그래서 제가 우리 아이가 정말 나았다고 하니까, '또 나았어?' 하고 물어보더라고요.

그런데 이번엔 진짜 나았어요.

그때 저에게 있어서 믿음의 간증이라는 것은 저를 괴롭히는 원수 마귀들, 저에게 거짓말하는 대적들, 이집트 병정들, 저를 무서워한다고 하는 그들에게 제가 할 수 있는 유일한 방어였어요. 똑바로 처다보면서 '난 너네 말 안 들을 거야. 나는 내 주님의 음성만 들을 거야. 주님이 그러시는데 얘 나았대. 나한테 와서 거짓말하지 마' 그것이 제가 할 수 있는 유일한 방어였어요. 왜냐하면 나쁜 소식을 들으면 온몸에 기운이 쪽 빠지고 굉장히 우울해지는 것이 사람의 본능이잖아요. 얘는 '못 낫습니다' 하는 말을 들으면 어떻게 그렇게 잘 믿어지는지.

그 마귀의 음성, 사람의 음성은 어떻게 그렇게 잘 믿어지는지 전혀 노력할 필요가 없는데, 하나님이 '내 아들이 채찍을 맞음으로 네 아들은 나았다' 그 말씀은 왜 그렇게 안 믿어지는지. 그래서 믿음은 이를 악물고 하는 싸움이에요. 저는 예수님 쉽게, 쉽게 믿어진다고 그러시는 분들은 참 부럽기도 하면서 제가 그분들에게 한 가지 물어보고 싶은 것은, '그 축복이 어디서 왔을까요?' 그것이 아마 어머니 아버지나 할아버지가 기도해서 그런 게 아닐까요. 저는 꼭 그렇게 생각해요. 제가 생각하는 것은 저에게는 그 믿음이 너무나 힘이 들어요. 그런데 어떤 분들은 참 쉽게 믿으시더라고요. 그 사람들은 제가 의사 말이 쉽게 믿어지는 것처럼 하나님 말이 금방 믿어지나봐요.

그래서 제가 아까 목사님하고도 얘기 나눴지만, 정말 우리 위해서 뿌리신 순교자들의 피, 또 그다음에 3대째, 4대째 믿으시는 분들에게 저는 정말 하나님이 신실하게 그렇게 해주시는 게 부러우면서도, 좋으면서도, 우리 아이들은 이러니까 인제 3대도 생기고 4대도 생길 거야 하면서 그 소망으로 제 어려움을 이깁니다. 제가 그거를 굉장히 사모하거든요? 그런데 저에게 있어서의 믿음은 뼈를 깎는 혈투였어요. 제가 믿어지지 않는 것을 눈감고, 귀 막고, '난 믿을 거야' 하면서 지난 수년 동안 싸웠던 그 싸움, 신명기 29장 29절에서 말씀하시는 것처럼 그것이 우리 아이들에게 영원한 유산이 된다고 제가 믿었기 때문에 지금은 기뻐요. 그렇지만 그 하나님의 말씀이 믿어지지 않는 그 순간에 이 말씀 붙들고 씨름했던 그 하루하루가 저에게는 죽음과 같은 고통스러운 나날이었어요.

그런데 한참 그러다 보니까, 어느 날인가 가짜처럼 하던 찬양, 가짜처럼 얘기하던 선포, 내가 나는 믿을 거야 하면서도 믿어지지 않던 말씀들이 제 안에서 조금씩 조금씩 커지기 시작하면서 제가 바라볼 수 있는 하나님의 얼굴이 제 앞에 나타나기 시작했어요.

주님의 얼굴이 보이기 시작하니까, 그다음엔 뵈는 게 없더라고요. 세상이 보이지가 않아요. 안 들려요. 안 들리면 얼마나 편한데요. 그다음부터는 누가 와서 '자매님 그건 안 되는데 그렇게 억지를 부리지 마' 이렇게 말을 하면, 전 안 들어요, 인제. 귀가 먹었어요. 세상에 대해서 귀가 먹기 시작하면 너무 편해요. 하나님 음성이 들리면 세상에 대해서 귀를 먹기 시작하는 것 같아요. 이 둘을 다 듣지는 못하거든요.

그래서 저는 바라봄의 비밀에 대해서 여러분들하고 나누고 싶어요. 하나님만 바라보기 시작하면 못 말리는 사람이 돼요. 제가 하와이 갈 때, 하나님이 가라고 그러시는 것 같아서 갔어요. 정확하게 '하와이로 가라. 그러면 내가 이 아이를 고치리라' 이렇게 듣고 갔으면 제가 전혀 흔들림이 없었을 텐데, 그냥 가면 무슨 일이 일어날 것 같은 그 막연한 마음을 계속 주시는데, 1년이 지나도 없어지질 않는 거예요. 그래서 '하나님 그러면 말씀을 주세요' 하고 말했을 때 하나님이 너무나 엉뚱한 말씀을 주셨어요. 에스겔서 36장 26절 말씀. '내가 너의 굳은 마음을 제하고, 너에게 내가 새 마음을 주리라.' 그래서 '새 마음을 주신대' 그러고 그냥 갔어요, 하와이로.

그런데 제가 비행기에서 발을 내딛는 그 순간부터 지난 1년 반 동안 하나님이 저를 눈동자처럼 지키시면서 여태까지 너무나 많은 기적을 보여주셨어요. 저에게 있어서 하와이로 아이들을 데리고 떠난 것은, 그것은 죽음과도 같은, 처음 제가 주님에게 드린 순종이었거든요. 내가 사랑하는 하나님이 원하신다고 생각해서 설사 그것이 잘못 들은 것이라고 하더라도, 그래서 제가 내딛은 첫 발걸음이었어요.

그런데 주님께서 그때부터는 저를 정말 주관하기 시작하셨어요.

저는 '변호사 이민아' 이렇게 얘기해주지 않으면 제가 누군지조차 모르는 사람이었어요. 그래서 그 신상들을 제가 불태우기 시작했을 때 흐릿하게 보이던 주님이 또렷해지는 그 과정 중의 하나, 주님께서 가지고 와서 번제를 드리라고 한 것 중의 하나가 저에게 있어서는 저의 직업, 사회적인 지위였던 것 같아요. 그래서 그냥 아무것도 아닌 그냥 여자, 엄마로 제가 하와이에 갔을 때 그 6개월 동안 문제가 생겼을 때마다 제가 얼마나 하나님이 아니라 직업에 의지했었는지를 깨달았어요.

누가 '자매님은 애가 영 아닌 것 같아' 해도 저는 '그래도 나는 직업상 사람들이 나를 아주 이상한 여자라고 생각 안 할거야' 그 마지막 자존심이 있었기 때문에 제가 그걸 버틸 수가 있었던 것 같아요. 그런데 다 내려놓고 아이만 데리고 갔는데 사람들이 얘기를 하니까 제 안에 있었던 제가 알지도 못했던 이상한 자존심, 뭐 교양 없는 것, 뭐 이런 것들이 막 나오는 거예요. 제가 하와이 가서 조그만 교회를 다니면서 얼마나 이상한 일들이 많았는지 막 울고, 싸우고…….

그런데 그것이 필요했던 것 같아요. 제가 어느 날 보니까 정말 아무것도 아닌 사람이더라고요. 그런데 마치 무슨 조금 다른 사람처럼 알고 살았던 그 가면들 때문에 하나님이 흐릿하게 보여도 하나님에게 가지 않았던 거죠.

자꾸만 저와 하나님 사이를 갈라놓았던 그런 것들을 하나씩 하나씩 하나님이 제거를 하시는데 제가 완전히 그냥 섬마을 아줌마가 되기까지 1년 반 동안 정말 힘들었어요. 내려놓고 싶지 않은 것들을 자꾸만 내려놓으라고 하시니까. 마지막 자존심, 교양, 고집, 내가 누군데 하는 마음, 누구긴 누구예요. 아무도 아니에요. 그런 것들이 내려놓아지기 시작했어요. 누군가가 와서 저에게 아이 때문에 아픈 얘기를 하면 처음에는 분해서 눈물도 안 나오고 잠도 안 왔어요. 제가 그렇게 성격이 못됐었어요. 그래서 그냥 '어떻게 이 사람한테 복수를 할 수 있을까, 나에게 어떻게 이런 말을 할 수가 있어. 저 사람 눈에서도 눈물이 좀 나오게 해주세요.' 제가 그런 기도가 자연스럽게 나오는 그런 사람이었어요.

그런데 하나님이 저를 훈련시키기 시작하실 딱 그때로부터 한 석 달이 지났는데 똑같은 일이 있었어요. 어떤 사람이 저를 막 무시하더라고요. 그런데 그날은 그냥 그 앞에서 '어떻게 그런 말을 해요' 그러고 제가 막 울어버렸어요. 당황하더라고요. 세 번째 똑같은 일이 있으니까 그 사람 앞에서는 안 울고 집에 와서 이불 뒤집어쓰고 혼자 조용히 울었어요. 이렇게 발전이 되더라고요.

　그런데 똑같은 일이 네 번째 일어났을 때 제가 또 하나 깨달은 비밀이 뭐냐면, '아, 이거 내가 끝날 때까지 계속 되려나. 하나님이 하시는가보다' 하는 생각이 끝이 안 나는 거예요. 그래서 '주님 나 속상한 이유가 나한테 있는 거 같으니까 그냥 이거 좀 고쳐주세요' 했을 때 주님이 제 안에 있었던, '내가 누군데, 감히 나에게, 내가 어떤 엄만데, 저가 이런 애가 있어 보라지' 하는 그 죄성을 하나님께서 '그래 그럼 가지고 와라' 하고 저와 함께 십자가에다 탁 못 박아주셨어요. 그러고 나니까 죽은 사람은 상처를 안 받아요. 찔러도 안 아프고, 불이 타도 안 아프고, 죽었으니까. 그래서 네 번째, 굉장히 아이들을 잘 길러 너무 신앙도 좋고, 그림 같은 크리스천 가정을 이루고 사시는 한 자매님께서 저에게 '아이에겐 엄마 기도밖에 없는데……' 네 애는 왜 이 지경이냐 그 소리잖아요. 그때 제가 '어머, 그럼 자매님은 기도를 굉장히 많이 하시나보다. 우리 애도 좀 기도해주세요. 애들을 저렇게 잘 기르셨는데, 저 좀 기도해주세요.' 이 소리가 삐딱해서 자존심이 상해서 나오는 게 아니라요, 자연스럽게 나오고 제가 정말 그 자매님이 좋아보이더라고요. 그래서 '자매님은 얼마나 기도를 많이 해서 애들을 저렇게 훌륭하게 잘 길러서, 참 하나님이 정말 좋으시지' 했더니 이 사람이 너무 기가 막히니까 '아……' 하더니 그냥 가버리더라구요. 그다음부터는 저에게 와서 그런 말을 하는 사람이 흔적도 없이 사라지더라고요. 1년 동안 한 번도 없었어요.

그래서 '우리 아이가 완전히 치유되지 않아도 그냥 이 정도면 저는 됐어요' 하고 제가 예수님만 보고 기뻐하면서 산 게 한 6개월 정도 된 것 같아요. 그냥 예수님만 생각하면 너무 좋은 거예요. 예수님만 생각하면, '아! 나를 사랑하시는 우리 주님이 살아 계시는 동안은 나는 정말 걱정할 게 하나도 없다.' 그제서야 1994년에 들었던 그 신비한 말씀, 하용조 목사님이 말씀하셨던 '내 은혜가 네게 족하도다', 그게 영어 본문으로 하면은요. 'My grace is sufficient', 'enough'가 아니고요. '내 은혜가 그 정도면 그냥 견딜 만하다'가 아니고요. 차고 넘치게 다 쓰고도 남을 만큼 넉넉하다, 그런 뜻이에요. 'sufficient'한 거하고 'enough'한 거는 다르거든요. 그런데 주님의 은혜는 정말 그 이상의 아무것도 필요 없이 그냥 주님의 은혜만 있으면 모든 것이 다 해결되고도 남고 넘쳐서 남에게 줄 것까지 있게 그렇게 넉넉한 거라는 것을 제가 그때 깨달았어요.

'뭐가 좋아서 웃고 다니세요?' 어떤 사람이 저한테 그러면 간증의 기회, 전도의 기회가 생깁니다. 아니에요. 하나님이 좋아요. 하나님의 은혜만 있으면 돼요. 치유도 있어야죠. 치유는 그냥 따라와요. 그런데 없어도 괜찮아요. 있으면 좋은데, 있으면 너무 좋은데, 없어도 하나님만 있으면 괜찮아요. 제가 그 고백이 나오기 시작하면서 주님께서 약속하신 '내가 너에게 생명을 주려고 왔고, 풍성한 생명을 주려고 왔다'고 한 그 풍성한 생명이 저의 인생에서 정말 샘물처럼 흐르기 시작했어요.

저보다 더 문제가 없는 사람들이 많거든요. 그러니까 전도의 기회가 너무 많아요. 저한테 와서 자기 얘기를 하다가 '그런데 자매님 애는 어때?' 오분 만에 그분이 웃고 가세요. '아, 우리 애는 괜찮구나, 그 정도면. 일등을 못 해도. 내가 학교 잘 다녀주는 효자를 가졌구나.' 제가 그게 기쁘기 시작했어요.

저에게 하나님 자랑할 수 있는 기회를 하나님이 주셨기 때문에 정말 저는, 하나님이 치유하시는 하나님이시지만 치유하시는 하나님보다 더 좋으신 하나님은 나에게 충분하게 은혜를 주시는 하나님. 치유해주시기도 전에 내가 나보다 세상적으로는 지금 잘되고 있는 사람을 위로할 수 있게 하시는 하나님. 그 하나님이 정말 좋습니다. 그 사람이 와서 나에게 뭔가를 받아갈 수 있게 하시는 하나님. 멋있잖아요. 그거는 세상의 어떤 종교도 할 수가 없거든요. 예수님의 비밀을 아는 사람만이 할 수가 있어요.

그래서 제가 좋아가지고 기뻐하면서 다녔어요. 그런데 주님께서 '나의 기쁨이 너의 힘이라' 약속하셨던 그 말씀대로 제가 주님을 찬양하고, 주님을 바라보고, 주님과 파티를 하기 시작했을 때, 주님께서 그동안 못 주셨던 그 많은 축복들이 갑자기 저에게 배달이 되기 시작했어요.

우리 아이가 이번에 크리스천 스쿨의 학기를 마쳤다는 거 아니에요. 그래서 성적이 어떠냐고 저에게 물어보면은 '저 잘 몰라요' 그러면 사람들이 절 쳐다보는데 저는 성적 관심 없어요. 성적이 문제가 아니라 이 아이가 그 수업 일수를 딱 채우고 한 학기를 끝낸 게 처음이에요. 그런데 제가 눈을 뜨고 찾아도 흔적이 없어요.

이제는 이 아이에게 자폐증의 증세가 있었다는 걸 어떤 때는 찾고 싶어요. 왜냐하면 습관이기 때문에. 그리고 누군가가 저에게 얘기를 하면, '아이, 쟤는요. 그냥 정상아가 아니라서' 제가 그게 입에 붙어 있었거든요. 그런데 어느 날 '우리 아이가 자폐였는데요' 하니까 어떤 자매님이 '쟤가 무슨 자폐예요. 이상한 소리를 하고 그래' 그래서 제가 쳐다보니까, 정말 흔적도 없이 사라졌어요.

우리 하나님 너무 멋있는 하나님이시잖아요. 그래서 처음에 제 암을 치유해주셨던 하나님이 치유의 하나님이셨다면, 우리 아이를 치유해주신 하나님은 부활의 하나님이세요. 제가 이 아이 때문에 모든 소망과 모든 꿈과 모든 비전, 이 세상에 있었던 제가 가진 모든 욕심이 요단강을 건너가면서 다 죽었어요.

저는 욕심도 없고 이제 세상에 별로 관심이 없어요. 죽었으니까. 그런데 다 죽을 때까지 사흘을 기다리셨다가 죽은 다음에 냄새나서 정말 사람들은 그 근처에도 가기 싫어하는 그 절망으로 제가 갈 때까지 주님께서 그냥 내버려두셨다가 저에게 오셔서 '돌을 치우라.' 멋있잖아요. '돌을 왜 치워요, 다 죽었는데, 시끄러워요.' '아니다. 돌을 치워라.' 그 돌을 치울 수 있었던 그 조그만 믿음, 그것을 키우는 데 그렇게 오래 걸렸던 거예요. 그전에 오셔서 저한테 돌을 치우라고 그랬으면은 아마 '지금 우리 오빠 죽어가지고 신경질 나 죽겠는데 저리 가세요. 돌은 왜 치워요.' 그리고 제가 가버렸을 거예요.

그런데 믿음을 온전케 하시는 나의 주님, 예수님, 저에게 딱 필요한 만큼만 하나도 남지도 부족하지도 않게, 그때그때 눈물도, 외로움도, 절망도 허락하시고, 딱 사흘, 이틀도 안 되고 사흘도 안 되고, 이틀이면 덜 죽어서 안 되고 나흘이 지나서 닷새가 되면 도망가니까 안 되고 딱 그 날짜를 맞춰서 찾아오신 나의 주님. '네가 믿으면 나의 영광을 보리라.' 그 영광을 보여주신 주님. 제가 그 영광의 주님을 오늘 여러분들과 함께 자랑하고 나눕니다. 여러분들 중에 지금 하루, 이틀 정도 되신 분들이 분명히 있을 거예요, 여기. 그분들 위해서 제가 그때 그 돌들, 자랑할 것 없고, 수치스럽고, 창피한 돌이지만 그 돌 무더기 가지고 나와서 기념비를 세우라고 하시는 우리 멋있는 하나님을 전하고 싶습니다.

네가 신앙생활 잘한 거, '나는 금식을 몇 일 했어요' '제자반을 졸업했어' 이런 거 말고. 너무 힘들 때나 절망할 때, 세상에서 아무도 날 도와줄 수 없는 요단강 한가운데 있을 때, 이 돌이 주님이 나에게 기억하라고 하신 주님의 은혜입니다.

　그때 주님께서 요단강을 갈라주셨습니다. 그 돌무더기를 세운 곳이 길갈이에요. 길갈은 수치를 씻은 곳입니다. 이집트에서 나올 때 내가 가지고 왔던 모든 수치, 내가 예수님 떠나서 살면서 지은 죄, 우리 조상이 지은 죄, 또 상처받고 살면서 지은 죄들, 그 모든 수치를 주님께서 완전히 예수님의 피로 씻어주신 자리, 그곳에 주님이 '너 제일 힘들었을 때 가졌던 거 다 가져와. 우리 기념비 세우자. 내가 어떤 하나님인지 나 하나님을 모르는 사람들에게 가서 이 기념비를 보여주라.' 주님께서는 저에게 그렇게 명령하셨어요.

　제가 자랑할 수 있는 것은 저의 연약함, 정말 주님이 없었으면, 정말 주님이 없었으면, 살 수 없었던 돌무더기의 기억뿐입니다. 정말 예수님이 그때 십자가에서 세 시간만 있다가 인제 못 하겠다 그러고 내려오셨으면 저는 그냥 끝난 인생이에요.

　저는 주님을 만나지 못했더라면 아마 지금쯤 막 그냥 아이를 힘들게 하고, 또 주위 사람들 막 힘들게 하면서 별로 사회복지에 기여가 되지 않는, 남에게 상처주고 다니고 남이 뭐라고만 그러면 삐치고 그런 상태에서 계속 살았을 거예요. 그런데 소망 주시고 저에게 기적을 주신 예수님 때문에 예수님의 십자가에서 그 모든 문제를 저 대신 짊어져주셨기 때문에, 그냥 믿어라 할 때 그냥 믿고 기다리면 주님께서는 반드시 오셔서 돌을 치우라고 하시고 내가 죽었다고 생각하고 너무나 죽었다고 확신했었던 냄새나는 시체 같던 나의 죽은 꿈들을 다부활시켜주시는 저의 주님 때문에 저는 신앙의 돌기념비를 길갈(Gilgal)에 쌓습니다. 약할 때 강함 주시는 그분의 은혜에 감사합니다.

연보

1959년 서울에서 출생

1978년 풍문여자고등학교 졸업

1981년 이화여자대학교 영어영문학과 졸업

1981년 결혼 및 미국 이주

1982년 장남 유진 출생

1986년 이혼

1987년 해스팅스 로스쿨(Hastings Law School) 학위 취득

1987~1988년 법률회사 킨들 앤 앤더슨(Kindel and Anderson) 근무

1989년 재혼

1989~2002년 LA 지역 주무검사(county Deputy District Attorney)로 근무

1992년 세례받음

1992년 둘째 진성 출생

1992년 갑상선암 발병

1994년 셋째 진영 출생

1996년 넷째 제연 출생

2002년~ 미나 K 장 법률사무소, 형사 전문 변호사로 근무

2006년~ 랜디 이아이아 목사와 함께 온누리교회 수원, 인천, 양재동, 어바인, 베이징 등에서 치유 회복 집회

2007년 부친 이어령 초대 문화부장관 세례받음

2007년 장남 유진 사망

2008~2009년 미국 교회 'Blessed International ministry'에서 청소년 담당 사역(youth and intercession)

2009년 4월 목사 안수(Resurrection and Life ministries)

2009년~ '마지막 추수의 소리(The Sound of the Final Harvest)'팀과 함께 청

땅 끝 의   아 이 들

년 교회 치유·부흥 사역(Youth and church wide revival meetings and retreats)

2012년 위암으로 별세

| 사역지 |

팔복교회(시카고)

새순교회(New Life Christian Fellowship)(오스트레일리아, 시드니)

가스펠 펠로우십(뉴저지)

이스트 사랑교회(캘리포니아 치노)

노스리지 제일장로교회(캘리포니아 노스리지)

사랑교회(위스콘신 매디슨)

아레시보교회(푸에르토리코)

Resurrection and Life Ewa Beach(하와이)

The House of the Word Anaheim(캘리포니아)

새노래교회(텍사스 댈러스)

사상교회 온누리교회, 장전 제일교회, 온천교회, 남천교회

수원·인천·부평·양재 온누리교회, 명성교회, 생명수교회, 호산나교회, 신부산교회,

Blessing house, 하나샘교회, 분당 만나교회

| 전도 활동 |

부산대학교, 해양대학교, 동아대학교

땅끝의 아이들

초 판 1쇄 발행 2011년 7월 28일
개정판 1쇄 발행 2022년 3월 15일
개정판 2쇄 발행 2024년 6월 20일

지은이 이민아
펴낸이 정중모
펴낸곳 도서출판 열림원

출판등록 1980년 5월 19일(제406-2000-000204호)
주소 경기도 파주시 회동길 152
전화 031-955-0700
팩스 031-955-0661   페이스북 /yolimwon
홈페이지 www.yolimwon.com   트위터 @yolimwon
이메일 editor@yolimwon.com   인스타그램 @yolimwon

편집 박지혜 김은혜 김혜원 정소영
디자인 강희철   제작 윤준수
마케팅 홍보 김선규 고다희   영업관리 고은정
온라인사업 서명희   회계 홍수진

ⓒ 이민아, 2022

ISBN 979-11-7040-079-0 03810